Lasst uns tot und munter sein

Elke Pistor, Jahrgang 1967, studierte Pädagogik und Psychologie. Seit 2009 ist sie als Autorin, Publizistin und Medien-Dozentin tätig. 2014 wurde sie für ihre Arbeit mit dem Töwerland-Stipendium ausgezeichnet und 2015 für den Friedrich-Glauser-Preis in der Kategorie »Kurzkrimi« nominiert. Seit 2018 leitet sie das jährliche Autorentreffen »skriva: literatur werkstatt köln«. Elke Pistor lebt mit ihrer Familie in Köln. Den Newsletter der Autorin und viele Informationen rund um ihre Bücher finden Sie unter www.elkepistor.de.

ELKE PISTOR

Lasst uns tot und munter sein

EIN WEIHNACHTSKRIMI

emons:

Bibliografische Information der Deutschen Nationalbibliothek
Die Deutsche Nationalbibliothek verzeichnet diese Publikation in der Deutschen Nationalbibliografie; detaillierte bibliografische Daten sind im Internet über http://dnb.d-nb.de abrufbar.

MIX
Papier aus verantwortungsvollen Quellen
FSC® C083411
FSC www.fsc.org

Umschlagmotiv: iStockphoto.com/Vect0r0vich
Umschlaggestaltung: Nina Schäfer
Gestaltung Innenteil: César Satz & Grafik GmbH, Köln
Lektorat: Marit Obsen
Druck und Bindung: CPI – Clausen & Bosse, Leck
Printed in Germany 2019
ISBN 978-3-7408-0671-2
Ein Weihnachtskrimi
Originalausgabe

Dieser Roman wurde vermittelt durch die
Autoren- und Verlagsagentur Peter Molden, Köln.

Für meinen Familienchor

Wo man singt, da lass dich ruhig nieder,
böse Menschen haben keine Lieder.

Sprichwort nach dem Volkslied »Die Gesänge«
von Johann Gottfried Seume

Prolog

Korbinian Löffelholz hatte nicht mit dem Blut an seinen Händen gerechnet. Schlaftrunken und mit dröhnendem Schädel wankte er ins dunkle Badezimmer, drehte den Wasserhahn auf und trank gierig. Erst als vom weißen Beckenrand schlierig graue Fäden in den Ausguss liefen, sah er hin und entdeckte es.

Kein Zweifel. Das war Blut. Eine Menge Blut. Dunkel und verkrustet klebte es zwischen seinen Fingern, an den Handflächen und an seinen Unterarmen. Fassungslos starrte er darauf. Oder war es doch etwas anderes? Er tastete nach dem Lichtschalter und schloss geblendet die Augen, als die kalte Neonröhre über ihm aufflackerte. Als er sie wieder öffnete und in den Spiegel sah, schreckte er zurück. Nicht nur seine Hände und Arme, sondern auch sein T-Shirt war mit Blut besudelt. Wo zum Teufel kam das her? Hastig hielt er beide Hände in den Wasserstrahl, rieb und schrubbte, drehte und wendete sie. Aber er fand nichts. Keine Wunde, keinen Schnitt, keinen Stich, nichts, was eine Erklärung geben könnte. Er zog das T-Shirt aus, untersuchte seine Arme und den Oberkörper. Ohne Ergebnis. In seinem Kopf pochte es schmerzhaft. Etwas drückte sein Gehirn von innen gegen den Schraubstock, der um seinen Schädel gespannt war.

Eine Erkenntnis schwappte an die Oberfläche seines Bewusstseins. Dieses Blut war nicht sein Blut.

Korbinian Löffelholz wurde schlecht, es gelang ihm gerade noch, sich in die Toilette zu übergeben, bevor ihm schwarz vor Augen wurde.

Kapitel 1

Am Tag zuvor

Korbinian Löffelholz versuchte, sich möglichst wenig zu bewegen, was die Situation für ihn nicht unbedingt vereinfachte. Vor zwei Minuten war er mitten aus einem Traum aufgewacht, in dem er singend auf einer Bühne gestanden und mit weit ausgebreiteten Armen den frenetischen Jubel des Publikums genossen hatte. »Nessun dorma«, Puccini. Die Leichtigkeit, die er empfunden hatte, das Gefühl vollkommener Klarheit und das Bewusstsein, es besser zu machen als der Typ aus dieser englischen Talentshow, machten ihn glücklich. Die Euphorie verflog, je mehr er in die Wirklichkeit zurückkehrte.

Mit der Rechten tastete er nach seiner Brille, setzte sie auf und sah sich um. Schummriges Licht einer Straßenlaterne fiel durch die abgeschrägten Holzjalousien auf den Teppich. Neben dem Bett lag ein umgestürzter Sessel, und kurz blitzten Bilder vor seinem inneren Auge auf, die vielleicht eine Erklärung sein konnten. Es war heftig gewesen. Er verzog die Mundwinkel zu einem kleinen Lächeln. Weiter weg in Richtung Flur sah er seine Hose und noch weiter weg durch die geöffnete Tür hindurch sein Hemd auf dem Boden liegen. Beides hatte er auf dem Weg zum Ziel achtlos fallen gelassen. Wenn er sich recht erinnerte, hatten sogar einige Knöpfe dran glauben müssen. Das war eine Schande für das angesagte Designerstück, aber die Sache durchaus wert gewesen.

Vorsichtig schlug er die dünne Decke zurück und setzte sich auf. Gut, dachte er, als er mit den Zehen in etwas Weiches trat. Wie immer hatte er seine Socken und die Unterhose als Letztes ausgezogen und direkt in Greifweite abgelegt. Das ersparte unnötiges Suchen und damit Lärm, den es unbedingt zu vermeiden galt. Die Frauen, die er aufgabelte, sollten nicht aufwachen, bevor er verschwunden war. Er hatte keine Lust auf Fragen und Telefonnummern, auf erwartungsvolle Blicke, und zum Frühstück bleiben wollte er auf gar keinen Fall.

Ein kurzer Blick über die Schulter beruhigte ihn. Die Frau schlief, zusammengerollt wie ein kleines Tier, auf der Seite. Ihre langen braunen Haare breiteten sich wie ein Spinnennetz über ihr Gesicht und das Kissen. Ihr Atem ging ruhig und gleichmäßig. Eigentlich ist sie ganz hübsch, dachte Korbinian Löffelholz. Sonst wäre sie auch nicht in die Unmittel-Bar gelangt, sein aktuelles Stammlokal, und erst recht nicht mit ihm im Bett gelandet. Nett war sie anscheinend auch. Wie hieß sie noch mal? Julia? Nein. Lisa? Nein. So hatte die in der letzten Woche geheißen. Jedenfalls hatten sie gestern viel gelacht, bevor sie schließlich hier bei ihr gelandet waren. Sie war es gewesen – auch darin unterschied sie sich von vielen ihrer Vorgängerinnen –, die ihn angesprochen und nicht darauf gewartet hatte, dass er die Initiative ergriff. Vielleicht war das typisch für die jungen Frauen heute. Sie waren selbstbewusst genug und nahmen sich, was sie wollten. Und wenn er das war, was sie wollten, ließ er sich gern von ihnen nehmen.

Dass sie beide auf der Pirsch gewesen waren, daran hatte schon nach wenigen Minuten des wechselseitigen Taxierens kein Zweifel bestanden, doch sie war schneller gewesen.

»Psychopath oder Sadist?«, hatte sie mit einem Blick auf seinen Gin Tonic gefragt und ihm einen dieser Augenaufschläge geschenkt, die er sonst nur aus den Unterhaltungsfilmchen kannte, bei denen man vor dem Ansehen seine Volljährigkeit bestätigen musste.

»Viel wichtiger ist es, zu wissen, zu welchem Gin die Gurke passt«, hatte er geantwortet. Er kannte die Theorie, dass Psychopathen bittere Lebensmittel bevorzugten, aus einem der Lifestyle-Magazine, die bei seinem Barbier im Wartebereich herumlagen, und fand es witzig, so dreist von ihr darauf angesprochen zu werden. Schon da war ihm klar gewesen, wo und wie dieser Abend enden würde. Hatte sie gesagt, sie heiße Laura? Kurz überlegte er, murmelte stumm den Namen und schüttelte den Kopf.

Langsam, um eine plötzliche Bewegung der Matratze zu vermeiden, stand er auf und sammelte im Hinausgehen seine Kleidung auf. Die Schuhe standen direkt neben der Wohnungstür, sein Mantel hing am Haken der Garderobe. Es hatte Vorteile, sich an Regeln zu halten. So fand man auf Anhieb, was man suchte, und vertrödelte keine unnötige Zeit. Die Frau im Bett schien die Vorzüge von grundlegender Ordnung noch nicht verinnerlicht zu haben. Ihre Wohnung konnte man, um es einmal positiv auszudrücken, als kreatives Chaos bezeichnen. Oder realistischer als Saustall. Gestern Nacht war ihm das nicht aufgefallen, da war er einzig und allein in den Anblick ihrer Tattoos versunken gewesen. Verschlungene Muster, deren Bedeutungen und Verlauf sie ihm erklärt und vor allem gezeigt hatte. Seine Finger waren sehr konzentriert den Linien gefolgt. Sara? Lena? Nina? Es ärgerte ihn, dass ihm der Name nicht einfiel. Nur an ihren Job konnte er sich erinnern. »Was mit Medien«, hatte sie erklärt. »Agenturprojekte und so.« Wobei das auch nicht wirklich konkret war, wie ihm nun auffiel.

Er hob die Schuhe auf, nahm den Mantel vom Haken und öffnete die Wohnungstür. Die Frau im Bett reagierte nicht auf das leise Klappern des Schlüsselbundes. Sie schlief einfach weiter. So, als wäre er nie da gewesen.

Vor der Haustür sog Korbinian Löffelholz die kalte Dezemberluft in die Lungen. Der Sauerstoff tat ihm gut, vertrieb die letzten Alkoholschwaden aus seinem Gehirn. Kurz überlegte er, sich ein Taxi zu seinem Wagen zu nehmen, den er in der Nähe der Bar abgestellt hatte, entschied sich dann aber dagegen. Ein Spaziergang würde nicht schaden, zumal er sein Fitnessstudio in der letzten Zeit nur sehr selten von innen gesehen hatte. Dabei sollte er deutlich mehr auf seinen Gesamtzustand achten, hatte sein Arzt ihm beim letzten Check-up erklärt. Männer um die fünfzig ignorierten gern mal die zwanzig Jahre, die zwischen ihrem aktuellen Zustand und dem vermeintlich immer noch dreißigjährigen Ich lagen. Dabei hatte er noch zwei Jahre bis zum halben Jahrhundert. Aber wenn er ehrlich zu sich war – was er in den meisten Fällen erfolgreich verhindern konnte –, war der ein oder andere Kollateralschaden an seinem Körper nicht zu verleugnen. Immerhin schaffte er es, die Mängel größtenteils zu verbergen. Auch die Frau von gestern Abend hatte keinen Anlass zur Beschwerde gefunden. Die Frauen hielten ihn meist für deutlich jünger, was nicht zuletzt an seinem dichten Haar lag, das er bis vor Kurzem zu einem Dutt gebunden getragen und erst nach langem Zögern abgeschnitten hatte, da die grauen Strähnen langsam überhandnahmen. Außerdem färbte er. Graue Haare machten junge Menschen hip, alte zu dem, was sie waren: alt.

Trotzdem hatte er keinen Grund zur Klage, fand Korbinian Löffelholz. Sein Job als Makler in einer großen Immobilienfirma lief seit Jahren ausgezeichnet, auch wenn ihm in letzter Zeit ein oder zwei wirklich große Fische von der Angel gesprungen waren. Aber so was kam vor, es würden auch wieder bessere Zeiten kommen. Er war stolzer Eigentümer eines schicken Lofts in einer angesagten Gegend, fuhr ein für seinen persönlichen umweltpolitischen Status unbedingt notwendiges Elektroauto und hatte weder Frau noch Kind noch sonst wen, dem er in irgendeiner Weise verpflichtet war. Nein, es ging ihm gut. Sehr gut sogar. Könnte gar nicht besser sein.

Er beschleunigte seinen Schritt, trat einen Schneeklumpen zur Seite und blickte, leise summend, zum ersten Mal am heutigen Morgen auf sein Handy.

»Oh, verdammt«, fluchte er, als der Terminhinweis aufpoppte und ihm klar wurde, dass die Nacht mit Saskia – ah, stimmt, so hatte sie geheißen! – ihn doch mehr Kraft gekostet hatte als erwartet. Er hatte verschlafen und würde zu spät zu seinem Termin kommen. Ersteres war ihm seit Ewigkeiten nicht mehr und das Zweite noch nie passiert. Dabei war dieser Kunde mit seinem Projekt Wilhelmplatz einer der größten Fische, um nicht zu sagen der Blauwal unter den potenziellen Kunden und durfte ihm nicht entwischen. Das würde eine Bresche in seine Erfolgsstatistik schlagen, deren Größe der Vorstand nicht ignorieren konnte und mit Sicherheit auch nicht würde. »Oh verdammt«, wiederholte er und ging schneller und schneller, bis aus seinem raumgreifenden Schritt schließlich ein zügiger Lauf wurde. Irgendwo hier in der Nähe musste doch ein Taxistand sein. Die Zeit, um zuerst zu seinem Wagen gehen und damit zum Kunden zu fahren, hatte er nicht mehr.

Nach wenigen Metern bemerkte er neben sich einen Hund. Das kniehohe, struppige Tier hatte sich seinem Tempo angepasst und lief neben ihm her, als gehörte es seit Jahren zu ihrer gemeinsamen täglichen Morgenroutine, durch die Straßen der Stadt zu joggen. Korbinian Löffelholz beschleunigte seine Schritte. Der Hund zog mit, galoppierte einige Schritte vor und drehte sich dann zu ihm um, als wollte er ihn anfeuern, noch schneller zu laufen.

»Verschwinde«, sagte Korbinian und wies vage mit der Hand in die Richtung, aus der sie gekommen waren. »Los. Dein Herrchen sucht dich doch sicher.«

Der Hund sah ihn kurz an, legte den Kopf schief und lief dann ungerührt weiter. Korbinian hatte das Gefühl, das Tier lächelte ihn an und freute sich über die Aufmerksamkeit, die er ihm schenkte. Er blickte sich um. Irgendwo musste sich der Besitzer des Tieres ja aufhalten. Man ließ doch seinen Hund nicht einfach so ohne Leine herumlaufen. War das überhaupt erlaubt? Ärgerlich bog er um die Ecke, hinter der er den Taxistand vermutete. Eine einzelne Droschke stand dort. Eine alte Dame steuerte sie zielsicher an. Korbinian Löffelholz sprintete los, um die Straße zu überqueren, und schaffte es gerade noch, aus vollem Lauf heraus zu stoppen. Bremsen quietschten, eine Hupe dröhnte, und dann hörte Korbinian ein Geräusch, das er sehr unangenehm fand. Als träfe etwas großes Hartes auf etwas kleines Weiches. Ein Jaulen, dann Stille. Eine Autotür wurde geöffnet.

»Oh Gott. Das tut mir so leid, ich habe Ihren Hund nicht gesehen«, stammelte der Mann, sah Korbinian an und dann zu dem Hund hinüber. »Ich habe auch einen und …« Er brach ab.

»Das ist nicht mein Hund. Ich kenne den gar nicht«, sagte Korbinian Löffelholz. Auf der anderen Seite der Straße stieg die ältere Dame in das Taxi und fuhr los. Irrte er sich, oder warf sie ihm einen triumphierenden Blick zu?

»Aber er lebt. Zum Glück. Ich fahre Sie beide schnell zur nächsten Tierklinik. Selbstverständlich komme ich für alle Kosten auf.« Der Mann ging zu dem Hund, beugte sich hinunter und streckte eine Hand aus. Der Hund hob den Kopf, winselte und leckte kurz über die ausgestreckten Finger.

»Das ist nicht mein Hund«, wiederholte Korbinian Löffelholz. »Ich habe gleich einen sehr wichtigen Termin, und ich kann nicht …«

»Er scheint das Bein gebrochen zu haben. Das heilt meistens schnell.« Der Mann half dem Hund auf die Beine, der sich benommen aufrappelte und dabei den rechten Hinterlauf in die Höhe hielt. »Haben Sie einen Stammtierarzt? Dann bringe ich Sie dorthin.«

»Dieser. Hund. Gehört. Mir. Nicht«, sagte Korbinian Löffelholz sehr betont und laut. »Ich kenne ihn nicht, und ich werde auch nicht mit ihm in irgendeine Klinik fahren.«

Der Mann sah ihn fassungslos an. »Nicht Ihrer?«

»Nein. Das sagte ich bereits. Mehrmals.«

»Das heißt, Sie wollen sich nicht um das Tier kümmern?«

»Warum sollte ich das tun?«

»Weil Sie für ihn verantwortlich sind.«

»Ich bin für vieles verantwortlich, aber nicht für dieses Tier.«

»Sie haben ihn auf die Straße gelotst.«

»Er ist mir hinterhergelaufen. Freiwillig.«

Der Hund humpelte langsam auf Korbinian zu. Vorsichtig setzte er das verletzte Bein auf und belastete es bei jedem Schritt etwas mehr.

»Sehen Sie, er kann auftreten«, sagte der Mann. »Das Bein scheint nur verstaucht zu sein.«

»Das ist gut.« Korbinian sah auf sein Handy. »Ich muss jetzt wirklich los.« Er machte Anstalten, zu gehen. Der Hund war neben ihm angekommen und ließ sich mit einem tiefen Seufzer auf seinen Füßen nieder.

»Nicht Ihrer, ja?« Die Skepsis des Mannes war unüberhörbar.

»Nicht meiner.«

»Sie können das Tier aber nicht einfach so hier zurücklassen.«

»Kann ich nicht?« Der Mann ging Korbinian Löffelholz zunehmend auf die Nerven. »Ich will Ihnen mal sagen, was ich kann. Ich kann jetzt gehen und mich beeilen, damit ich meinen Geschäftstermin – meinen äußerst wichtigen Geschäftstermin – nicht verpasse.« Er sah sich nach einem weiteren Taxi um, aber der Stand war verwaist. Sein Blick fiel auf den Wagen des Mannes, der sich bereits wieder mit dem Hund beschäftigte. »Sie sind im Übrigen viel zu schnell gefahren. Ein Teil der Schuld liegt bei Ihnen, wenn man es genau nimmt«, sagte er und verschränkte die Arme vor der Brust. »Ich könnte mir aber vorstellen, von einer Anzeige abzusehen, wenn Sie mir einen kleinen Gefallen tun.«

Der Mann öffnete den Mund, als wollte er etwas sagen, und sah zwischen Korbinian und dem Hund hin und her. »Wie Sie schon richtig bemerkten. Ein Teil der Schuld. Der andere Teil liegt bei Ihnen, weil Sie ohne zu schauen auf die Straße gelaufen sind.« Er grinste. »Aber gut. Ich tue Ihnen einen Gefallen, wenn Sie mir einen Gefallen tun. Was möchten Sie von mir?«

»Können Sie mich zu meinem Termin fahren?«

Der Mann nickte.

»Und was möchten Sie von mir?«, wollte Korbinian wissen.

»Sie nehmen den Hund mit, kümmern sich um ihn, bis es ihm besser geht, und fragen im Tierheim nach, ob ihn jemand vermisst. Vielleicht ist er ja gechipt.«

Korbinian Löffelholz überlegte. Entweder riskieren, wegen der vergeblichen Suche nach einem Taxi den Termin zu verpassen und darüber hinaus noch diesen militanten Hundeschützer an der Backe zu haben, oder sich auf dessen dreiste Forderung einlassen und dafür pünktlich sein können. Er wählte die zweite Variante. Den Hund konnte er später noch entsorgen. Womöglich ließe er sich einfach im Auto vergessen. Hatte der Typ nicht gesagt, er hätte auch so eine Töle? Und fühlten sich die im Rudel nicht sowieso viel wohler?

»In Ordnung«, sagte Korbinian Löffelholz. »Ich fahre mit Ihnen. Und wir nehmen den Hund mit«, ergänzte er rasch, als er den Blick des Mannes bemerkte.

Der nickte zufrieden, ging zu seinem Wagen und öffnete die Heckklappe seines Kombis. Mit einer einladenden Geste wies er ins Innere des Kofferraums, in dem sich eine Decke befand, die auf Korbinian Löffelholz den Eindruck machte, ausschließlich aus Hundehaaren zu bestehen.

»Na, dann mal los«, sagte Korbinian an den Hund gewandt. »Hauptsache, ich schaffe den Termin.«

Eine halbe Stunde Fahrtzeit und gefühlt fünfhundert Tipps zur Hundehaltung später stand Korbinian Löffelholz vor dem Eingangsportal der Kammern & Zimmers OHG, für die er seit mehr als fünfzehn Jahren als Immobilien- und Grundstücksmakler tätig war. Hinter der gepolsterten Drehtür empfing ihn wohltemperierte Luft, die ihn die Dezemberkühle draußen umgehend vergessen ließ und auf einem ausgeklügelten Logarithmus aus Innen- und Außentemperatur sowie den regionalen Wettervorhersagen basierte, um jedem Kunden ein wohliges Willkommen und das Bewusstsein zu suggerieren, dass mit der Menge des hier investierten Geldes gleichzeitig auch der Sinn für Stil und Geschmack wuchs. Was ja bekanntermaßen nicht immer der Fall war. Die Kunden sollten von der ersten Sekunde an zu der intuitiven Überzeugung gelangen, ein durch Kammern & Zimmers vermitteltes Haus könne nur der Inbegriff von Ästhetik und Schönheit sein. Ein in eleganten Rottönen gehaltenes Blumenarrangement samt Zweigen irgendeines exotischen Nadelbaums in einer hüfthohen Bodenvase aus Glas diente im Empfangsbereich als Reminiszenz an die bevorstehende Weihnachtszeit und war vor allen Dingen eines: teuer. Die Empfangsdame in ihrem cremefarbenen Kostüm, zu dem sie eine schimmernde Perlenkette trug, verstärkte diesen ersten Eindruck der Exklusivität. Sie warf einen missbilligenden Blick auf den Hund, dessen Pfoten auf dem Weg zum Fahrstuhl kleine Pfützen auf dem dunkel glänzenden Boden hinterließen, hielt Korbinian aber nicht zurück.

Natürlich hatte es keine Chance gegeben, das Tier zurückzulassen, als er eben aus dem Wagen seines nervigen Chauffeurs gestiegen war. Der militante Hundefreund wollte diesem Wischmopp selbst offenbar auch kein Asyl gewähren.

Von den verspiegelten Seitenwänden im Lift blickte ihm sein müdes Gesicht entgegen. Die Ringe unter den Augen konnte er nicht kaschieren, aber ein Schwall kaltes Wasser aus dem Hahn der Herrentoilette würde sicher Wunder wirken. Zumindest hoffte er das. Genauso wie auf den kaschierenden Effekt extrastarker Minzbonbons als Ersatz fürs Zähneputzen.

Ihm war klar, dass er besser daran täte, seinem Gesprächspartner nicht zu nahe zu kommen, nicht ins Schwitzen zu geraten und vor allem nicht in jemandes Richtung zu atmen.

»Kommen Sie rein, mein lieber Löffelholz«, begrüßte ihn sein direkter Vorgesetzter, Abteilungsleiter Dr. Adrian Siebelsbacher jovial und reichte ihm die Hand zur Begrüßung. Korbinian Löffelholz hatte den Hund bei einer der Sekretärinnen geparkt, die sich sofort begeistert von dem Tier hatte abschlecken lassen. Noch so eine Verrückte. Er hatte sie gebeten, herauszubekommen, ob das Tier irgendwo vermisst wurde, und war dann umgehend zum Besprechungsraum geeilt. »Geht es Ihnen gut, mein lieber Löffelholz?« Siebelsbacher musterte ihn eingehend und geleitete ihn dann ans Ende des lang gestreckten Tisches in der Mitte des Raumes. Wintersonnenstrahlen fielen bläulich durch die spiegelblank polierten Panoramascheiben auf das elegante Blumenarrangement, das ein kleinerer Zwilling des Teils im Empfangsbereich war.

Korbinian Löffelholz' Haare auf den Unterarmen richteten sich auf. Trotz des Lächelns seines Vorgesetzten bemerkte er die Störung in der Atmosphäre. Etwas stimmte nicht, und er brauchte ein paar Sekunden, bis ihm klar wurde, was es war. Etwas fehlte. Oder, besser gesagt, jemand fehlte. Hubertus von Kammern, Vorstand und Anteilseigner der Firma, glänzte durch Abwesenheit, was bei der Besprechung eines so großen Projektes eher unüblich, wenn nicht sogar vollkommen unmöglich war. Also musste etwas im Busch sein. Der Platz eines Maklers in der Hackordnung der Firma bemaß sich vor allem daran, wie hochkarätig die Besetzung bei den Meetings war. Anfänger mussten sich mühsam durch alle Büros arbeiten. Vom Fachbereichsleiter über den Abteilungsleiter bis hin zum Vorstand. Klinken putzen in Einzelgesprächen und mit entsprechender Wartezeit zwischen den Terminen. Nur die wirklich guten, anerkannten Makler trafen die hohen Tiere direkt im ersten Meeting. Gute, anerkannte Makler wie er, Korbinian Löffelholz. Doch nun stand er, abgesehen von einer dieser ständig um den Kaffee herumwuselnden Praktikantinnen, mit Dr. Siebelsbacher allein im Besprechungsraum. Allein.

Korbinian Löffelholz entschloss sich zur Flucht nach vorn. Er sah auf die Uhr. »Herr von Kammern verspätet sich wohl etwas«, sagte er, zog einen Stuhl unter dem Tisch hervor und setzte sich.

»Nein.« Dr. Siebelsbacher blieb stehen. »Herr von Kammern ist bei einer wichtigen Besprechung und kann leider nicht an unserem Gespräch teilnehmen. Ich werde ihm später davon berichten.«

Bei Korbinian Löffelholz schrillten sämtliche Alarmglocken. Siebelsbacher machte noch immer keine Anstalten, Platz zu nehmen, und Korbinian erkannte den eklatanten Fehler, den er gemacht hatte. Nun musste er entweder zu seinem Vorgesetzten aufsehen oder sich wieder erheben, was ihn aber ebenfalls schlecht aussehen ließe. Also blieb er sitzen, in der Hoffnung, Siebelsbacher bekäme irgendwann müde Beine.

»Das Projekt Wilhelmplatz ...«, hob er an, wurde von Siebelsbacher aber sogleich wieder unterbrochen.

»... ist jetzt nicht unser Thema, mein lieber Löffelholz.«

»Ist es nicht?« Korbinian Löffelholz war ehrlich verblüfft. Damit hatte er nun gar nicht gerechnet.

»Nein. Ist es nicht. Valerie Guddat wird sich darum kümmern. Bei ihr ist es in den besten Händen. Darin sind Herr von Kammern und ich uns einig.«

»Valerie Guddat?« Korbinian Löffelholz hatte vor ein oder zwei Jahren mit ihr geschlafen, kannte sie aber ansonsten nur flüchtig und hatte sie als ernsthafte Konkurrentin nie in Betracht gezogen. »Die ist doch viel zu jung, um so ein großes Projekt zu übernehmen.«

Siebelsbacher streckte den Rücken durch. »Wenn ich mich recht erinnere, mein lieber Löffelholz, war Ihnen Frau Guddats Alter in anderer Angelegenheit durchaus angenehm.« Er musterte ihn von oben bis unten. »Wie dem auch sei. Herr von Kammern möchte ihr diese Chance geben.«

»Aber es ist mein Projekt.« Korbinian Löffelholz sprang auf. »Ich arbeite Tag und Nacht für diese Firma, hetze von Termin zu Termin und ziehe einen Auftrag nach dem anderen an Land«, beschwerte er sich atemlos. Er griff sich an den Hemdkragen und zerrte an seiner Krawatte, um sie zu lockern. »Und jetzt wollen Sie mir so ein Mädel vor die Nase setzen?« Krachend schlug er mit der flachen Hand auf den Tisch. Die Praktikantin hörte auf zu wuseln und starrte ihn empört an.

»Dieses Mädel, wie Sie sie nennen, bringt bereits seit Langem sehr gute Umsätze. Und sie hat Sie in den letzten beiden Monaten deutlich überrundet, was wir unter anderem dem Umstand zuschreiben, dass sie im Gegensatz zu Ihnen sehr teamorientiert arbeitet.« Siebelsbacher presste die Lippen aufeinander, und Korbinian Löffelholz glaubte, eine Spur Mitleid in seinen Zügen zu entdecken.

»Ich bin seit fünfzehn Jahren Ihr bester Verkäufer.«

»Ihre Erfolge in der Vergangenheit haben wir gewiss nicht vergessen, mein lieber Löffelholz. Gewiss nicht.« Siebelsbacher legte ihm eine Hand auf den Arm. »Gewiss nicht«, wiederholte er salbungsvoll ein drittes Mal. »In letzter Zeit sind Ihnen aber einige Fehler unterlaufen, die wir so nicht von Ihnen kennen, was wir uns nur damit erklären können, dass Sie überarbeitet sind. Ihre Gesundheit liegt uns am Herzen, mein lieber Löffelholz. Weswegen wir beschlossen haben, Sie mit einem Sonderauftrag zu betrauen, bei dem Sie es etwas ruhiger angehen lassen können.«

»Ich bin nicht überarbeitet.«

»Selbstverständlich wird auch bei dieser Sache Ihre ganze Erfahrung und Kompetenz gefordert sein, selbst wenn das Objekt ein wenig ländlich liegt.«

»Ich bin durchaus in der Lage, das Projekt Wilhelmplatz zu übernehmen.«

»Natürlich, mein lieber Löffelholz. Sie werden ein paar Tage fort sein. Weg aus der Stadt, weg aus dem Büro. Womöglich tun Ihnen der Abstand und die Landluft ja gut. Soll immerhin sehr erholsam sein. Die Sache, um die es geht, liegt Herrn von Kammern sehr am Herzen. Er verlässt sich da voll und ganz auf Sie.« Siebelsbacher winkte die wuselnde Praktikantin herbei. Sie trug eine Mappe unter dem Arm, legte sie vor Korbinian Löffelholz ab und trat zwei Schritte zurück. »Hier drin finden Sie alles Wichtige zum Projekt, mein lieber Löffelholz. Bis Weihnachten haben Sie das sicher erledigt. Ich wünsche Ihnen viel Erfolg. Und gute Erholung.« Er nickte ermunternd und ging hinaus, ohne sich noch einmal zu Korbinian Löffelholz umzusehen.

Kapitel 2

Einen festen Termin gab es nicht, er sollte einfach dorthin fahren. Es sei ständig jemand vor Ort. Die Sekretärin hatte ihm diese Information zusammen mit einer improvisierten Hundeleine und der Mitteilung übergeben, dass in sämtlichen Tierheimen der Stadt kein Hund dieses Aussehens vermisst werde. Dabei hatte sie gelächelt wie ein Schakal, und Korbinian Löffelholz konnte sich des Verdachts nicht erwehren, dass sie kein einziges Tierheim angerufen hatte.

»Das macht nichts. Ich hatte sowieso vor, chinesisch zu essen«, hatte er lapidar entgegnet und sich mit einem Blick auf den Hund die Lippen geleckt. Doch auch ihre entsetzte Miene hatte ihn nicht wirklich befriedigen können. Zumal er sehr stark vermutete, dass sie die Idee, den Hund zu essen, deutlich verabscheuungswürdiger fand als die rassistische Grundannahme der Bemerkung.

Laut seinem Navigationsgerät waren es nach Dünenbeck etwa zwei Stunden Fahrt – wenn die Straßen geräumt waren. Davon konnte man in Bezug auf die Autobahnen ausgehen. Bei den Landstraßen war er sich da nicht so sicher. Diesbezüglich konnte Korbinian nur auf das Beste hoffen. Immerhin hatte er die Sommerreifen im Frühjahr neu gekauft. Außerdem musste er sich beeilen, wenn er vorher seinen Wagen abholen und seinen Koffer packen wollte. Kurz erwog er, doch noch rasch in der Werkstatt für einen schnellen Reifenwechsel vorbeizufahren, verwarf die Idee aber sofort wieder. Zeit für einen Abstecher ins Tierheim blieb erst recht nicht. Der Versuch, einen der Kollegen, mit denen er nach erfolgreichen Abschlüssen öfter feiern ging, zu überreden, sich um den Hund zu kümmern, war ohne Erfolg geblieben. »Keine Zeit«, »Schau dir die Berge auf meinem Schreibtisch an«, »Sorry, wichtige Termine«. Alle hatten sie abgewunken und ihm dabei kaum in die Augen gesehen, sich rasch wieder ihren Bildschirmen zugewandt, durch ihre

Körperhaltung eine Mischung aus Mitleid und Abscheu ausdrückend. Korbinian Löffelholz beschlich das Gefühl, dass sie ihn zurückließen, so wie ein Rudel Wölfe ein krankes Tier zum Sterben zurückließ.

Es war nicht von der Hand zu weisen. Er, Korbinian Löffelholz, war in dieser Firma definitiv angezählt.

»Also gut«, murmelte er, als er schließlich Auto und Koffer beisammenhatte und abfahrbereit vor seiner Haustür stand, wo der Hund dummerweise die ganze Zeit über brav auf ihn gewartet hatte. »Nehm ich dich also mit. Auf dem Land finden wir sicher einen Platz für dich.«

Die alte Jugendstilvilla sah auf den Bildern in der Akte ganz passabel aus. Keine erkennbaren äußeren Schäden, ordentliche Farben, und der Grundriss der auf drei Etagen verteilten dreihundertachtzig Quadratmeter Wohnraum schien nicht ganz so verbaut zu sein, wie er es von anderen Objekten mit individueller Bauweise kannte. Es sollte nicht allzu schwer werden, dieses Objekt an den Mann zu bringen. Einziger Wermutstropfen war die Lage. Dünenbeck war ein lang gestrecktes Straßendorf irgendwo im Nirgendwo. Die nächstgelegene größere Stadt war die Kreisstadt Fliessteden, und auch hier konnte man auf dem Satellitenbild von Google Earth bereits die hochgeklappten Bürgersteige erkennen. Immerhin konnte er, wenn alle Stricke rissen, »Lage in unberührter Natur« ins Exposé schreiben. Das bedeutete zwar im Klartext, dass nur Einsiedler sich dort wohlfühlen würden oder Menschen, die auf vermeintliche Luxusannehmlichkeiten wie Arbeitsstelle, Supermarkt und Arzt verzichten konnten. Aber die zumindest würden sich davon sicherlich mehr als angesprochen fühlen.

In der Akte stand auch, dass das Objekt einem Großonkel von Herrn von Kammern gehörte, der sich wegen seines fortgeschrittenen Alters von dem Haus trennen wollte. Zwischen den Zeilen hieß das, Aufwand und Kosten standen in keinem Verhältnis mehr zu dem Ertrag, den das Objekt abwarf. Immerhin beurteilte der Besitzer das Anwesen nicht als »interessant für

Bastler und Handwerker«, was auf einen komplett desaströsen baulichen Zustand hingedeutet hätte.

Zu prüfen, ob die gezeichneten Grundrisse mit der Wirklichkeit übereinstimmten, würde Teil seiner Aufgabe vor Ort sein. Wenn er es richtig einschätzte, war das ein schneller Job. Hinfahren, ausmessen, Fotos machen, auf denen die Räume hell, lichtdurchflutet und großzügig aussahen, auch wenn sie vielleicht mit Siebziger-Jahre-Holzvertäfelungen verunstaltet waren. Aber so etwas konnte er gut. Oder, besser gesagt, so etwas hatte er immer gut können lassen. Denn selbstverständlich standen einem Topmakler auch immer Topfotografen zur Seite, schon allein durch die Größenordnung der Projekte bedingt, mit denen er betraut war. Korbinian Löffelholz konnte sich nicht erinnern, wann er das letzte Mal selbst zur Kamera gegriffen hatte. Waren das überhaupt schon digitale Bilder gewesen? Egal. Für dieses eine Haus würde seine Handykamera sicher ausreichen, zumal es natürlich das neueste Modell war, und da konnte man schon einiges an Spielerein im Fotobereich erwarten. Welche erstaunlichen Verschönerungen man mit Fotofiltern erreichen konnte, hatten ihm diejenigen Laras, Julias und Lenas der letzten Monate vor Augen geführt, die ihn entgegen jeder Vorsicht schließlich doch in einem der sozialen Netzwerke gefunden und um weiteren Kontakt gebeten hatten. Er hatte immer ein paar Sekunden gebraucht, bis er die Fotos mit der Wirklichkeit übereingebracht und die Damen geblockt hatte. Vor allem diese Kussmünder irritierten ihn kolossal.

Korbinian Löffelholz startete seine Playlist, die er nur hörte, wenn er allein in seinem Auto saß. Streichermusik erklang. »Datahdadadahh«, sang er mit, bevor nach den ersten Tönen Luciano Pavarottis Stimme erklang und sie gemeinsam losschmetterten: »Che bella cosa è na giornata 'e sole.«

»Was für eine schöne Sache ist ein sonniger Tag«, bedeutete diese Textzeile, auch wenn die deutschen Übersetzungen daraus ein »Hell strahlt die Sonne« gemacht hatten. Aber Korbinian Löffelholz bevorzugte das italienische Original, das ungezählte

Male gecovert und von Sängern jeglicher Couleur teils bis ins Kitschige hinein verunstaltet worden war, in seinen Ohren aber auch nach mehr als hundertzwanzig Jahren nichts von seiner ursprünglichen Schönheit verloren hatte. Korbinian konnte den gesamten Text auswendig.

»'O sole mio sta 'nfronte a te ...« Nur hier, in der Abgeschlossenheit des Wagens, brachte er seine Stimme zur vollen Entfaltung. Egal, ob die Töne stimmten oder nicht. Wobei er sie zu seinem eigenen Erstaunen noch traf. Als Junge hatte er in einem Chor gesungen und davon geträumt, später einmal auf den großen Bühnen der Welt zu stehen. London, Mailand, Sydney, Wien. Der Traum war irgendwo zwischen Pubertät und Erwachsenenleben in elterlichen Sorgen um und Ermahnungen zu seiner Zukunft verloren gegangen und schließlich unter seiner stetig wachsenden Karriere immer tiefer begraben worden.

Beim letzten Refrain bemerkte Korbinian Löffelholz ein tiefes Brummen, das zuvor nicht da gewesen war. Verunsichert sang er leiser und lauschte auf das Geräusch. Stimmte etwas mit dem Motor nicht?

Das Brummen kam aus dem Fußraum des Beifahrersitzes, in dem sich der Hund nach dem Einsteigen zusammengerollt hatte. Jetzt setzte er sich aufrecht, schaute Korbinian Löffelholz aufmerksam an und legte den Kopf schief. Korbinian Löffelholz hörte auf zu singen, und sofort verstummte das Brummen. Er begann wieder zu singen, das Brummen erklang. Überrascht versuchte er es erneut. Schweigen. Stille. Singen. Brummen. Der Hund ließ ihn nicht aus den Augen und wedelte mit dem Schwanz, was aufgrund des begrenzten Platzes allerdings eher wie ein intensives Hüftwackeln aussah. Korbinian wartete den Auftakt des nächsten Liedes ab und setzte zeitgleich mit dem Sänger ein. »La donna è mobile«, sang er und musste wider Willen lächeln, als der Hund brummend mit einfiel. Beim »Brindisi«, dem Trinklied aus »La Traviata«, steigerte sich das Brummen zu einem vereinzelten Jaulen und einem kräftigen Bellen am Schluss. Korbinian Löffelholz lachte laut auf.

»Du bist mir ja einer.« Er beugte sich vor und streichelte dem Hund über den Kopf. »Ein richtiger Tenor. Vielleicht sollte ich dich Carreras nennen. Gefällt dir das?« Der Hund bellte kurz. »Okay. Es gefällt dir. Also heißt du ab heute Carreras.« Er streichelte den Hund erneut, legte dann aber wieder beide Hände ans Lenkrad und setzte sich gerade hin. »Mit einem schönen Namen kann ich dich auch besser loswerden«, schob er nach, konzentrierte sich wieder auf die Straße und vermied den Blickkontakt mit dem Tier. Für den Rest der Fahrt lief das Radio.

In Dünenbeck auf der Hauptstraße wendete Korbinian Löffelholz zweimal, er durchfuhr das gesamte Dorf von Ortsschild zu Ortsschild ein erstes, zweites und drittes Mal, ohne die Einfahrt zur Villa zu finden. Seine Laune sank dabei mit jedem Meter, den er zurücklegte. Egal, was für ein Palast dieses Haus auch sein mochte, er würde es niemals verkaufen können. Oder nur mit erheblichem Aufwand und unter Vorspiegelung falscher Tatsachen. Dünenbeck war ein Synonym für Einöde. Hässliche Einöde. Trostlose, hässliche Einöde. An beiden Seiten der Hauptstraße reihten sich etwa zehn Häuser aneinander, die sich in unterschiedlichsten Verfallszuständen befanden, so sie nicht mit wenig Geschmack, keinerlei architektonischer Fachkenntnis und allem Anschein nach unter Zuhilfenahme nicht vorhandener baulicher Kompetenz der gesammelten Nachbarschaft aus dem Boden gestampft und im Anschluss verklinkert worden waren. Ein Geschäft, einen Kiosk oder etwas, was auch nur im Entferntesten auf eine ortsnahe Versorgung mit Lebensmitteln hoffen ließ, konnte er nicht entdecken. Einzig ein rissiges Emaille-Kneipenschild baumelte traurig unter einem Neonschild mit der Aufschrift »Piz er a«.

Zwei Häuser daneben stand eine Frau, die ihn beim ersten Vorbeifahren ignoriert, beim zweiten neugierig angesehen und ihm beim dritten Mal freundlich zugewunken hatte. Als er sie zum vierten Mal passierte, trat sie auf die Straße und hob die Hand wie ein Verkehrspolizist. Korbinian Löffelholz war kurz versucht, sie mit einem Schlenker zu umfahren, hielt dann aber doch an und öffnete das Seitenfenster.

»Junger Mann«, sagte die Frau mit tiefer, rauchiger Stimme, trat neben den Wagen und beugte sich zu ihm. »Sie haben ja komplett die Orientierung verloren und wissen nicht, wo es langgeht. Ich werde Ihnen helfen.«

Korbinian Löffelholz musterte sie von oben bis unten, soweit seine Sitzhaltung das zuließ. Sie war deutlich älter, als er beim ersten Anblick gedacht hatte. Eher siebzig als Mitte dreißig. Die blaue Latzhose mit dem dünnen Pullover darunter und einer schlabbrigen, grob gestrickten Jacke darüber hatte ihn eine schlanke, sportliche Figur erahnen lassen. Auch hatte das lange Haar einen großen Teil ihres Gesichts verdeckt. Jetzt, aus direkter Nähe, erkannte er, dass das dichte Haar nicht hellblond, sondern weiß war, und dass viele feine Falten die Gesichtshaut wie Pergament verknitterten. Sein Blick fiel auf ihren Ausschnitt und blieb dort für einen Moment zu lange hängen.

»Ja, schauen Sie nur, junger Mann. Die haben viel Geld gekostet, sind aber jedes Gramm wert.«

Korbinian Löffelholz zuckte zusammen und schaute irritiert nach oben. Hatte die alte Dame ihm gerade zu verstehen gegeben, dass sie ihre Brüste hatte machen lassen? Oder hatte er sich verhört? Die Frau lächelte ihn an. Ihre strahlend blauen Augen blitzten. Sie richtete sich wieder auf, wischte ihre rechte Hand an der Hose ab und reichte sie ihm durch das geöffnete Wagenfenster.

»Elisabeth von Petersen.« In der linken hielt sie einen Zimmermannshammer. Mit dem wies sie vage hinter sich. »Ich baue gerade an einem Weihnachtsmarktstand.« Sie machte einen Schritt zur Seite, und Korbinian Löffelholz erkannte eine Holzhütte, deren Dach fehlte. »In vier Tagen geht es los. Der allerkleinste Weihnachtsmarkt im Umkreis von hundert Kilometern. Es gibt einen, der nennt sich ›der kleinste Weihnachtsmarkt von Fliessteden‹, aber meiner ist noch kleiner. Die Leute werden Augen machen.«

»Welche Leute?«, rutschte es Korbinian Löffelholz heraus,

aber Elisabeth von Petersen ignorierte seine Bemerkung. »Es wird alles mit diesen kleinen Lichterketten beleuchtet, die ich auch noch aufhängen muss, die Musik kommt vom Band, und ich verkaufe Glühwein. Aber das Wichtigste«, sie hob den Finger, »zu jedem Glas verschenke ich ein Buch und gebe noch eines meiner Glücksworte dazu. Das werden sie lieben. Natürlich alles für den guten Zweck. Das ist so weihnachtlich. Finden Sie nicht auch, junger Mann?«

»Glücksworte?«

»Ja.« Sie strahlte, verschränkte die Hände vor der Brust und kam dabei mit der Spitze des Hammers dem glänzenden Lack von Korbinians Wagen gefährlich nah. »Glücksworte. Ich sammele sie.« Sie schaute ihn prüfend an. »Ich denke, Ihnen könnte ein wenig Manaakitanga nicht schaden. Das Wort kommt von den Maori und bedeutet so viel wie Gastfreundschaft und sich um andere zu kümmern. Dazu gehören Freundlichkeit, Großzügigkeit, Unterstützung, Respekt. Alles Dinge, von denen man nie genug haben kann.«

»Das ist sicherlich Auslegungssache«, murmelte Korbinian Löffelholz leise. Lauter sagte er: »Sie verschenken Ihre Bücher?«

»Man muss sich von Dingen trennen, freigiebig und großzügig. Eleutheriótēs. Die Haltung des freigiebigen Menschen. Selbst schöne Dinge können eine Belastung sein. Meine Bücher zu verschenken, befreit mich. Apropos. Sie könnten mich gleichsam von einer Last befreien, junger Mann. Sie sind doch groß und kräftig.« Sie lachte und schlug sich auf den Bauch. Steigen Sie mal aus Ihrem Auto und legen Sie kurz Hand bei mir an.«

Korbinian Löffelholz starrte sie sprachlos an. Was wollte diese verrückte Alte denn jetzt? Hand anlegen? Er hatte ja gegen Frauen, die den ersten Schritt machten, im Allgemeinen nichts einzuwenden. Aber das ging ihm definitiv zu weit. Er blieb im Wagen sitzen.

»Na los, bewegen Sie Ihren Hintern. Sie werden einer alten Frau doch keinen Wunsch abschlagen.«

»Eigentlich muss ich weiter. Ich habe einen Termin hier im Ort und …«

»Ich weiß«, warf Elisabeth von Petersen ein, aber Korbinian redete schon weiter und bemerkte erst zwei Sekunden später, was sie gesagt hatte.

»… muss dahin. Wieso wissen Sie das?«

»Sie werden trotzdem pünktlich sein, keine Angst. Es dauert nur eine Minute.« Sie machte auf dem Absatz kehrt, schwang den Hammer und ging in Richtung der Holzhütte.

»Woher …«, setzte er erneut an, wurde aber von einem Bellen des Hundes unterbrochen, der die ganze Zeit über still im Fußraum gesessen hatte.

»Und lassen Sie den Hund raus. Der muss bestimmt mal.«

Die Villa lag versteckt hinter einer der Klinkerneubaukatastrophen. Eine zu beiden Seiten von Eibenhecken gesäumte Schottereinfahrt führte direkt am Haus und dem dazugehörigen Garten vorbei, in dem Korbinian Löffelholz eine Gruppe weihnachtlicher Plastikrentiere ausmachte, deren Geweihe im Tageslicht schwach leuchteten. Er fragte sich, ob schlechter Geschmack hier zu den lokalen Eigenheiten gehörte. Manche Dinge vererbten sich ja auch, und bei der Größe und Abgeschiedenheit des Ortes bot der Genpool hier vermutlich nicht allzu viel Auswahl.

Er steckte seinen Daumen in den Mund und saugte daran. Der Splitter tat weh, und er versuchte, ihn herauszubeißen, was aber nur dazu führte, dass das kleine Holzstück abbrach und sich noch tiefer unter seine Haut verkroch. Er fluchte. Was hatte er auch an der Holzhütte zu schaffen gehabt? Aber Elisabeth von Petersen hatte ihm keine Chance zur Flucht gelassen. Ihr dabei zu helfen, die Querbalken auf das Dach der kleinen Weihnachtsmarkthütte zu hieven, war die einzige Möglichkeit gewesen, wieder von ihr wegzukommen. Dafür hatte sie Carreras etwas Futter gegeben – »Ich habe immer Futter für Streuner da« –, ihn gestreichelt – »Er hat übrigens Flöhe, Sie sollten etwas dagegen unternehmen« – und ihm den Weg zur

Villa gewiesen – »Machen Sie sich auf etwas gefasst«. Letzteres hatte ihn etwas ratlos zurückgelassen.

Dass sie ihm auch noch ein Bett für die Nacht angeboten hatte – »Ich habe immer ein offenes Haus für alle meine Lieben« –, wirkte sogar regelrecht verstörend auf ihn.

Korbinian Löffelholz lenkte den Wagen auf den kleinen Platz vor der Villa und betrachtete das Haus. Es war größer, als es auf den Schnappschüssen wirkte, und viel gepflegter. Der Kies auf dem Platz war sorgfältig geharkt, die Hecken und Sträucher akkurat geschnitten, und Korbinian Löffelholz entdeckte sogar fachmännisch für den Winter gehäufelte Rosen. Hier kümmerte sich jemand mit viel Liebe um das alte Gebäude. Es hatte angefangen zu schneien. Dicke, pluderige Flocken schaukelten langsam zur Erde. Einladendes Licht brannte hinter einigen Fenstern und verbreitete gemütliche Stimmung. Genau das Richtige für erste Bilder. Fast wäre es Korbinian Löffelholz warm ums Herz geworden, wenn er denn der Typ für so etwas gewesen wäre.

Er schaltete den Motor aus und betrachtete kurz die Energieanzeige. Der Akku des Wagens hatte eine Reichweite von ungefähr zweihundertsechzig Kilometern, der Weg nach Dünenbeck war etwas mehr als zweihundertvierzig Kilometer lang. Blieb ihm noch Energie für knapp zwanzig Kilometer. Er musste den Wagen also auf jeden Fall aufladen, bevor er den Heimweg antrat. Er hatte keine Lust, in einer eiskalten Nacht irgendwo im Nirgendwo liegen zu bleiben. Die Villa war zwar alt, aber bewohnt. Und wo gewohnt wurde, gab es Strom und damit eine Steckdose für ihn und seinen Wagen.

Er griff nach dem Handy und stieg aus. Mit wenigen Schritten umrundete er den Wagen und befreite Carreras aus dem Fußraum des Beifahrersitzes. Dann stellte er sich mittig vor die Villa, hob das Handy und öffnete die Kamera. Der Hund setzte sich neben seine Füße.

Vielleicht würde es doch nicht so schwer werden, die Villa zu verkaufen, wie er gedacht hatte. Und so schlimm, wie er nach Elisabeth von Petersens Worten befürchtet hatte, war es hier nun wirklich nicht. Ganz im Gegenteil. Es war die reinste Idylle.

Der Gedanke war für Korbinian Löffelholz so ungewöhnlich wie flüchtig. Denn just in diesem Moment dröhnte ein infernalischer Lärm los.

Kapitel 3

Carreras versuchte panisch, wieder ins Wageninnere zu gelangen. Er scharrte und kratzte an der Tür, bellte und winselte gleichzeitig. Korbinian Löffelholz hielt sich mit hochgezogenen Schultern die Ohren zu und duckte sich hinter das Auto. Es dauerte einen Moment, bis er erkannte, dass es sich bei dem Lärm nicht um zerberstendes Metall, sondern um das Geräusch handelte, das entstand, wenn ein sehr ungeübter Mensch die Saiten einer an einem sehr lauten Verstärker angeschlossenen elektrischen Gitarre malträtierte. Reflexartig legte er dem Hund seine Hand auf den Kopf und streichelte ihn. Carreras beruhigte sich und leckte ihm quer über die Wange.

Korbinian Löffelholz schob den Hund von sich, stand auf und wischte sich mit dem Ärmel über das Gesicht, rückte seine Kleidung zurecht und wappnete sich. Was auch immer in der Villa vor sich ging, würde bald ein Ende haben. Vor allem, wenn er, Korbinian Löffelholz, seinen Job gut machte. Und das tat er in der Regel immer.

Carreras dicht auf den Fersen, stieg er die vier Stufen zur Eingangstür hinauf und klingelte. Zumindest drückte er auf den dafür vorgesehenen Knopf links neben dem Eingang. Allerdings konnte er nicht sagen, ob sein Handeln auch Wirkung zeigte, denn durch den immer noch anhaltenden Lärm – er brachte es nicht über sich, in diesem Zusammenhang von Musik zu sprechen – drang kein anderes Geräusch zu ihm nach draußen. Versuchsweise legte er eine Hand auf den runden Messingknauf, drehte und drückte. Tatsächlich öffnete sich die Tür und gab den Blick ins Innere des Hauses frei.

Positive Kriminalstatistik, die Menschen sind vertrauensselig, dachte Korbinian Löffelholz und notierte das auf seiner inneren Liste der Verkaufsargumente. Unglücklicherweise traf die tonale Umweltverschmutzung jetzt ungebremst auf sein Gehör, und er verzog schmerzhaft das Gesicht.

Ein schwarz-weißes Fliesenfeld mit geschwungenem Muster zog sich wie ein Teppich durch einen kurzen Vorflur – »Bodenbelag original Jugendstil«, lautete die imaginäre Notiz –, dann ging es weitere vier Stufen hinauf und durch den eigentlichen Flur – »geräumiger Eingangsbereich« –, von dem links eine und rechts zwei weiße Türen abgingen. An seinem Ende erweiterte sich der Gang zu so etwas wie einer kleinen Halle oder einem Atrium. Der Lärm schien jedoch durch die Tür rechts davor zu kommen. Sie stand ein Stück offen.

»Hallo?«, rief Korbinian Löffelholz erst in normaler, dann in deutlich erhöhter Lautstärke. »Jemand zu Hause?« Obgleich diese Frage, wie ihm im selben Moment aufging, ziemlich albern war, da es sich bei der Gitarrenkakophonie ansonsten um eine sehr originelle Alarmanlage handeln müsste.

Natürlich erhielt er keine Antwort. Entschlossen stieg er die Stufen hinauf, ging durch den Flur und schob die Tür ein Stück weiter auf. Carreras blieb dicht bei ihm und winselte leise. Korbinian Löffelholz sah dem Hund seine Zerrissenheit zwischen Flucht- und Angriffsimpuls an und hatte volles Verständnis, denn ihm ging es genauso.

Der elektrische Lärm wurde, so überhaupt möglich, noch lauter. Und es kam etwas dazu, was man mit viel Wohlwollen Gesang hätte nennen können. Aber Wohlwollen war Korbinian Löffelholz' Sache nicht. Er stutzte. Schrie die Stimme da wirklich »Stille Nacht, heilige Nacht, alles schläft, einer wacht«? Nein, das konnte nicht sein. Es wäre ein Widerspruch in sich, denn niemand, wirklich niemand konnte hierbei auch nur ein einziges Auge zudrücken wollen, von schlafen mal ganz abgesehen. Außerdem war es Tag. Und heilig? Nun ja.

Er näherte sich der diesen Missklang aus vollem Hals herausschreienden Quelle, von der er immer noch nichts erkennen konnte. Carreras winselte und drückte sich an seine Beine. Ein wenig ängstlich ob der Kräfte, die noch entfesselt werden könnten, schob Korbinian Löffelholz die Tür komplett auf. Heizungswärme erreichte ihn, und seine Brille beschlug. Er schob sie nach unten, schaute über den Rand. Nach rechts hin öffnete sich ein großer Raum, an dessen Ende ein Erker mit Blick auf den Garten lag. Hinter der Scheibe fielen die Flocken weitaus dichter und schneller zu Boden als noch vor wenigen Minuten. In der Mitte des Raumes stand ein riesiger Tisch, auf dem sich zwischen undefinierbarem Müll verschiedene Gläser, Chipstüten und leere Flaschen drängten. Linker Hand führte eine große Flügeltür in einen weiteren Raum. Korbinian Löffelholz ging darauf zu und blieb in der Mitte der Türöffnung stehen. Wie in einem Theater reihten sich vor ihm einige Klappstühle auf. Die Menschen, die darauf saßen, wandten ihm den Rücken zu, sie blickten nach vorn, in Richtung einer aus Paletten improvisierten Bühne, auf der, mit einer E-Gitarre in der Hand, ein hochgewachsener, schlaksiger Junge stand, dessen Gesichtshaut auf Korbinian Löffelholz den Eindruck machte, ausschließlich aus Pickeln zu bestehen. Gab es nicht mittlerweile sehr effektive Mittel dagegen?

Das war also der schreiende Instrumentenquäler. Korbinian Löffelholz starrte den Jungen an. Der Junge starrte zurück, und auf einmal verstummte aller Krach. Die Stille dröhnte in Korbinian Löffelholz' Ohren, sie hinterließ ein dumpfes Gefühl und einen hohen, flirrenden Ton. Die Zuschauer auf den Klappstühlen drehten sich um und blickten nun ebenfalls in seine Richtung. Bei einigen war sich Korbinian Löffelholz nicht sicher, ob es Männlein oder Weiblein waren, die meisten trugen Mützen oder Kappen. Es waren, bis auf zwei Ausnahmen, alles sehr junge Gesichter. Eine der Ausnahmen erhob sich von ihrem Stuhl, schob diesen zur Seite und kam auf ihn zu. Eine Frau mittleren Alters.

Korbinian Löffelholz' Beuteschema-Prüffunktion sprang automatisch an. Fast genauso groß wie er, kräftige Statur, wilde rote Lockenmähne – vermutlich echt – und ein sehr entschlossener Blick. Die Beuteschema-Prüffunktion bekam große Augen und schaltete sich selbstständig ab. Was war denn das für eine Walküre? Da war ihm die andere ja noch lieber. Die sah mit ihren mausgrauen Strähnen über einem trostlosen Gesicht zwar auch nicht viel besser aus, hatte aber wenigstens den Anstand, reglos an ihrem Platz zu verharren und ihn nicht so herrisch zu überfallen.

»Was wollen Sie hier?«, fragte die Walküre mit einer Stimme, die ihrem Äußeren absolut angepasst schien.

»Guten Tag. Mein Name ist Korbinian Löffelholz, von der Immobilienfirma Kammern und Zimmers OHG. Ich habe den Auftrag, dieses Gebäude hier in unser Portfolio aufzunehmen.« Er setzte sein Verkäuferlächeln auf und streckte ihr seine Hand entgegen. Die Frau ignorierte die Geste.

»Ach, Sie sind das.« Sie musterte ihn von oben bis unten, schüttelte den Kopf und drehte sich weg. »Sie können direkt wieder gehen. Wir brauchen Sie hier nicht. Es besteht kein Bedarf.« Sie wandte sich dem Jungen zu, ohne Korbinian Löffelholz weiter zu beachten. »Justin. Noch mal von vorn. Und leg bitte mehr Gefühl in dein Spiel.«

»Ich denke, hier liegt ein Missverständnis vor. Ich wurde vom Eigentümer beauftragt, dieses Gebäude zu schätzen und ein Exposé zu erstellen«, sagte Korbinian Löffelholz zu der wild gelockten Rückseite der Frau. »Und mehr Gefühl fürs Können wäre auch nicht schlecht«, ergänzte er leise, doch die Walküre hatte ihn gehört. Sie fuhr herum.

»Wie bitte?«

Sein Verkäuferlächeln entgleiste kurz, dann hatte er sich wieder unter Kontrolle. Zumindest galt ihm nun ihre Aufmerksamkeit. Er stellte sich in Positur, Rücken gerade, die Beine schulterbreit gespreizt. »Ich sagte, ich wurde vom Eigentümer beauftragt, ein Exposé für den Verkauf des Gebäudes zu erstellen.« Er machte eine Pause. Das funktionierte in Verkaufsgesprächen immer hervorragend, Betonung des Wichtigen durch Schweigen. Die Walküre verzog keine Miene. »Das bedeutet, ich muss die Räume ausmessen, Fotos machen und den Wert taxieren«, schob er sicherheitshalber nach und ärgerte sich im selben Augenblick, von ihr aus der proaktiven Gesprächsführung herausgerissen worden zu sein.

»Ich weiß, was das bedeutet. Aber wie ich schon sagte, es besteht kein Bedarf. Sie können gehen.«

»Ist der Verkauf bereits abgewickelt?«, fragte Korbinian Löffelholz irritiert. »Davon hat man mich nicht in Kenntnis gesetzt.«

»Hier wird nicht gewickelt und schon gar nichts verkauft.« Ein Junge mit grauer Strickmütze war hinter der Walküre aufgetaucht und schob sich mit vor der Brust verschränkten Armen auf Korbinian Löffelholz zu.

»Genau. Das ist unser Haus«, unterstützte eines der Unisexwesen den Mützenmann.

»Und wir lassen uns nicht vertreiben«, bekräftigte ein anderes dieser Jungtiere. Korbinian Löffelholz erkannte an der Stimmlage, dass durchaus auch Mädchen Kappen tragen konnten. Obgleich es ihnen seiner Meinung nach nicht zum Vorteil gereichte.

»Setzt euch wieder hin. Ich kläre das mit dem Herrn.« Die Walküre scheuchte die Jugendlichen mit ausgebreiteten Armen zurück auf ihre Stühle, dann wandte sie sich wieder Korbinian zu. »Das gilt auch für dich, Fynn«, sagte sie über ihre Schulter hinweg. Das dort befindliche Unisexwesen, das demnach ein Junge war, trollte sich widerwillig.

»Mit wem habe ich denn die Ehre?« Korbinian Löffelholz beschloss, nach außen hin weiterhin ruhig und gelassen zu bleiben. Das brachte nach seiner Erfahrung die besten Resultate. Er hatte bereits öfter der Räumung von Objekten beigewohnt und wusste, dass Mieter, vor allem wenn sie entmietet worden waren, durchaus ungehalten werden konnten. Wer wollte ihnen das verübeln? Man musste auch Verständnis zeigen können.

»Rike Hansen. Ich bin die Sozialarbeiterin hier im Jugendtreff. Und bevor Sie weiterfragen, wir haben bereits Widerspruch gegen die Kündigung eingelegt. Solange darüber nicht entschieden wurde, besteht kein Bedarf für Ihre Dienste.« Ihr Ton war nun ebenfalls freundlich, wenn auch keinen Deut weniger entschlossen. Während sie sprach, bugsierte sie Korbinian Löffelholz unauffällig zurück in Richtung Eingangstür, bis hin zu den Treppenstufen.

Na super. Das lief ja hervorragend. Siebelsbacher hatte diesen

Umstand mit keinem Wort erwähnt und ihn quasi ins offene Messer laufen lassen. Am einfachsten wäre es, wenn er auf dem Absatz kehrtmachte, in seinen Wagen stieg und mitsamt seinen Unterlagen und dem Hund aus Dünenbeck verschwand. Halt, nein. Den Hund musste er hier irgendwo loswerden. Und den Motorakku aufladen. Bei dieser Elisabeth von Petersen zum Beispiel. Aber war es nicht genau das, worauf Siebelsbacher wartete? Dass er versagte? Bei einer einfach erscheinenden Aufgabe, einem im Vergleich zu seinen sonstigen Projekten lächerlich kleinen Objekt. »Sehen Sie«, würde Siebelsbacher zu von Kammern sagen, »er hat es einfach nicht mehr drauf. Seine beste Zeit ist vorbei. Und wir hier bei Kammern und Zimmers OHG haben nur Platz für die Besten.« Dabei würde er Valerie Guddat wohlwollend anschauen und ihr gönnerhaft die Hand auf die Schulter legen, um ihr klarzumachen, dass sie sein Protegé war und es nicht wagen sollte, an seinem Stuhl zu sägen. Drei, zwei, eins, aus die Maus. Jedenfalls für ihn, Korbinian Löffelholz, das ehemals beste Pferd im Immobilienstall Kammern und Zimmers. Der lahme Gaul käme zum Abdecker.

Korbinian Löffelholz blieb stehen und straffte die Schultern. Er würde sich von dieser rothaarigen Sozialarbeiterin nicht aus dem warmen Stall vertreiben lassen – um mal im Bild zu bleiben. »Ob und welche meiner Dienste hier gefordert sind, entscheiden nicht Sie, Frau Walk… äh … Hansen. Ich habe einen Auftrag, und dem werde ich nachkommen. Alles andere klären Sie bitte mit dem Eigentümer. Und jetzt gehen Sie mir freundlicherweise aus dem Weg. Ich möchte Fotos machen.«

Rike Hansen rührte sich nicht. Sie verschränkte die Arme vor der Brust und sah ihn stumm an. Die Frau hatte genau die Art von Blick, den er hasste. Diesen leicht mitleidigen Ausdruck, so als ob er zu blöde wäre, zu verstehen, worum es hier ging. Als würde sie abwarten, ob der Groschen vielleicht doch noch fiel.

Deeskalation, dachte er mahnend. Nicht auf die Provokation einlassen. Er atmete langsam durch die Nase ein und aus, spürte aber trotzdem, wie sich seine Ungeduld immer mehr zu einem glühenden Zorn zusammenballte. Er schwieg ebenfalls und ließ die Walküre nicht aus den Augen. Wer sich zuerst bewegte, hatte verloren. Er kannte diese küchenpsychologischen Spielchen.

Hinter der Walküre schoben sich deren jugendliche Streitkräfte durch die Tür. Die Mausgraue bildete die Nachhut.

»Was findet denn da überhaupt statt?« Er wies mit der Hand vage in Richtung des improvisierten Theaters.

»Proben.«

»Aha. Und wofür proben Sie?«

»Weihnachtsmusical.« Die Walküre bevorzugte nun anscheinend Einwortsätze.

»Wir schreiben die alten, langweiligen Weihnachtslieder um und machen was Cooles draus«, tönte das Käppi-Mädchen von hinten. »Rock und Metal und Hip-Hop und so.«

»Und Maria und Josef heißen bei uns Monira und Hakim und sind syrische Flüchtlinge, die auch kein Zimmer finden, wo sie bleiben können«, erklärte Unisex-Fynn. »Das ist nämlich heute nicht anders als damals.«

Korbinian Löffelholz nickte pflichtbewusst. »Ich verstehe.« Er blickte zu Boden. »Sehr aktuell. Ja.«

»Gesellschaftspolitische integrative Arbeit«, erläuterte die Sozialarbeiterin. Immerhin. Drei Wörter. Fein, Frau Hansen.

Korbinian Löffelholz seufzte. »Sie leisten hier sicherlich tolle Arbeit, und ich weiß, wie wichtig Jugendarbeit heutzutage ist.« Er musterte die Gruppe. »Vor allem in diesem Fall. Aber auch meine Arbeit ist wichtig, und ich muss Sie jetzt wirklich bitten, mich nicht weiter zu behindern.« Er zückte sein Handy, schaltete die Kamerafunktion ein und richtete es auf die nächstgelegene Tür. Irgendwo musste man ja anfangen.

»Was ist hier los?«, dröhnte in diesem Moment eine Männerstimme. Die Tür links neben Korbinian Löffelholz wurde geöffnet, und der Mann, zu dem die Stimme gehörte, erschien. Er passte ganz und gar nicht zu dem tiefen Bass, der eine Gestalt mit den Ausmaßen eines Kleiderschrankes vermuten ließ, sondern war hochgewachsen, sehr schlaksig und mit einem schmalen Gesicht und grobporiger Haut ausgestattet. Er sah aus wie eine ältere Ausgabe des Schreihalses, nur ohne Gitarre. Er trug Jeans und ein weißes Hemd, dessen Kragen zu weit von seinem schmalen Hals abstand. Korbinian Löffelholz fühlte sich an eine Schildkröte erinnert. Er schätzte ihn auf Mitte fünfzig.

Der Mann entdeckte Korbinian Löffelholz, registrierte die angespannte Stimmung und wechselte einen Blick mit Rike Hansen. Dann trat er auf Korbinian Löffelholz zu. »Sören Schulz. Ich bin der Leiter der Einrichtung.« Er reichte ihm die Hand. »Was kann ich für Sie tun?«

»Er kommt von der Immobilienfirma.« Rike Hansen rührte sich endlich von der Stelle und sprach nun wieder in vollständigen Sätzen. »Ich habe ihn schon darauf hingewiesen, dass wir ihn hier nicht brauchen.«

Hinter den Jugendlichen tauchte ein weiterer Mann auf. Er war der komplette Gegensatz zu Sören Schulz. Klein, breite Schultern und gedrungene Erscheinung. Kurz vor der Rente. Er trug eine blaue Latzhose, die deutliche Spuren handwerklicher Arbeiten trug. Der Facility-Manager, vermutete Korbinian Löffelholz.

»Unser Hausmeister Thorsten Baumgartner wird Sie zu Ihrem Wagen begleiten, Herr ...«

Korbinian Löffelholz stellte sich vor und wollte zu einer weiteren Erklärung ansetzen, wurde von Sören Schulz jedoch rüde unterbrochen.

»Ich denke, Frau Hansen hat Ihnen alles gesagt, was zu sagen ist. Solange ich hier Sorge trage, werden wir uns des drohenden Verkaufs erwehren. Ich muss Sie jetzt dringend bitten, zu gehen. Sie sind hier nicht erwünscht.«

Nicht erwünscht? Korbinian Löffelholz presste seine Kiefer aufeinander. Der Zorn, der sich die ganze Zeit über in seiner Magengegend zusammengeballt hatte, brach sich mit einem Mal Bahn. Dieser Trupp von Panoptikum-Figuren wollte seine Karriere beenden? Aber nicht mit ihm. Nicht. Mit. Ihm.

»Jetzt hören Sie mir mal gut zu«, sagte er sehr laut, allerdings mit, wenn auch mühsam, beherrschter Stimme. Er machte einen Schritt auf Sören Schulz zu. »Wenn der alte von Kammern dieses Haus verkaufen will, dann wird es verkauft, denn es ist sein Haus. Und wenn er möchte, dass ich diesen Job für ihn erledige, dann erledige ich den Job. Sie«, er stieß drohend mit dem ausgestreckten Zeigefinger in Sören Schulz' Richtung, »werden mich nicht davon abhalten.«

Sören Schulz nickte dem Hausmeister auffordernd zu. Der drängte sich durch die Gruppe der Jugendlichen und packte Korbinian Löffelholz grob am Arm. »Er vielleicht nicht. Aber ich. Sie gehen jetzt.«

Er schob Korbinian Löffelholz mühelos die Stufen hinunter und das letzte kurze Stück Flur entlang bis nach draußen. Hier hatte sich der leichte Niederschlag in der Zwischenzeit zu einem Schneetreiben ausgewachsen. Der Boden war bereits mit einer Schicht Neuschnee bedeckt.

Laut krachend fiel die Haustür hinter Korbinian Löffelholz ins Schloss. Er drehte sich um und starrte auf die Schnitzereien im Türblatt, die ihm jetzt erst auffielen. Das Stichwort »originale Handwerkskunst« flackerte durch sein Bewusstsein, dann versank es im Brodeln seines Ärgers. Er hob die Hand, um mit der Faust gegen das handwerkliche Kleinod zu hämmern, ließ sie aber wieder sinken. Sein Zorn ebbte ab, und er war langsam wieder in der Lage, klar zu denken. So wie sich die Sachlage im Moment darstellte, hatte er vorerst keine Chance, das hier durchzuziehen. Der Eigentümer hatte zwar das Recht, die Villa durch ihn begutachten, fotografieren und vermessen zu lassen. Aber gegen den Willen des Mieters und in Abwesenheit des Besitzers ging das nur mit einer schriftlichen Vollmacht und einer vorherigen Ankündigung seines Besuches. Für beides hatte Kammern und Zimmers offensichtlich nicht gesorgt. Stattdessen hatte man ihn ins offene Messer laufen lassen.

Korbinian Löffelholz ging zu seinem Wagen, als er hörte, dass die Haustür erneut geöffnet wurde. Er blieb stehen und schaute über seine Schulter hinweg zum Haus. Der Mützenjunge stand auf dem Treppenabsatz.

»Sie haben Ihren Hund vergessen.« Er blinzelte. »Wie heißt der eigentlich?«

»Das ist nicht …« Korbinian Löffelholz gab es auf. »Er heißt Carreras.«

»Cool.« Der Mützenjunge grinste und streichelte dem Hund über den Kopf. »Wie meine Autorennbahn.«

Korbinian Löffelholz hatte den Schlüssel ins Zündschloss gesteckt, blieb aber im Wagen sitzen und betrachtete die hinter dicht fallenden Flocken liegende Villa. Was hatte Siebelsbacher ihm womöglich noch alles verschwiegen? Welche Haken, Pferdefüße und Fettnäpfe lauerten noch auf ihn, bevor er den Job zu Ende bringen konnte? Dieser Leiter, Sören Schulz, hatte keine Sekunde gezögert und auch keinen Zweifel daran gelassen, wie die Aktien standen. Schlecht. Für ihn.

Aber gut, er atmete tief ein und blies die Luft langsam wieder aus, er war nicht dahin gekommen, wo er heute stand, weil er bei der ersten Schwierigkeit immer gleich aufgegeben hatte und weggelaufen war. Auch nicht bei der zweiten. Morgen war auch noch ein Tag. Das bedeutete, er würde hier übernachten müssen. Die Sache hatte nur einen Haken, wie ihm eine kurze Online-Recherche auf seinem Handy klarmachte: In ganz Dünenbeck gab es keine einzige Pension, geschweige denn ein Hotel. Und die nächste Übernachtungsmöglichkeit in Jennemünde lag mehr als fünfzig Kilometer entfernt. Dorthin kam er auf keinen Fall, ohne vorher den Wagen aufzuladen. Außerdem wurde das Schneetreiben langsam zu einem handfesten Schneesturm. Korbinian Löffelholz seufzte. In diesem Projekt steckte wirklich der Wurm drin. Noch schlimmer konnte es ja nun fast nicht mehr kommen.

Kapitel 4

Als Korbinian am nächsten Morgen erwachte, wankte er schlaftrunken und mit dröhnendem Schädel ins dunkle Badezimmer, drehte den Wasserhahn auf und trank gierig. Sein Mund fühlte sich an wie die Wüste Gobi samt Ausläufern. Erst als vom weißen Beckenrand schlierig graue Fäden in den Ausguss liefen, sah er hin und entdeckte es.

Kein Zweifel. Das war Blut. Eine Menge Blut. Dunkel und verkrustet klebte es zwischen seinen Fingern, an den Handflächen und an seinen Unterarmen. Fassungslos starrte er darauf. Oder war es doch etwas anderes? Er tastete nach dem Lichtschalter und schloss geblendet die Augen, als die kalte Neonröhre über ihm aufflackerte. Als er sie wieder öffnete und in den Spiegel sah, schreckte er zurück. Nicht nur seine Hände und Arme, sondern auch sein T-Shirt war mit Blut besudelt. Wo zum Teufel kam das her? Hastig hielt er beide Hände in den Wasserstrahl, rieb und schrubbte, drehte und wendete sie. Aber er fand nichts. Keine Wunde, keinen Schnitt, keinen Stich, nichts, was eine Erklärung geben könnte. Er zog das T-Shirt aus, untersuchte seine Arme und den Oberkörper. Ohne Ergebnis. In seinem Kopf pochte es schmerzhaft. Etwas drückte sein Gehirn von innen gegen den Schraubstock, der um seinen Schädel gespannt war.

Eine Erkenntnis schwappte an die Oberfläche seines Bewusstseins. Dieses Blut war nicht sein Blut.

Korbinian Löffelholz wurde schlecht, es gelang ihm gerade noch, sich in die Toilette zu übergeben, bevor ihm schwarz vor Augen wurde.

Als er zum zweiten Mal an diesem Morgen erwachte, brauchte er einige Sekunden, um sich zu orientieren. Er wusste nicht, wie lange er auf dem kalten Fliesenboden gelegen hatte. Sein Kopf fühlte sich an, als läge ein festes Metallband darum, der Nacken schmerzte, und in seinem Magen rumorte es. Er rappelte sich mühsam hoch, zog sich aus und stieg unter die Dusche. Erst warm, dann immer kälter, um einen klaren Kopf zu bekommen. Was war passiert? Warum war er mit Blut besudelt? Korbinian Löffelholz lehnte seine Stirn an die Wand, kaltes Wasser lief ihm über das Gesicht, die Schultern und den Rücken. Gestern war er nach Dünenbeck gekommen, und heute war er immer noch hier. Wieso? Ach ja, natürlich. Die Walküre und ihr Schreihals fielen ihm wieder ein. Und die leere Autobatterie. Nach dem Rauswurf aus der Villa hatte er erfolglos versucht, eine Übernachtungsmöglichkeit zu finden, und war schließlich bei Elisabeth von Petersen gelandet, in deren Gästezimmer er geschlafen hatte und in deren Gästebadezimmer er sich jetzt befand.

Er erinnerte sich, dass er in der Pizzeria mit dem defekten Schild eine erstaunlich gute Pizza gegessen und sich dann vom Wirt zu einem Wein hatte überreden lassen, dessen Qualität ihn noch mehr überraschte. Aus einem Glas waren mehrere und, aus Frust über den komplett quer verlaufenen Tag und seine Gesamtsituation im Allgemeinen, vermutlich zu viele Gläser geworden. Dazu kam der wunderbare Grappa.

Er erinnerte sich an die Musik aus der alten Schlagerbox mit Titeln, die er seit Jahren nicht mehr gehört hatte.

Er erinnerte sich an ein paar Leute, die gekommen waren und sich ihre bestellten Pizzas in Kartons abgeholt hatten. Dorfbewohner, die ihre heimischen Sofas nicht verlassen und lieber vor dem Fernseher essen wollten. Im Schankraum war er der einzige Gast gewesen.

Korbinian Löffelholz drehte den Wasserhahn zu. Langsam trocknete er sich ab, während er zurück in das Gästezimmer ging. Im Haus war es still. Elisabeth von Petersen schlief wahrscheinlich noch. Er hatte keine Ahnung, ob es schon Morgen oder noch mitten in der Nacht war. Draußen vor den Fenstern war es stockdunkel. Noch nicht einmal das Licht einer Straßenleuchte drang durch die leichten Gardinen. Seine Gastgeberin hatte ihm ein Zimmer auf der zweiten Etage ihres Hauses zugewiesen. Sie selbst bewohnte nur noch das Erdgeschoss. »Hachnasat orchim – ich erweise Ihnen Respekt und Gastfreundschaft. Fühlen Sie sich wie zu Hause«, hatte sie gesagt. Ihr Angebot, gemeinsam mit ihr eine Tofu-Lasagne zum Abendessen zu verspeisen, hatte er unter dem Vorwand, ihr nicht noch mehr zur Last fallen zu wollen, abgelehnt und war in die Pizzeria gegangen. Was, wie sich jetzt rausstellte, wohl doch kein so guter Einfall gewesen war.

Im Zimmer bückte er sich und hob seine Kleider vom Boden auf. Er musste wirklich betrunken gewesen sein, sonst hätte er sie nicht so achtlos fallen gelassen. Sein dunkelblaues Hemd fühlte sich steif und rau an. Er betrachtete es genauer und roch daran. Blut. Auch hier. Eindeutig. Korbinian Löffelholz spürte, wie ihm wieder schlecht wurde. Aber diesmal gelang es ihm, die aufsteigende Übelkeit zu unterdrücken.

»Konzentrier dich, Korbinian. Denk nach«, sagte er laut zu sich selbst, setzte sich auf das Bett und schaltete die Nachttischlampe an. Das Bettzeug zeigte rostrosa Striemen. Aus dem kleinen Spiegel an der Wand starrte ihm sein übernächtigtes Gesicht entgegen. Er sah noch älter aus, als er sich fühlte. Korbinian Löffelholz hatte den Eindruck, dass sich jedes einzelne Fältchen in seinem Gesicht über Nacht in einen Grand Canyon verwandelt hatte. Kein Wunder, bei der Menge Alkohol. Trotzdem. Es war ja nicht das erste Mal, dass er den Boden der Flasche gesucht und auch gefunden hatte. So extrem, dass er ein Blackout hatte, war es aber noch nie gewesen. Er sollte sich darüber mal ein paar grundsätzliche Gedanken machen. Jedoch nicht jetzt.

Egal, wie er es auch drehte und wendete, seine letzte Erinnerung war definitiv die, dass er aufgestanden, zur Tür der Pizzeria gewankt und in die Nacht hinausgegangen war. Danach kam nichts mehr. Bis er vorhin aufgewacht war und das Blut entdeckt hatte.

Ein Gedanke überfiel ihn, und er stand hastig auf, eine Bewegung, gegen die sein Hirn heftig protestierte. Er ignorierte den Schwindel. Wo war der Hund? Er wickelte sich das Handtuch um die Hüfte und trat auf den Flur hinaus.

»Carreras?« Er bemühte sich, nicht zu laut zu rufen, um Elisabeth von Petersen nicht aufzuwecken. »Carreras?«, wiederholte er laut flüsternd, ging bis zum Treppenabsatz und spähte hinunter. Was, wenn das Blut von dem Tier stammte? Er kratzte sich am Kinn. Nein. Sicher nicht. So ein Mensch war er nicht. Auch wenn er sich nicht unbedingt als Tierfreund bezeichnen würde, könnte er doch niemals einem Hund etwas antun. »Hallo? Hund?«

Er lauschte in die Stille und seufzte erleichtert auf, als er auf den Holzdielen im Erdgeschoss das Kratzen von Krallen hörte. Carreras kam zur Treppe getrottet, sah erwartungsvoll zu ihm hoch, machte aber keine Anstalten, zu ihm zu kommen. Also stieg Korbinian Löffelholz die Stufen hinunter und setzte sich auf den untersten Treppenabsatz. Carreras legte den Kopf auf sein Knie und ließ sich kraulen. Korbinian Löffelholz schloss die Augen. Vielleicht wäre es das Beste, wieder ins Bett zu gehen und noch ein paar Stunden zu schlafen. Wenn seine Kopfschmerzen erst einmal weg wären, sähe die Welt sicher gleich viel besser aus. Und bestimmt würde er sich dann auch wieder an alles erinnern können.

Schlüssel klapperten. Korbinian Löffelholz blickte auf. Die Haustür öffnete sich, und Elisabeth von Petersen stand im Türrahmen. Hinter ihr fielen im matten Schein einer Außenleuchte dicke Flocken vom Himmel. Elisabeth von Petersen war in einen bunten Poncho gehüllt, ihr Gesicht hinter groben Maschen von Schal und Mütze verschwunden. Nur ihre Augen blitzten daraus hervor.

»Was machen Sie denn so früh am Morgen schon hier unten?« Mit einer schwungvollen Handbewegung befreite sie sich von dem Wollgewühl, warf alles auf eine Kommode und stapfte in den Flur.

»Ich hatte Durst, und da dachte ich …« Korbinian Löffelholz suchte nach einer glaubhaften Ausrede, besann sich aber eines Besseren. Angriff war immer noch die effektivste Verteidigung. »Und Sie? Was machen Sie so früh schon auf den Beinen?«

»Die Zeitungen austragen.« Elisabeth von Petersen schälte

sich aus ihrem Mantel. »Ich brauche nicht viel Schlaf. Und anstatt die Wände anzustarren, tue ich lieber etwas Sinnvolles. Beim Austragen bekomme ich sogar noch etwas Bewegung, außerdem hält sich die Zahl der Abonnenten hier im Dorf naturgemäß in zu bewältigenden Grenzen. Genau das Richtige für eine alte Frau wie mich.« Sie lachte und ging in Richtung Küche. »Heute war ich aber mal nicht die Erste auf den Beinen. Am Jugendtreff war einiges los. Jede Menge Polizei.« Sie drehte sich zu ihm um. »Möchten Sie auch einen Tee?«

»Ja.« Korbinian Löffelholz stand auf und folgte ihr. »Polizei?«

»Ja. Ingwer?«

»Ja.« Korbinian Löffelholz nickte, sah sich um und arbeitete daran, nicht nervös zu werden. Er konzentrierte sich auf Elisabeth von Petersens Einrichtungsgeschmack. An den Wänden stritten sich verschiedene Farben um die Vorherrschaft, wobei ein sattes Grün und ein leuchtendes Lila als Gewinner aus der Sache hervorzugehen schienen. Die Form eines Deckenhaufens ließ ein Sofa darunter vermuten und die Größe des Holztisches in der Mitte des Raums das baldige Eintreffen einer zwanzigköpfigen Großfamilie.

»Setzen Sie sich. Sie sehen ganz geschafft aus. Sie haben zu viel getrunken.« Eine Feststellung. Keine Frage.

»Ich befürchte.« Was ihm außerdem Sorgen machte, verschwieg er ihr lieber.

»Man wird nicht jünger. Früher konnte ich vortrefflich mit Alkohol und Drogen umgehen. Aber heute? Nach den letzten Keksen ist mir richtig schlecht geworden.« Ihr Schmunzeln drückte echtes Bedauern aus.

»Wissen Sie, was die Polizei dort wollte?«

»Nein. Keine Ahnung. Sie haben nur meine Personalien aufgenommen und mich dann fortgeschickt. Es sah aber nicht so aus, als würden die da schnell fertig werden, und es standen eine Menge …«

Ein Glockenspiel bimmelte die Melodie von »Here Comes the Sun« von den Beatles. Elisabeth von Petersen entschuldigte sich und ging zur Tür.

»Sind Sie Frau von Petersen, die Zeitungsbotin?«, hörte Korbinian Löffelholz eine angespannte Männerstimme fragen. Vermutlich hatte Elisabeth von Petersen genickt, denn der Mann redete übergangslos weiter. »Es gab einen Todesfall in der alten Villa. Der Leiter des Jugendtreffs, Sören Schulz, ist mit schweren Kopfverletzungen aufgefunden worden. Dürfen wir bitte reinkommen und Ihnen ein paar Fragen stellen?«

Elisabeth von Petersen bejahte, und Korbinian Löffelholz wurde zum dritten Mal an diesem Morgen übel.

»René Toner und Mike Bacher. Polizei Jennemünde«, stellte der Wortführer sich und seinen Kollegen vor, nachdem Elisabeth von Petersen die Haustür geöffnet hatte und die beiden Männer eingetreten waren. »Und Sie sind der Sohn von Frau von Petersen?«, wollte er wissen, nachdem sie die Küche betreten und er Korbinian Löffelholz gesehen hatte.

»Nein. Herr Löffelholz ist mein Gast.« Elisabeth von Petersen lächelte.

René Toner musterte den nur mit einem Handtuch bekleideten Korbinian Löffelholz und Elisabeth von Petersen abwechselnd, und sein Mienenspiel ließ Irritation, dann vermeintliches Verstehen und schließlich eine Art Faszination erkennen. Korbinian Löffelholz schätzte die beiden Beamten auf Anfang bis Mitte dreißig. Junge, glatte Gesichter. Er stand vom Küchentisch, an dem er gesessen hatte, auf, hielt mit der Linken das Handtuch um seine Hüften fest und streckte den beiden seine Rechte entgegen.

»Löffelholz«, sagte er knapp und hoffte, seine Nervosität wäre ihm nicht allzu deutlich anzusehen. »Ich komme gerade aus der Dusche. Wenn Sie nichts dagegen haben, werde ich mir rasch etwas anziehen.«

»Haben Sie Frau von Petersen heute Morgen auf ihrem Rundgang begleitet?«, wollte der zweite Polizist namens Bacher wissen.

»Nein.«

»Okay.« Mike Bacher überlegte kurz, dann ergänzte er: »Wir möchten auch mit Ihnen sprechen. Reine Routine. Ziehen Sie sich etwas an und dann kommen Sie wieder zu uns.« Er lächelte beruhigend.

»Frische Wäsche liegt auf der Truhe im Flur.« Elisabeth von Petersen sagte das so selbstverständlich, als sei es das Normalste der Welt für sie, ihren Gästen die Kleidung herauszulegen.

Korbinian Löffelholz warf ihr im Hinausgehen einen verstohlenen Blick zu. In ihren Augen las er eine Art von Verständnis, auf das er sich keinen Reim machen konnte. Aber jetzt war nicht der richtige Zeitpunkt, um darüber nachzudenken. Das musste warten. Er stieg die Treppe hinauf und ging durch den Flur in Richtung seines Zimmers. Auf einer alten Truhe lag tatsächlich ein Stapel ordentlich zusammengelegter Kleidung, auf die er auf seinem Weg nach unten nicht geachtet hatte. Er griff danach. Im Zimmer warf er die Sachen auf einen Stuhl in der Ecke und ließ sich rücklings auf Bett fallen. Der Kopfschmerz hatte zwar etwas nachgelassen, aber nach wie vor hatte er das ungute Gefühl, große Teile seines Hirns bestünden aus Watte. Keine besonders gute Voraussetzung, um auf die Fragen von Polizisten in einem Mordfall die richtigen Antworten zu geben. Er rieb sich mit beiden Fäusten die Augen.

Aber Moment. Wieso dachte er direkt an Mord? Er setzte sich ruckartig auf. Hatten die beiden Polizisten von Mord gesprochen? Nein. Es war die Rede von einem Todesfall und schweren Kopfverletzungen gewesen. Nicht von Mord. Vielleicht war alles ja ganz harmlos. Also, sofern man einen Todesfall mit Harmlosigkeit in Verbindung bringen konnte. Vielleicht war Sören Schulz nur gestolpert, unglücklich gestürzt und deswegen gestorben? Vielleicht hatte das ganze Blut auf seiner Kleidung und an seinen Armen gar nichts damit zu tun, und er wäre aus dem Schneider. Vielleicht. Vielleicht, vielleicht.

Aber stopp. Was für Gedanken ließ er da zu? Er war kein Mörder. So ein Unsinn. Er war Korbinian Löffelholz, Mann in den besten Jahren, erfolgreich, gut aussehend, mitten im Leben stehend. Zweifel an sich selbst hatte er noch nie gehabt, und wenn doch, dann hatte er sie möglichst schnell ins Off gekickt. Das brachte doch nichts. Positives Denken erzeugte positive

Ereignisse. Tschakka! Er klatschte in die Hände und stöhnte. Oder auch nicht. In seiner momentanen Situation sogar sehr wahrscheinlich nicht. Viel näher lag die Vermutung, dass er etwas mit dieser Kopfverletzung mit Todesfolge zu tun hatte, eine ganze Menge sogar. Es sei denn, es fände sich in Dünenbeck noch ein anderes Lebewesen mit sehr hohem Blutverlust. Ein Tier womöglich. Allerdings konnte er sich kaum vorstellen, heute Nacht zum Pony-Ripper mutiert zu sein. Wobei das sein eigentliches Problem nur noch mehr verdeutlichte. Er konnte sich den Verlauf der vergangenen Nacht nämlich gar nicht vorstellen, es fehlte ihm schlicht die Erinnerung. Was auf die Polizisten wiederum keinen allzu positiven Eindruck machen würde.

Auf der anderen Seite hieß das aber ja ebenso, dass er sich nicht daran erinnern konnte, etwas getan zu haben. Und wenn er sich daran nicht erinnern konnte, hatte er wohl auch nichts getan. Mit dieser Einstellung sollte er in das Gespräch gehen. Er war unschuldig. Punkt. Das musste er nur richtig kommunizieren. Ein schlechter Start wäre allerdings, wenn er sich ihrem »rein routinemäßigen« Gespräch entziehen würde. Es blieb ihm also nichts anderes übrig, als sich der Sache zu stellen. Und alles zu erzählen, woran er sich erinnern konnte, diese Fakten in einem für ihn positiven Licht darstellend.

Korbinian Löffelholz drückte den Rücken durch. Nur eine weitere Herausforderung in seinem Leben, die es zu meistern galt. Er griff nach der Kleidung, die Elisabeth von Petersen ihm zurechtgelegt hatte. Eine blaue Jeanslatzhose und ein verwaschenes Karohemd, gestrickte Wollsocken, ein Paar Clogs. Damit würde er aussehen wie eine schlechte Peter-Lustig-Kopie mit Haaren. Fehlte nur die Nickelbrille. Aber gut. Er beabsichtigte, es mit Würde zu tragen.

Das Gespräch mit Elisabeth von Petersen war beendet, die beiden Polizisten erwarteten ihn bereits. Vor ihnen standen bunt getöpferte Becher, aus denen kleine Dampfwolken aufstiegen. René Toner schaute misstrauisch auf das sanft kreiselnde Kräutergemisch in seiner Tasse und zeigte sich erleichtert über Korbinian Löffelholz' Erscheinen.

»Herr Löffelholz«, begann er und schob die Tasse von sich fort. »Können Sie uns sagen, wo Sie gestern Abend gewesen sind?«

»Zuerst in der Pizzeria, danach bin ich hierhergekommen.«

»Kann das jemand bestätigen?«

»Sicher. Der Gastwirt.«

»Um wie viel Uhr haben Sie das Lokal verlassen?« Gefährliches Terrain. Korbinian Löffelholz überlegte. Er wusste nicht genau, wann er nach Hause gekommen war, und auch nicht genau, wie.

»Ich habe nicht auf die Zeit geachtet. Es gab wunderbaren Rotwein, und ich habe ihn ...«, er lachte jovial, »also, ich hatte mehr als ein Glas zu viel. Da schaut man dann nicht so oft auf die Uhr.« Er grinste schief, eine Art Appell an die jungen Männer, die in den Polizisten steckten. Einem richtigen Mann konnte man doch einen richtigen Rausch nicht verwehren.

Die Polizisten musterten ihn, und Korbinian Löffelholz fluchte innerlich. Kam wohl doch nicht so gut an. Die heutige Jugend war auf ganzer Linie spaßbefreit.

»Gut«, sagte René Toner und erhob sich. Sein Kollege stand ebenfalls auf. »Wir werden das überprüfen.« Die beiden bedankten sich bei Elisabeth von Petersen für den Tee und gingen in Richtung Haustür. Korbinian Löffelholz folgte ihnen. Die Hand bereits auf der Türklinke, wandte sich René Toner noch einmal um. »Herr Löffelholz, was ich Sie noch nicht gefragt habe: Wie lange sind Sie denn schon Gast bei Frau von Petersen?«

»Seit gestern. Ich bin beruflich hier.«

»Was machen Sie?«

»Ich arbeite für eine Immobilienfirma.«

»Und welche Immobilie bearbeiten Sie hier in Dünenbeck?«

Korbinian Löffelholz hustete, um etwas Zeit zu gewinnen. Es hatte keinen Sinn, die Wahrheit zu verschweigen. Es würde maximal eine Stunde dauern, und die Kommissare hätten alle

Informationen zusammen. »Ich bin hier, um über die Jugendstilvilla ein aussagekräftiges Portfolio anzufertigen.«

»Das heißt, Sie kannten Herrn Schulz?«

»Wir haben uns gestern kurz kennengelernt, als ich das erste Mal vorstellig wurde.«

»Kannten Sie ihn bereits vorher?«

»Nein.« Korbinian Löffelholz schob die Hände in die Taschen seiner Jeanslatzhose. Jetzt nicht verunsichern lassen. Es machte im Leben immer Sinn, das Heft in der Hand und die Kontrolle über die Gesprächsführung zu behalten. »Aber bevor es ihnen ein anderer erzählt, was sicher passieren wird, informiere ich Sie lieber selbst: Es war keine besonders freundliche Begegnung zwischen mir und Herrn Schulz. Er hat mich aus dem Haus werfen lassen.«

»Sie haben gestritten?«

»Nicht direkt. Wir waren nur unterschiedlicher Auffassung über den weiteren Fortgang der Dinge meine Arbeit in der Villa betreffend.«

»Inwiefern?«

Korbinian Löffelholz erklärte ihnen die Zusammenhänge, die Polizisten nickten, dann verabschiedeten sie sich mit der Ankündigung eines weiteren Besuchs, wenn sie seine Aussagen überprüft hätten.

Korbinian Löffelholz starrte noch einen Moment auf die geschlossene Haustür. Dann drehte er sich um und ging zurück in die Küche. Er setzte sich auf den Platz, an dem vor wenigen Minuten dieser René Toner gesessen hatte, zog die unberührte Tasse Tee zu sich heran und trank einen Schluck. Er hatte erwartet, dass nun die Anspannung von ihm abfallen würde, aber das Gegenteil war der Fall. Seine Sorge wuchs.

Elisabeth von Petersen lehnte mit verschränkten Armen am Herd und beobachtete ihn nachdenklich. Nach einer Weile sagte sie: »Sie sind um ein Uhr in der Nacht nach Hause gekommen. Sie waren sehr betrunken, haben eine Menge Lärm gemacht und unverständliches Zeug gelallt. Ich habe Sie auf Ihr Zimmer gebracht.« Sie machte eine kurze Pause, bevor sie weitersprach.

Korbinian Löffelholz sah sie erstaunt an. »Ihr Hemd war mit etwas beschmutzt, was ich nicht eindeutig zuordnen konnte. Es roch nach Blut. Da es Ihnen abgesehen von Ihrem Rausch aber gut ging, habe ich Sie in Ruhe gelassen und Ihnen nur heute Morgen die sauberen Kleider hingelegt.« Ihr ernster Ton unterschied sich deutlich von ihrer bisherigen fröhlichen Art.

»Warum haben Sie das eben nicht gesagt?«

»Als die Polizei da war?«

»Ja.«

»Weil die Polizei da war.« Elisabeth von Petersen stieß sich von der Stelle ab, an der sie gestanden hatte, kam zum Küchentisch und setzte sich Korbinian Löffelholz gegenüber auf einen Stuhl. Sie nahm die andere, ebenfalls unberührte Teetasse und trank einen großen Schluck. »Ich wollte zuerst Ihre Version hören, bevor ich Dinge in die Welt hinausposaune, die die Sache nur verkomplizieren.« Sie stützte beide Ellbogen auf den Tisch, hielt die Tasse an den Mund und blies hinein. »Also?« Sie blickte ihn unverwandt an.

Korbinian Löffelholz wischte mit der Handkante einen kleinen feuchten Fleck von der Holzplatte des Tisches. »Ach, das ist doch alles Unsinn«, begehrte er auf. »Ich sehe überhaupt keinen Grund, warum ich Herrn Schulz etwas angetan haben sollte. Ich bin ein friedlicher Mensch, ein absolut unbescholtener Bürger, und es ist eigentlich eine Unverschämtheit, so etwas überhaupt zu denken.« Elisabeth von Petersen schwieg, ohne ihn aus den Augen zu lassen. »Wieso sollte ich so etwas tun?«, fuhr Korbinian Löffelholz fort und redete sich in Rage. »Ich bin doch kein unkontrollierter Hitzkopf. Ich bin ein erfolgreicher Immobilienmakler, den es nur durch Zufall in dieses Kaff verschlagen hat, und jetzt will man mir einen Mord anhängen. Ach, verdammt.« Er schlug mit der Faust auf den Tisch. »Aber nicht mit mir.« Er schnaubte. »Nicht mit mir.«

»Wissen Sie«, sagte Elisabeth von Petersen unbeeindruckt von seinem Auftritt und stellte ihre Tasse wieder ab, »in meinem Leben habe ich gelernt, dass sich nach dem ersten immer ein zweiter und meistens auch ein dritter Blick lohnt, um zu sehen, wie die Dinge wirklich liegen. Das Einzige, was diesen Blick behindern kann, ist die eigene Blindheit. Sich selbst und anderen gegenüber. Wenn man nicht ehrlich ist, weil die Wahrheit vielleicht schmerzt oder verletzt. Aber das nutzt nichts. Man darf das Xìn niemals vergessen, die Wahrheitsliebe, die Aufrichtigkeit und die Vertrauenswürdigkeit. Wie steht es damit bei Ihnen?«

Korbinian Löffelholz biss sich auf die Lippen. Dann sah er aus dem Fenster. Draußen war es hell geworden, und die Schneeflocken fielen weiter dicht an dicht. »Ich weiß es nicht«, sagte er leise, ohne Elisabeth von Petersen anzusehen. Er hatte das Gefühl, in Sekundenschnelle zu schrumpfen wie ein Luftballon, dessen Knoten man geöffnet hatte.

»Was wissen Sie nicht?«

»Ob ich etwas mit dem Tod von Sören Schulz zu tun habe. Obwohl ich natürlich von meiner Unschuld überzeugt bin«, ergänzte er in einem Tonfall, der seine Aussage zumindest in Zweifel zog.

»Also war es Blut an Ihrem Hemd?«

»Ich denke, dass es das war. Und an meinen Händen und an meinem Shirt.«

»Aber Sie wissen nicht, wie es dorthin gekommen ist?«

»Nein. Sicher gibt es eine ganz logische Erklärung dafür. Ich kenne sie nur noch nicht.« Mit einem Mal wurde sich Korbinian Löffelholz seiner Gesamtsituation bewusst. Ausgebootet in der Firma, hinausgeworfen bei einem lächerlichen Auftrag, gestrandet in der Pampa und jetzt auch noch in den Augen der anderen ein potenzieller Mörder. Er ließ den Kopf nach hinten an die Wand kippen und schloss die Augen. Eine warme Zunge fuhr ihm über die Finger, und er schreckte hoch. Carreras saß neben ihm und schaute ihn besorgt an.

»Ist das etwas, das Sie sich zutrauen würden?«, wollte Elisabeth von Petersen wissen.

»Was? Einen Menschen zu töten?« Er lachte auf. »Natürlich nicht.« Er sah sie an. »Wer will das schon von sich denken?«

»Niemand. Bis auf einige wenige Ausnahmen, schätze ich. Aber trotzdem geschieht es.«

»Heißt das, Sie denken, ich hätte Sören Schulz umgebracht?«

»Nein. Ich habe in meinem Leben schon viele Menschen kennengelernt. Einigen davon hätte ich ein solches Verbrechen zugetraut. Sie gehören zu der anderen Sorte.«

»Aber Sie kennen mich doch gar nicht. Wie können Sie mir da vertrauen? Ich selbst glaube an meine Unschuld. Aber Sie?«

»Nein. Sie kenne ich nicht. Aber mich. Und ich weiß, dass auf mein Urteil Verlass ist. Irgendeinen Vorteil muss es ja schließlich haben, alt zu werden. Wenn man schon dahinschrumpeln muss.« Sie trank einen Schluck von ihrem Tee und verzog das Gesicht. »Ich glaube an Ihre Unschuld, Korbinian Löffelholz. Das Problem ist nur, dass Sie es nicht tun, auch wenn Sie etwas ganz anderes behaupten.«

Kapitel 5

Elisabeth von Petersens Vertrauen in seine Unschuld rührte Korbinian Löffelholz, aber er fragte sich, wieso sie glaubte, er würde an sich zweifeln. So viel zum Thema Lebenserfahrung. Gut, er war wütend auf Sören Schulz gewesen, weil der ihm in die Quere gekommen war. Weil es das Ende seiner Karriere bedeuten konnte, wenn er hier auf Dauer klein beigeben musste. Doch ihn umbringen? Es war doch noch längst nichts entschieden, eine verlorene Schlacht war nicht das Ende des Krieges. Aber es half nichts. Solange er nicht wusste, was er gestern Abend zwischen dem Moment, als er die Pizzeria verlassen hatte, und dem Zeitpunkt, da er hier angekommen war, getan hatte, konnte er an seine Unschuld zwar glauben, sie jedoch nicht beweisen. Über eines war er sich trotzdem im Klaren: Früher oder später würde er einen guten Anwalt brauchen. Spätestens wenn die Polizei seine blutbefleckten Kleider in die Finger bekäme, säße er in Untersuchungshaft. Und dann war alles aus. Auch wenn er unschuldig war, sein Ruf wäre auf ewig ruiniert. Eine Spitzenkraft musste her.

Er zog sein Handy aus der Tasche, öffnete die Liste seiner Kontakte und hatte den Finger bereits über dem kleinen Telefonsymbol, als er innehielt. Es war womöglich keine gute Idee, die Firma um einen Rechtsbeistand zu bitten. Natürlich verfügten sie über die besten Adressen der Stadt, und mehr als einmal hatten die Anwälte ihr Können bewiesen, aber wie stünde er denn da? In der Firma durfte von seinem Dilemma nichts bekannt werden. Damit fielen auch diverse juristisch bewanderte Kollegen aus, die er um Rat hätte fragen können. Denn wenn er auch hier ehrlich mit sich war – was langsam zu seinem neuen, nicht wirklich lustigen Hobby zu werden drohte –, war unter ihnen kein wirklicher Freund. Kollegen, Feierabendtrinkkumpane, Schulterklopfer, das ja. Aber in letzter Konsequenz waren sie dann doch bloß seine Konkurrenten, die wie die Hyänen über ihn herfallen und ihn zerfleischen würden. Diese Sache würde nicht nur ein gefundenes Fressen für die Meute darstellen, sondern ein außerordentliches Festmahl.

Nein. Das musste anders gehen. Er würde einen seiner abendlichen Mädels-Kontakte bitten. Die waren ihm sicher wohlgesinnt. Immerhin verwöhnte er sie nach allen Regeln der Kunst. Da waren sie ihm doch einen Gefallen schuldig.

Er scrollte auf der Liste der getätigten Anrufe nach unten und versuchte, sich an die zu den Zahlen gehörenden Gesichter zu erinnern, was ihm nur annähernd gelang. Zum Glück stand das jeweilige Datum des Anrufs bei der Handynummer, und er konnte anhand seines Kalenders rekonstruieren, was er getan und nach wem ihm der Sinn gestanden hatte. Nach zehn Nummern funktionierte allerdings auch das nicht mehr. Die Letzte, mit der er geschlafen hatte, Saskia, arbeitete in den Medien. Das wusste er noch, aber ihre Nummer hatte er nicht, und diese Verbindung brachte auch sicher nichts. Drei weitere Bekanntschaften der letzten beiden Wochen brauchte er ebenfalls nicht anzurufen, die eine war Kosmetikerin, die andere Social-Media-Managerin in einem Start-up und die dritte eine ziemlich junge Bloggerin, die seine Nummer noch vor seinem Namen hatte wissen wollen. Aber die davor, Lisa – hey, sein Namensgedächtnis war doch nicht ganz außer Betrieb –, hatte erzählt, sie würde gerade die letzten Monate ihres Referendariats bei der Staatsanwaltschaft absolvieren. Als angehende Juristin konnte sie bestimmt mit ein oder zwei Namen von Anwälten aufwarten, die ihr positiv aufgefallen waren.

Schon drückte er auf die Nummer. Er hörte ein Knacken in der Leitung, ratternde Geräusche, dann Stille, gefolgt von einem weiteren Knacken.

»Hallo?«, fragte Korbinian Löffelholz, in der Hoffnung, ein Gegenüber am anderen Ende der Leitung zu haben. »Lisa? Kannst du mich hören?«

»Versuchen Sie gerade, mit dem Handy zu telefonieren?«, rief Elisabeth von Petersen aus dem Wohnzimmer, in das sie sich nach ihrem Gespräch zurückgezogen hatte. »Da werden Sie keinen Erfolg haben.« Er hörte, wie sie sich ächzend erhob, zwei Sekunden später erschien sie im Türrahmen. »Wir haben hier sowieso nur sehr eingeschränkt Empfang. Auch unter normalen Umständen. Bei dieser Witterung ist das Netz quasi nicht existent. Wenn Sie unbedingt das Handy nutzen wollen, müssten Sie schon nach Tiemesstadt oder Kusensee fahren. Dort könnte es klappen.«

»Wie weit ist das?«

»Zwanzig Kilometer. Sie könnten aber auch …«

»Danke schön.« Korbinian Löffelholz hörte schon nicht mehr zu, er stand auf und ging zur Garderobe im Hausflur. Er konnte nicht länger passiv bleiben. Er musste etwas unternehmen. Im Gehen öffnete er die App für seinen Wagen. Hier konnte er normalerweise den Ladestand des Akkus ablesen. Natürlich nur, wenn er auch Zugang zum Internet hatte. Was hier und jetzt nicht der Fall war. Carreras erhob sich und folgte ihm. »Haben Sie meinen Mantel gesehen?«

»Hatten Sie einen Mantel?«

»Natürlich.« Korbinian Löffelholz überlegte. »Ich habe ihn in der Pizzeria an den Haken gehängt. Das weiß ich genau.«

»Als Sie gestern Abend nach Hause kamen, hatten Sie jedenfalls keinen an. Sicher haben Sie ihn dort vergessen.« Elisabeth von Petersen erschien ebenfalls im Hausflur. »Sie können einen von denen da nehmen.« Sie zeigte auf einen dicken Wulst aus verschiedenen graubraunen Stoffgemischen. Korbinian Löffelholz griff wahllos nach dem obersten. Das Peter-Lustig-Gedenkoutfit ließ sich sowieso nur noch schwerlich verschlimmern. Den Wagenschlüssel hatte er zum Glück nicht in seinem Mantel aufbewahrt.

Er verließ das Haus und ging über den Hof zu der kleinen Scheune, in der er den Wagen gestern bei seiner Ankunft geparkt und an die einzige Steckdose angeschlossen hatte. Er öffnete die Fahrertür und ließ sich auf den Sitz gleiten. Der vertraute Geruch im Inneren des Wagens – eine Mischung aus Neuwagenduft, teurem Leder und Papier – ließ ihn für eine

Sekunde denken, alles sei in Ordnung und er nur auf dem Weg zu seinem nächsten Großkunden. Ein Blick auf die Energieanzeige frustrierte ihn. Obwohl der Wagen die ganze Nacht an der Steckdose gehangen hatte, war der Akku leer. Versuchsweise drückte er den Startknopf, legte den Rückwärtsgang ein und trat auf das Gaspedal. Nichts geschah. Der Wagen rührte sich nicht.

»Verdammt.« Er schlug mit dem Handballen auf das Lenkrad. Das mit dem kleinen Ausflug in einen der Nachbarorte konnte er sich abschminken.

Korbinian Löffelholz stieg aus, ging zur Steckdose und kontrollierte den Sitz des Kabels. Alles sah gut aus. Gestern hatte der Akku geladen, das wusste er genau, weil er es dreimal kontrolliert hatte, bevor er ins Haus gegangen war. Über der Steckdose war mit verstaubten Kunststoffschellen in unregelmäßigen Abständen die Zuleitung an die Wand der Scheune genagelt worden. Er folgte dem Verlauf, um den Ursprung zu finden, und entdeckte schließlich hinter einigen Brettern, zwischen denen ein Haufen Spinnen eine Art Megacity gesponnen hatte, einen uralten Sicherungskasten. Eine einsame Porzellansicherung steckte in dem Kasten. Von außen sah sie weder beschädigt noch irgendwie anders beeinträchtigt aus, aber was hieß das schon. Korbinian Löffelholz hatte keine Ahnung, wie er die Funktion überprüfen konnte. Das mit dem Handwerklichen war noch nie seine Stärke gewesen. Er wandte sich um, ging über den Hof zurück zum Haus und suchte Elisabeth von Petersen.

»Ach ja.« Elisabeth von Petersen winkte ab. »Das alte Schätzchen. Ich kann mich nicht erinnern, wann ich die Steckdose das letzte Mal benutzt habe. Wenn da so ein kleines rotes Plättchen lose herumhängt, ist sie herausgeflogen.«

»Dann schrauben wir eine neue rein.«

»Im Prinzip der richtige Ansatz, aber ich habe keinen Ersatz. Um den zu kaufen, müssten wir nach Tiemesstadt oder Kusensee fahren. Hier in Dünenbeck gibt es so etwas nicht.« Sie hob bedauernd die Schultern. »Aber ich habe sicherlich noch irgendwo eine Kabeltrommel. Dann schließen wir den Wagen an eine der Steckdosen im Haus an, und ratzfatz haben Sie wieder vollgetankt.«

»›Ratzfatz bedeutet in dem Fall mindestens acht Stunden. Bis ich dann irgendwohin gefahren bin, wo ich Empfang habe, sind an die neun Stunden vergangen, und ich erreiche niemanden mehr, weil alle bereits Feierabend haben.«

»Sie könnten auch einfach mein Festnetztelefon benutzen«, sagte Elisabeth von Petersen beiläufig. Korbinian Löffelholz sah sie entgeistert an.

»Warum sagen Sie das denn nicht gleich?«

»Oh, ich wollte es Ihnen sagen. Sie hatten aber keine Zeit, mir zuzuhören, weil Sie es eilig hatten, zu Ihrem Auto zu kommen.« Sie lächelte ihn freundlich an, und zu seinem Erstaunen konnte Korbinian Löffelholz keine Spur von Häme oder Hättest-du-mal-auf-mich-gehört in ihrer Miene entdecken. Sie stellte einfach nur die Dinge so dar, wie sie waren. Er nickte.

»Wo ist denn Ihr Telefon?«

Lisa hatte es rundweg abgelehnt, ihm zu helfen. Stattdessen hatte sie ihm erklärt, was sie von Typen hielt, die sich unbemerkt aus dem Staub machten, ohne auch nur einen kurzen Gruß zu hinterlassen, und einen dann auch noch bei Instagram blockierten. Falls er damit bezweckt habe, jeglichen Kontakt zu unterbinden, sei ihm das zu einhundert Prozent geglückt, aber dann solle er jetzt bitte auch konsequent bleiben. Zwei weitere Versuche bei anderen nächtlichen Gefährtinnen (Nina, Vanessa) waren ähnlich verlaufen – »Ich habe gefühlt fünf Prio-1-Topics auf dem Tisch, und du gehörst nicht dazu«, »Lass mich bloß in Ruhe, du Chauvi« –, bei einer Vierten (Inga?) hatte er sich von vornherein mit dem Namen vertan – »Ich heiße Verena!« –, und die Fünfte hatte soeben aufgelegt, weil sie ihn für einen Stalker hielt. Korbinian Löffelholz fragte sich brüskiert, mit was für Leuten die sich abgab, dann erweiterte er sein Spektrum und durchforstete seine Kontakte nach geeigneten Namen ohne Anbindung zur Firma.

Bei einem Typen, den er aus dem Fitnessstudio kannte, blieb er hängen. Max und er trainierten häufig parallel, und sie hatten mehr als einmal miteinander über die anwesenden Damen geredet. Korbinian Löffelholz würde sogar so weit gehen, ihn anderen gegenüber als Sportfreund zu bezeichnen.

Als er Max an den Apparat bekam, konnte der sich zuerst nicht an ihn erinnern, und als Korbinian Löffelholz ihm sehr detailliert erklärte, woher sie sich kannten und warum er ihn anrief, ging Max deutlich auf Distanz und beendete das Gespräch unter dem Vorwand, dringend mit der Katze seiner Mutter zum Tierarzt zu müssen.

»So ein Mist.« Er legte auf.

»Wie es scheint, sehen Ihre Bekannten sich nicht in der Pflicht, Ihnen zu helfen.«

»Sie haben keine Zeit. Viel zu tun.«

»Zeit hat man immer für das, was einem wichtig ist.«

»Wollen Sie damit sagen, ich sei unwichtig?« So langsam ging Elisabeth von Petersen ihm auf die Nerven. Reichte es nicht, dass er eine Absage nach der anderen kassierte? Musste sie das auch noch vor ihm breittreten? Und wieso schwirrte sie die ganze Zeit in seiner Nähe herum? Das Wort Privatsphäre schien sie nicht zu kennen.

»Nein. Niemand ist jemals unwichtig. Aber ich denke, Ihnen fehlt eine gehörige Portion Inuuqatigiittiarniq. Das Verhalten der anderen ist eine Reaktion darauf. Oder aber sie ticken genauso.«

»Inuuqa… was?«

»Der Respekt im Umgang mit anderen. Frieden und Harmonie im Zusammenleben. ›Inuuqatigiittiarniq‹ ist das Wort der Inuit für diesen Zustand«, sagte Elisabeth von Petersen ruhig, und als Korbinian Löffelholz sie nur schweigend anstarrte, ergänzte sie: »Ich habe ihn doch erzählt, dass ich diese Art von Wörtern sammele. Glücksworte. Es gibt sie in allen Sprachen. Sie sind nicht wörtlich zu übersetzen, und sie drücken immer etwas Besonderes und Positives aus, über das man sich freuen kann. So wie ›sturmfrei‹ im Deutschen. Oder ›Sehnsucht‹. Oder

›Sitzfleisch‹. Mein Lieblingsglückswort im Deutschen ist übrigens ›eigenwillig‹. Das passt zu mir.«

»Allerdings.« Korbinian Löffelholz musste gegen seinen Willen grinsen. Diese Alte war definitiv verrückt.

»Sehen Sie. Das meine ich damit, wenn ich sage, Ihnen fehlt Inuuqatigiittiarniq. Sie haben gerade über mich gelacht. Nicht mit mir. Sie halten mich für verrückt und fällen ein Urteil.«

»Sie können nicht wissen, was ich denke.«

»Doch.«

»Woher?«

»Lebensweisheit. Noch so ein Glückswort.« Elisabeth von Petersen strich sich eine Haarsträhne aus dem Gesicht und klemmte sie hinter ihr Ohr. »Aber damit ist Ihnen jetzt nicht geholfen. Sie möchten mit einem Anwalt sprechen, richtig?«

Korbinian Löffelholz nickte.

»Dann schlage ich vor, wir gehen zu Rainer Quambusch, unserem Bürgermeister. Er ist von Haus aus Anwalt und weiß sicher, was zu tun ist.«

Rainer Quambusch sah aus wie ein älterer Udo Jürgens mit Heino-Toupet. In rustikaler Männlichkeit mit Sakko, Weste und Krawatte kam der hochgewachsene Mann auf Korbinian Löffelholz zu und reichte ihm die Hand. Korbinian Löffelholz schätzte ihn auf achtundfünfzig oder neunundfünfzig Jahre, von denen man ihm jedes einzelne ansah. Mit seinem Büro bildete der Bürgermeister eine stilistische Einheit. Hinter dem obligatorischen, viel zu großen Schreibtisch mit zwei unbequemen Besucherstühlen davor reihten sich einheitlich gebundene Gesetzestexte in tristen Regalen aneinander. Neben dem Telefon stand ein gerahmtes Bild, dessen fröhliche Farben fehl am Platz wirkten. Strahlende Frau, lachendes Kind. Liebe, Lust, Leben. Nichts von dem hätte Korbinian spontan mit Rainer Quambusch in Verbindung gebracht.

»Unsere Elisabeth hat Sie mir angekündigt und gemeint, Sie hätten ein paar Fragen, die Sie gern mit mir klären möchten. Geht es um die Villa? Wie kann ich Ihnen denn da helfen?«

»Es geht *auch* um die Villa.« Korbinian Löffelholz überlegte, wie er das Thema am besten anschneiden konnte, ohne zu viel preiszugeben.

»Verzeihen Sie«, redete Rainer Quambusch weiter. »Setzen Sie sich doch. Möchten Sie Kaffee oder lieber Tee?«

»Kaffee. Danke.« Nach dem undefinierbaren Kräutergemisch bei Elisabeth von Petersen wäre ein starker Kaffee jetzt genau das Richtige.

Rainer Quambusch ging zu einem Wandschrank und zog die Tür auf. Eine dieser chromglänzenden Kaffeemaschinen kam zum Vorschein. Daneben warteten Tassen und Latte-Gläser auf ihren Einsatz. Der Anwalt drückte auf einen Knopf, die Maschine brodelte und zischte, bevor durchdringender Kaffeeduft den Raum erfüllte. Er reichte Korbinian über den Schreibtisch hinweg die Tasse und setzte sich, ohne sich selbst einen Kaffee zu machen. Mit seinem Bürostuhl glitt er nah an die Schreibtischkante, stützte beide Ellbogen auf und verschränkte die Hände unter seinem Kinn. »Ich stehe zur Verfügung. Als Ortsvorsteher habe ich immer ein offenes Ohr für alle Belange, die Dünenbeck betreffen.«

»Sie sind doch auch Anwalt, richtig?« Korbinian Löffelholz griff nach der Tasse, trank einen Schluck und verbrannte sich die Zunge.

»Ja. Das bin ich.«

»Ich benötige unter Umständen Ihre Hilfe nicht als Bürgermeister, sondern in dieser Funktion«, redete Korbinian gegen den Schmerz an.

»Ich fürchte, da werde ich Ihnen leider nicht helfen können. Ich habe das Team des Jugendtreffs anwaltlich beraten, als es um die Frage des Widerspruchs gegen die Mietkündigung ging. Außerdem unterstütze ich den Treff ehrenamtlich. Mein Sohn geht dort ein und aus. Eine gute Sache, auch wenn ich nicht so ganz damit einverstanden bin, welche Flausen den Kindern da in den Kopf gesetzt werden.« Er lachte dröhnend. »Aber so viel Angebot haben wir hier nicht, und es ist immer noch besser, als dass die Kinder auf der Straße rumlungern. Missverstehen

Sie mich bitte nicht, mein Sohn lungert natürlich in keinster Weise, aber trotzdem. Es ist mir also leider nicht möglich, die Immobilienfirma ebenfalls zu vertreten.« Rainer Quambusch stieß sich vom Schreibtisch ab, rollte ein Stück nach hinten und klatschte die Hände flach auf den Tisch. Dann stand er auf und schaute Korbinian Löffelholz leicht vorgebeugt erwartungsvoll an.

»Ich bin nicht wegen der Villa hier«, sagte Korbinian Löffelholz und stellte die Tasse ab. »Es handelt sich um eine private Angelegenheit.« Obgleich ihn gerade starke Zweifel beschlichen, ob dieser Quambusch der Richtige dafür war. Wer schon kein korrektes Deutsch konnte … Aber vielleicht redeten die Leute hier ja so. In »keinster Weise« konnte er dagegen etwas einwenden, und sicherlich wäre er, Korbinian Löffelholz, außer dem Jugendtreff auch des Bürgermeisters »einzigster« Mandant. Doch was hatte er schon für eine Wahl?

Rainer Quambusch ließ sich wieder auf seinen Stuhl fallen, zog sich mit den Händen an die Schreibtischplatte heran und nahm umgehend die gleiche Haltung ein wie vor seinem Aufstehen.

»Haben Sie schon gehört, was im Jugendtreff passiert ist?«, wollte Korbinian Löffelholz wissen.

»Ich bin der Bürgermeister hier im Ort. Besser gesagt, der Ortsvorsteher, weil wir ja keine eigene Stadt sind. Und ich bin Anwalt. Wenn ich als solcher auch nicht allzu viel zu tun bekomme. Aber ja. Selbstverständlich weiß ich, was geschehen ist.« Quambusch blickte nachdenklich auf einen Papierstapel, der rechts neben ihm lag, und seufzte. »Sehr bedauerlich. Der arme Schulz. Tragisch. Sehr tragisch. Kein schönes Ende.«

Beide Männer schwiegen einen Augenblick, bis Korbinian Löffelholz sich einen Ruck gab.

»Ich befürchte, dass die Polizei mich verdächtigen könnte, etwas damit zu tun zu haben.«

»Mit dem Tod von Sören Schulz?«

»Ja.«

Rainer Quambusch musterte ihn überrascht. »Und warum

denken Sie, dass die Polizei«, er räusperte sich, »einen Grund haben könnte, Sie zu verdächtigen?«

»Also ich denke ja nicht, dass sie einen Grund haben, denn ich bin selbstverständlich unschuldig.«

»Dann gibt es doch kein Problem.«

»Nein … also … doch. Die Polizei ist womöglich anderer Meinung.«

»Aber Sie sagen, dass kein Grund besteht. Haben Sie ein Alibi?«

»Das ist es ja gerade. Ich weiß es nicht.«

»Sie wissen es nicht?«

»Nein.« Korbinian Löffelholz erklärte ihm seine Lage, selbstverständlich ohne die blutige Kleidung zu erwähnen.

Rainer Quambusch pfiff leise durch die Zähne. »Sie waren betrunken, sagen Sie.«

Korbinian Löffelholz nickte.

»Trinken Sie regelmäßig?«

»Ich trinke gelegentlich den einen oder anderen Drink mit Kunden nach einem Abschluss oder mit Kollegen auf After-Work-Meetings. Das gehört dazu. Ab und an auch privat in Bars. Wieso fragen Sie das?«

»Würden Sie sich als Alkoholiker bezeichnen?«

»Nein, natürlich nicht.« Korbinian Löffelholz wehrte entrüstet ab. »Ich bin trinkfest, habe aber kein Problem mit Alkohol.«

»An gestern Abend haben Sie allerdings keine Erinnerung mehr.«

»Das war kein Alkoholismus, sondern das berühmte eine Glas zu viel.« Korbinian Löffelholz rieb seine Stirn. Das Pochen in seinem Kopf nahm wieder zu. »Warum reiten Sie so darauf herum?«

»Schuldunfähigkeit. Wenn Sie komplett betrunken waren, kann es sein, dass Sie schuldunfähig sind und einigermaßen unbeschadet aus der Sache rauskommen können. Allerdings erfordert das bei Tötungsdelikten einen Blutalkoholwert von mindestens drei Komma drei Promille. Bei ungeübten Trinkern bedeutet diese Menge Alkohol im Blut schon Lebensgefahr. Außerdem gehe ich nicht davon aus, dass Sie sich gestern Nacht selbst Blut abgenommen haben, um den Promillewert zu überprüfen? Alkoholismus wäre die einzige Möglichkeit, eine solche Behauptung vor Gericht zu stützen.«

Korbinian Löffelholz überlegte. Das wurde ja immer schlimmer. Eine jahrelange Haftstrafe oder die Möglichkeit, wegen Schuldunfähigkeit glimpflich davonzukommen, dafür aber als Alkoholiker abgestempelt zu werden. Beides war »in keinster Weise« eine annehmbare Option, um mal in Quambuschs Diktion zu bleiben. Er schüttelte den Kopf. »Vergessen Sie das mit der Schuldunfähigkeit. Ich setze auf unschuldig, bis das Gegenteil bewiesen ist. Was würden Sie mir in diesem Fall raten?«

»Ich würde Ihnen raten ...«, hob Rainer Quambusch an, wurde aber von einem lauten Klopfen an der Tür unterbrochen. Seine Sekretärin trat ein.

»Bitte entschuldigen Sie die Störung, aber hier sind zwei Herrn von der Polizei, die Sie dringend sprechen möchten«, sagte sie in entschuldigendem Ton und gab gleichzeitig die Tür frei. René Toner und Mike Bacher betraten den Raum. Erstaunt musterten sie Quambuschs Besucher.

»Herr Löffelholz. Zu Ihnen wollten wir gleich auch noch, weil sich neue Fakten ergeben haben. Vielleicht sind wir aber alle schon an der richtigen Stelle gelandet. Wie ich sehe, haben Sie sich ja bereits an einen Anwalt gewandt.«

»Welche Fakten?« Korbinian Löffelholz war froh, dass er saß. Er bemühte sich um eine feste Stimme.

»Wir haben am Tatort einen Mantel gefunden, in dem sich ein kleines Etui mit Visitenkarten befand, auf denen Ihr Name steht. Da liegt die Vermutung nahe, dass es sich um Ihren Mantel handelt. Besitzen Sie einen dunkelblauen Wollmantel?«

Korbinian Löffelholz öffnete den Mund.

»Mein Mandant wird sich in dieser Sache nicht äußern«, mischte sich Rainer Quambusch ein. Korbinian Löffelholz und die beiden Polizisten sahen ihn überrascht an.

»Ist Herr Quambusch Ihr Rechtsbeistand, Herr Löffelholz?«, wollte René Toner mit unbewegter Miene wissen. Korbinian Löffelholz sah nervös von einem zum anderen. Dann nickte er.

»Ja. Ich denke, das ist er.«

Kapitel 6

»Schweigen ist das Beste, wozu ich Ihnen in Ihrer Situation raten kann.« Rainer Quambusch stand am Fenster und beobachtete den Abgang der beiden Polizisten. Korbinian Löffelholz konnte von seinem Stuhl aus sehen, wie sie die Windschutzscheibe ihres Wagens von einer dicken Schicht Neuschnee befreiten, ehe sie einstiegen. Erstaunlich, was für Massen in so kurzer Zeit vom Himmel fallen können, dachte er, die beiden waren höchstens fünfzehn Minuten hier gewesen, und wunderte sich zugleich über sich selbst. Der Schnee war sein kleinstes Problem. Die Polizei hatte seinen blauen Wollmantel bei der Leiche gefunden, zumindest ging er davon aus, dass es sein Wollmantel war, den er in der Pizzeria vermutet hatte. Eine andere Möglichkeit gab es wegen des Etuis mit den Visitenkarten im Grunde nicht. Aber wie war er dorthin gelangt? Die Polizisten hatten sich nicht darüber geäußert, wo genau sie den Mantel gefunden hatten. Vielleicht hatte er ja ganz harmlos an einem Garderobenhaken gehangen und bewies weiter nichts, als dass sein Besitzer kürzlich in der Villa gewesen war? Das war schließlich nicht verboten, auch wenn der Aufenthalt dort mit seinem Rausschmiss geendet hatte.

Aber nein. Korbinian Löffelholz wusste leider sehr genau, dass er den Mantel nicht bei seinem Besuch in der Villa vergessen hatte. Was er nicht wusste, war, wie er später von der Pizzeria in die Villa und damit in die Nähe des Toten gekommen war.

Die Polizisten waren losgefahren und glitten nun im Schneckentempo die verschneite Straße entlang. Sie hatten ihn gebeten, sich in den nächsten Tagen zur Verfügung zu halten. Die drei Fragen, die sie an Rainer Quambusch gerichtet hatten, waren schnell abgehandelt gewesen. Ob er von dem Streit zwischen Schulz und Korbinian Löffelholz gehört habe? – Ja, sein Sohn habe davon berichtet. Ob er als Gemeindeoberhaupt und

Schulz' Anwalt in dieser Sache Pläne entwickelt habe, wie die Villa für die Jugendarbeit zu erhalten und der Verkauf zu verhindern sei? – Natürlich habe er als langjähriger Ortsvorsteher stets das Wohl aller Bürgerinnen und Bürger im Sinn und sei sich der Relevanz einer für die Jugendlichen von Dünenbeck attraktiven Sozialarbeit absolut bewusst, sein anwaltliches Engagement sei aber über eine beratende Tätigkeit bisher nicht hinausgegangen. Ob er Schulz gestern getroffen habe? – Nein.

»Solange es keine konkreten Beweise gegen Sie gibt, Herr Löffelholz, bleiben Sie auf freiem Fuß«, sagte Quambusch, als die Polizisten um die nächste Ecke gebogen waren. »Es gibt doch keine konkreten Beweise, oder?«

»Nein.«

»Es ist wichtig, dass Sie mir alles sagen, was es zu sagen gibt. Ich kann Sie nicht beraten und in Ihrem Sinne handeln, ohne alle Fakten zu kennen.« Rainer Quambusch wandte sich um und sah Korbinian Löffelholz ernst an.

»Etwas habe ich der Polizei allerdings verschwiegen …«, begann Korbinian Löffelholz zögernd.

»Was haben Sie der Polizei verschwiegen?«

»Auf meiner Kleidung war Blut. Und ich kann mir nicht erklären, wie es dorthin gekommen ist.«

Rainer Quambusch pfiff leise durch die Zähne, verließ seinen Posten am Fenster und begann, durch sein Büro zu wandern. »Wo sind diese Kleidungsstücke jetzt?«

»In meinem Zimmer bei Elisabeth von Petersen.«

»Weiß Frau von Petersen davon?«

»Sie hat mich in mein Zimmer verfrachtet, als ich betrunken nach Hause kam. Also ja. Sie weiß es.«

»Haben Sie versucht, die Kleidungsstücke zu waschen?«

»Was? Nein. Wie sollte ich?«

»Das ist gut.«

»Wie man's nimmt.« Jetzt krochen doch langsam Zweifel in Korbinian Löffelholz hoch. Was, wenn es stimmte? Was, wenn er wirklich … Nein, auf keinen Fall. Er durfte erst gar nicht in diese Richtung denken.«

»Es sind Beweisstücke.«

»Eben. Die werden mich doch sofort verhaften, wenn sie die sehen.«

»Das ist sogar mehr als wahrscheinlich. Deswegen werden Sie zunächst weiter darüber schweigen. Nichtsdestotrotz sollten wir Sorge tragen, dass diese Beweisstücke nicht vernichtet werden.« Rainer Quambusch lächelte. »Ebenso gut, wie es möglich ist, dass die Kleidungsstücke Ihre Täterschaft belegen, kann genau das Gegenteil der Fall sein. Wenn Sie die Tat nicht begangen haben, könnten sie Ihre Unschuld beweisen.«

Korbinian Löffelholz rieb mit beiden Händen langsam über seine Oberschenkel. Quambusch hatte recht. Selbst wenn es das Blut von Sören Schulz war, könnte eine genaue Untersuchung der Kleidung ihn vielleicht entlasten. Er hatte genügend Krimis im Fernsehen geschaut, um zu wissen, was heute alles möglich war. Mit der reinen DNA-Bestimmung hörte es ja nicht auf. Anhand der Lage und Verteilung der Flecken konnte man unter Umständen ablesen, was tatsächlich passiert war.

»Was raten Sie mir?«, wollte er von Quambusch wissen.

»Sie sollten die Kleidungsstücke so aufbewahren, dass sich weder an der Verteilung des Blutes noch am Gesamtzustand etwas ändern kann.«

»Soll ich sie in eine Plastiktüte packen?«

»Bloß nicht!« Rainer Quambusch hob warnend die Hand. »Das hat vor Jahren mal ein junger Polizist auf der Wache in Tiemesstadt gemacht. Er hat die Sachen in eine Tüte gesteckt und mehr oder minder vergessen. Als dann nach einer Woche danach gefragt wurde, war alles verschimmelt.« Er schüttelte den Kopf. »Am besten nehmen Sie Papier, damit Luft darankommt. Wenn möglich nicht falten, und wenn das nicht geht, unbedingt einige Lagen Zeitungspapier dazwischenlegen. Trocken und kühl lagern. Dann dürfte nichts passieren.«

Rainer Quambusch bezog wieder Position vor dem Fenster. »Was haben Sie jetzt vor?«, wollte er wissen.

»Ich weiß es nicht.« Korbinian Löffelholz stand auf. Sein Rücken schmerzte. Ihm wurde bewusst, wie angespannt er die ganze Zeit über gewesen war. Er widerstand der Versuchung, sich zu recken, ging zu Rainer Quambusch hinüber und reichte ihm die Hand. »Wenn ich schon dazu verdammt bin, hierzubleiben, sollte ich vielleicht versuchen, trotz allem etwas Nützliches auf die Beine zu stellen, mich abzulenken und etwas zu arbeiten.«

Möglicherweise kamen auf diese Weise ja seine Erinnerungen zurück.

Korbinian Löffelholz betrachtete die Villa von außen. Die Spurensicherung und die Polizei waren abgerückt, Vertiefungen im Schnee zeigten, wo die Wagen gestanden hatten. Wenn es so weiterschneite, würde bald ganz Dünenbeck unter der dichten weißen Decke verschwunden sein. Für ihn bedeutete es schon jetzt, dass er auch ohne spezielle Anweisung der Polizei bis auf Weiteres hier festsaß. Selbst wenn sein Wagen in ein paar Stunden aufgeladen wäre, mit seinen Sommerreifen würde er keine zehn Meter weit kommen, ohne in einem der zahlreichen Gräben zu landen. Im Umkehrschluss hieß das aber auch, dass bei fortdauerndem starkem Schneefall bald niemand mehr nach Dünenbeck hineinkäme. Nicht einmal die Polizei. Das würde ihm etwas Zeit verschaffen.

Langsam ging er um das Haus herum. Löste der Anblick etwas in ihm aus? Nein. Das wäre vermutlich auch zu einfach gewesen. Er stieß auf eine Fenstertür, die nur angelehnt war. Aus dem Inneren drang rhythmisches Zählen, begleitet von einem seltsamen Scharren.

»Eins, zwei, drei, vier!« Das war Rike Hansens Stimme. »Los, bewegt euch. Die Bewegung hält alles zusammen.« Verhaltenes Gelächter. Dann wieder: »Eins, zwei, drei, vier. Ja, weiter. Und jetzt passt auf.« Zu dem Zählen gesellte sich ein Klatschen mit eigenem Rhythmus. Erst ein einzelnes und dann auf »Eins« das Klatschen vieler Hände.

Korbinian Löffelholz schmunzelte. Demnach verbrachten die Jugendlichen ihre Zeit nicht nur mit dem Quälen von Musikinstrumenten, sondern auch mit richtigen Übungen. Er folgte dem Geräusch und fand sich nach wenigen Schritten seitlich der Bühne in dem großen Raum wieder, in dem die Jugendlichen gestern schon geprobt hatten. Durch diese Tür musste der Hausmeister hereingekommen sein. Im Gegensatz zum Vortag war die Stimmung heute allerdings sehr ruhig und still. Einige der jungen Gesichter waren rot geweint, man sah ihnen den Schock über das Geschehene nur allzu deutlich an. Selbst die Kappen und Mützen waren verschwunden. Sie bewegten sich alle gleichzeitig. Schritt rechts, Schritt links, rechts zurück, links zurück, immer wieder die gleiche Abfolge. Hoch konzentriert blickten sie vor sich auf den Boden oder auf einen imaginären Punkt im Raum. Sie bemerkten ihn nicht. Eins, zwei, drei, vier, Schritt, Schritt, Schritt, Schritt, Klatschabfolge. Durch die Tür auf der anderen Seite der Bühne konnte Korbinian Löffelholz in den verbreiterten Hausflur und dahinter auf den von der Polizei abgesperrten Teil des Eingangsbereichs blicken. Sie hatten den Zugang zum Büro des Leiters und einen weiteren Teil des Hausflurs mit rot-weißem Band markiert.

»Ta, ta, tatatata«, intonierte Rike Hansen im Rhythmus der Schritte.

»Ta, ta, tatatata«, echoten die Jugendlichen.

Rike Hansen gab die unterschiedlichsten Laute von sich, immer im Takt, mit immer anderen Vokalen, im Nachklang die vielstimmige Wiederholung. Korbinian Löffelholz bemerkte, dass seine Beine und Hände zuckten, dass sein Mund und sein Körper mitwollten mit den Tönen und der Regelmäßigkeit. Die Anspannung in den Gesichtern der jungen Chorsänger ließ nach. Korbinian Löffelholz, der sich noch vor einer Minute gefragt hatte, wie Rike Hansen im Angesicht des Todes mit den Teenagern Gesangsübungen machen konnte, begriff auf einmal, dass es das einzig Richtige war. Die vertrauten Übungen, die Konzentration auf den vorgegebenen Rhythmus, die körperliche Anstrengung, all das ermöglichte es ihnen, Abstand zu gewinnen und gleichzeitig einen Weg zu finden, mit der schrecklichen Situation umzugehen.

Jetzt begannen sie zu singen.

»One«, auf einem Ton.

»One-two-one«, wobei es bei »two« einen Ton höher und dann wieder nach unten ging. Beim nächsten Lauf kam ein dritter Ton hinzu und beim darauffolgenden ein vierter.

»Onetwothreetwoone«, ohne Pausen zwischen den Wörtern. »Onetwothreefourthreetwoone.«

Wie aus einem Guss flossen die Töne nach oben und wieder nach unten. Bis zur Acht schraubten sie sich hoch, die Stimmen erstaunlich voll und als Chor in einem guten Klang. Zum Schluss gelang ihnen der Ablauf in einem kleinen Kanon. Korbinian Löffelholz stand still in der hintersten Ecke des Raums und lauschte den einfachen Tonleitern des Warm-ups. Die Musik erfüllte ihn. Er schloss die Augen. Auch wenn die Methoden, mit denen er und seine Chorkameraden damals das Singen gelernt hatten, ihm im Rückblick viel strenger und nicht so frei erschienen, war der Effekt auf ihn damals wie heute derselbe. Die Stimmen nahmen ihn gefangen, und er begann leise mitzusingen. Bilder tauchten vor seinem inneren Auge auf. Die mit Kerzenschein erfüllte Halle des Internats. Kindergesichter, strahlend und voller Erwartungen. Er als kleiner Junge, als Jugendlicher, als junger Mann kurz vor dem Abitur mittendrin. Er hatte sich dort wohlgefühlt. Zu Hause. Die Musik war zu seiner Heimat geworden, die er, obwohl die Musik immer bei ihm geblieben war, irgendwann verloren hatte. Aber jetzt schwang sie erneut in ihm. Korbinian Löffelholz fühlte sich frei.

»Was machen Sie hier?« Eine harsche Männerstimme riss ihn rüde aus seinen Erinnerungen. Korbinian Löffelholz öffnete die Augen. Thorsten Baumgartner stand dicht neben ihm, die Finger in den schwarzen Ledergürtel, den er über seinem Blaumann trug, gehakt. Die Stimmen verstummten. Alle starrten ihn an. Rike Hansen kam nach einer kurzen Schrecksekunde auf ihn zugelaufen.

»Das hat mir gut gefallen«, rutschte es Korbinian Löffelholz heraus, noch bevor sie oder Thorsten Baumgartner etwas sagen konnten. »Sie machen wirklich gute Arbeit mit den Kindern.«

»Danke.« Rike Hansen presste die Lippen aufeinander. In ihrem Gesicht arbeiteten die Muskeln, und Korbinian Löffelholz konnte erkennen, dass ihr mit Sicherheit etwas anderes auf der Zunge gelegen hatte. Thorsten Baumgartner war nicht so zurückhaltend.

»Ich warte noch immer auf eine Antwort von Ihnen«, knurrte er und verschränkte die Arme vor der Brust.

»Die Umstände«, hob Korbinian Löffelholz an, unterbrach sich aber. Das klang so aufgesetzt. »Ihr Verlust tut mir sehr leid. Mein herzliches Beileid.«

Er streckte Rike Hansen die Hand entgegen. Sie ergriff sie. Ihr Händedruck war fest und warm, ihr Blick offen und klar. Diese Frau wusste, was sie wollte und was nicht. Im Gegensatz zu ihm selbst.

Korbinian Löffelholz wurde auf einmal klar, wie fehl am Platz es jetzt wäre, hier einfach weiterzumachen wie geplant. Auch wenn sein Chef sicher etwas anderes behaupten würde. Bei Immobiliengeschäften durften die Emotionen nur beim Käufer liegen, nie beim Makler, das war die goldene Regel. »Wenn ich darf, möchte ich einfach nur gern bei den Proben zuhören. Ich sitze hier in Dünenbeck fest.« Er wies auf den dichten Schneefall vor den Fenstern. »Stadtmensch. Sommerreifen«, ergänzte er mit einem schiefen Lächeln.

Rike Hansen drehte sich mit fragendem Blick zu den Jugendlichen um.

»Wenn er hier sitzt, kann er nichts wegen der Villa anstellen, und wir haben ihn unter Kontrolle«, rief einer der Jugendlichen. Korbinian Löffelholz meinte sich zu erinnern, dass es Justin, der Instrumentenquäler, war, der da sprach.

»Er soll aber still in seiner Ecke hocken und uns nicht stören. So wie Karin.« Das war vermutlich Fynn, der heute mehr wie ein Junge aussah als gestern. Er zeigte auf die unscheinbare Frau, die neben der improvisierten Bühne auf einem Stuhl saß. Die Mausgraue hatte also auch einen Namen.

»Also gut. Sie können bleiben und zuhören. Aber kommen Sie mit nach vorn, wo ich Sie im Blick behalten kann.« Rike

Hansen legte dem Hausmeister die Hand auf den Arm. »Es ist gut, Thorsten. Danke, dass du helfen wolltest.«

Thorsten Baumgartner musterte Korbinian Löffelholz misstrauisch und brummelte etwas Unverständliches, das sich beinahe wie ein Knurren anhörte. Er gab der Mausgrauen einen Wink, sie stand auf und ging zu ihm. Der Hausmeister legte seine Hand auf ihre Schulter und schob sie vor sich her. Selbst von hinten konnte man ihm sein Unbehagen anmerken.

Rike Hansen klatschte in die Hände. »So, los. Weiter geht es.«

Sie begann wieder mit den Aufwärmübungen. Sie sang und klatschte, bewegte sich zu den Tönen, und die Jugendlichen machten es ihr nach. Korbinian Löffelholz rutschte auf dem harten Plastikklappstuhl in eine halbwegs bequeme Position und lauschte. Das Internat und mehr noch die Musik waren einst sein Zuhause, das stimmte. Aber sie waren auch ein Symbol für etwas, das fehlte. Ein richtiges Zuhause, Eltern, die sich um ihn kümmerten, eine Familie, Geborgenheit. Nicht dass seine Eltern ihn nicht geliebt hätten. Ganz im Gegenteil. Bei jeder möglichen und unmöglichen Gelegenheit hatten sie ihren Stolz auf den fleißigen und erfolgreichen Sohn verkündet. Gegenüber Freunden, auf Partys. Bis heute konnte er nicht verhindern, dass sie ihn bei seinen zugegebenermaßen sehr seltenen Besuchen regelrecht vorführten wie einen preisgekrönten Ochsen. Sie liebten ihn. Auf die Art, zu der sie fähig waren. Und sie waren stolz auf ihn. Damals wie heute. Sie hatten nur einfach keine Zeit für ihn gehabt. Beide waren stark in ihre Berufe eingebunden und ständig unterwegs, auf Konferenzen, Tagungen und Vorträgen im In- und Ausland. Deutschland, Europa, weltweit. Da blieb kein Platz für die Familie.

Korbinian Löffelholz begriff bis heute nicht, warum seine Eltern überhaupt ein Kind bekommen hatten. Vielleicht hatten sie gedacht, das gehöre dazu. Das müsse so sein. Als ihnen klar wurde, dass ein Kind nicht nur nach Bedarf aus der Ecke herausgeholt werden konnte, dass es Wünsche und Bedürfnisse hatte, dass es mehr brauchte als eine halbe Stunde Aufmerksamkeit am Tag, war das Internat die Lösung gewesen. Ob ihre daraufhin erfolgte Entscheidung, keine weiteren Nachkommen zu zeugen, für alle Beteiligten ein Glück gewesen war, stand zu bezweifeln. Korbinian Löffelholz fragte sich bis heute, ob sein Leben mit Geschwistern womöglich anders verlaufen wäre. Vielleicht hätten sie sich gegenseitig unterstützen können, einander Halt geben. Geborgenheit. Vielleicht wären sie aber auch nur gemeinsam einsam gewesen.

Es war müßig, darüber nachzudenken, was hätte sein können. Das brachte ihn nicht weiter. Fakt war, dass er im Internat nach einigen Startschwierigkeiten die glücklichsten Jahre seiner Kindheit verbracht und die Unterbrechungen durch die Ferien immer als Last empfunden hatte. Andere hatten Heimweh, er hatte Schulweh. An seinem letzten Tag, nach bestandener Abiturprüfung, hatte er am Morgen im Bett gelegen und geweint. Niemand hatte es gesehen. Er war aufgestanden, hatte kalt geduscht und seit diesem Tag keine Träne mehr vergossen, weil es nichts gab, um das es sich zu weinen lohnte.

Korbinian Löffelholz strich sich ärgerlich mit der Hand über die Stirn, um die Erinnerungen wegzuwischen. Dies war nicht der richtige Ort und nicht die richtige Zeit, um darüber nachzudenken. Halt, nein. Es war besser, *gar* nicht über solche Dinge nachzudenken. Die Vergangenheit war vergangen. Was zählte, war das Hier und Jetzt. Und da hatte er ein Problem, das er lösen musste. Er musste seine Unschuld, an die er fest glaubte, beweisen.

Er konzentrierte sich wieder auf das Geschehen vor sich. Ein Junge, den er bisher noch nicht bewusst wahrgenommen hatte, war nach vorn gegangen und hatte sich auf der Bühne in Position gestellt. Auch er war lang und dünn, die dunklen Haare fielen ihm bis auf die Schultern. Die Töne, die er nun von sich gab, waren irgendwo zwischen singender Säge, der einige Zacken fehlten, und Luftpumpe mit Überdruck einzuordnen. Korbinian Löffelholz verzog das Gesicht. Die Stimme des Jungen war zwar nicht schlecht. Aber er hatte den Stimmbruch frisch überstanden und fand sich in seiner neuen Stimmlage noch nicht zurecht. Vom Kopf her sang er noch im Knabenchor, während seine Stimmbänder deutlich in Richtung Bass tendierten. Er forderte die Kinderlein vehement auf, zur Krippe zu kommen. Konsequent verfehlte er dabei die Töne, was ihn aber nicht weiter zu stören schien. Das Schlaueste, was die gelockten Kinderlein nach Korbinian Löffelholz' Ansicht in dieser Situation tun könnten, wäre, die Beine in die Hand zu nehmen und das Weite zu suchen. So jemandem sollten sie besser nicht über den Weg trauen. Sein musikalisches Unbehagen wuchs sich nach und nach zu einem nicht mehr zu tolerierenden Grauen aus, bis seine ganze Wut über seine unfassbare Situation daraus hervorbrach und er explodierte.

»Stopp.« Er war aufgesprungen, bevor ihm wieder bewusst wurde, dass er sich eigentlich still zurückhalten sollte. »Das ist ja fürchterlich, was du da mit deiner Stimme anstellst. Nicht zum Aushalten!«

Zum zweiten Mal an diesem Nachmittag verstummten alle Anwesenden im Raum und starrten ihn von ihren Stühlen aus an. Rike Hansen wandte sich ihm langsam zu und bedachte ihn mit einem tadelnden Blick.

»Herr Löffelholz«, sagte sie leise und ruhig, aber Korbinian Löffelholz konnte die mühsam unterdrückte Wut in ihren Worten hören. »Wenn Sie der Ansicht sind, eine fundierte Kritik beisteuern zu können, freuen wir uns. Allerdings ist es nicht konstruktiv, nur zu kritisieren, ohne im Gegenzug ein positives Beispiel zu nennen.«

»Sie wollen doch nicht ernsthaft behaupten, dass an diesem Gejaule irgendetwas gut ist.« Korbinian Löffelholz wollte sich beherrschen, doch er spürte, wie es immer weiter in ihm hochkochte. »Das ist für normal hörende Menschen kaum zu ertragen.«

Rike Hansen war nun ebenfalls aufgestanden. Sie baute sich vor ihm auf und schnaubte erbost. Dann hatte sie sich wieder unter Kontrolle, trat zur Seite und wies mit großer Geste nach vorn auf das Publikum. »Sie sind also ein Fachmann, Herr Löffelholz?« Unüberhörbare Ironie lag in ihren Worten. »Zeigen Sie es uns. Machen Sie es besser.« Sie wandte sich ab, setzte sich demonstrativ auf ihren Stuhl und blickte ihn erwartungsvoll an. »Die Bühne gehört Ihnen!«

Korbinian Löffelholz rang um Fassung, doch er ließ ihren Blick nicht los. Schließlich gab er sich einen Ruck und betrat die Bühne. Holte tief Luft. Und sang.

Kapitel 7

Die Töne füllten seinen Mund, seinen Kopf, seinen Brustkorb, bis er das Gefühl hatte, sein ganzer Körper bestünde aus Musik. Die Zeit verrutschte um mehr als dreißig Jahre, und statt auf der improvisierten Paletten-Bühne in der alten Jugendstilvilla befand er sich wieder in der festlich geschmückten Aula seiner alten Schule. Korbinian Löffelholz schloss die Augen. Er sang, den Kopf frei von Gedanken und Problemen. Er fand die Töne, suchte die Worte, atmete, vibrierte. Aus der hintersten Ecke seines Seins schlich sich ein Gefühl ins Licht, für das schon lange kein Raum mehr gewesen war, fasste Mut und nahm einen Platz in vorderster Reihe ein. Er fühlte sich komplett. Glücklich und frei und stark und groß und weit und verletzlich. Alles gleichzeitig, und nichts davon hätte es allein ausreichend beschrieben. Dann war das Lied zu Ende.

Stille.

Korbinian Löffelholz hielt die Augen geschlossen. Ihm war egal, was nun geschehen würde. Ob sie ihn beschimpfen oder rauswerfen würden. Ob es ihm gelänge, seine Unschuld zu beweisen, oder der Polizei, ihn zu überführen. Wenn es stimmte. Wenn er es doch getan hatte. In seinen Gedanken kreiste dieser Satz in Endlosschleife. Wenn es stimmte. Wenn es stimmte.

Er atmete tief ein, öffnete die Augen und kam hart in der Realität an. Fassungslose Gesichter blickten ihm entgegen. Ohne eine weitere Reaktion abzuwarten, sprang er vom Podest, eilte zur Terrassentür und floh in den Garten hinaus. Den Weg durch den tiefen Schnee zu Elisabeth von Petersens Haus rannte er mehr, als dass er ging. *Wenn es stimmte.*

Was zur Hölle war das gewesen? Er versuchte, wieder einen klaren Kopf zu bekommen, das Echo aus seinen Gedanken zu vertreiben. Das bisschen Gesinge hatte ihn doch unmöglich so durcheinanderbringen können? In der kalten Luft schmerzten seine Lungen, aber er lief noch schneller, sprintete das letzte

Stück, bis er keuchend vor der Haustür stand und die Tür aufschloss. Im Haus kam ihm Carreras schwanzwedelnd entgegen. Korbinian strich ihm beiläufig über den Kopf und schob ihn dann zur Seite. Er stolperte die Treppe hinauf, betrat sein Zimmer und schlug mit einem lauten Krachen die Tür hinter sich zu. *Wenn es stimmte.*

Korbinian Löffelholz zog das Wollungetüm aus, warf es auf einen Stuhl und setzte sich auf die Bettkannte. Mit beiden Händen fasste er in seine Haare, presste die Handballen gegen die Stirn und kniff die Augen zusammen. Versuchte, die Worte aus seinem Hirn zu pressen. Er ließ sich nach hinten fallen. Warum wurde er diese Zweifel nicht los? Woher kam mit einem Mal diese Unsicherheit? Das kannte er nicht von sich. Ein Korbinian Löffelholz hegte keine persönlichen Zweifel. Niemals. Zweifel waren kontraproduktiv. Sie hielten einen davon ab, geradewegs auf sein Ziel zuzustreben. Störfaktoren, die es zu eliminieren galt. Zweifel waren etwas für Schwache. Aber er, Korbinian Löffelholz, war nicht schwach, er war stark. Er musste diese Tür, die sich vorhin beim Singen in ihm geöffnet hatte, schnell wieder zustoßen und fest verschließen. Es stimmte natürlich nicht. *Konnte* nicht stimmen. Er war kein Mörder.

Es klopfte zaghaft an seiner Zimmertür. Korbinian hätte die Bitte um Eintritt am liebsten ignoriert, aber Elisabeth von Petersen war es zuzutrauen, dass sie einfach ins Zimmer spaziert käme, wenn er nicht antwortete. Er wollte nicht, dass sie ihn so aufgelöst sah. Also setzte er sich aufrecht hin, strich seine Haare glatt und richtete seine Kleidung, so gut es ging. Es klopfte erneut.

»Herr Löffelholz?« Sie klang besorgt. »Korbinian?«

»Ich komme.« Er stand auf und ging zur Tür.

»Sie haben Besuch.«

Korbinian öffnete die Tür. Hinter Elisabeth von Petersen stand Rike Hansen. In ihren Haaren hingen Schneeflocken, die sich in der Wärme des Hauses nach und nach auflösten.

»Was wollen Sie hier? Mir erklären, dass ich in der Villa nichts zu suchen habe? Dafür haben Sie doch Ihren als Hausmeister verkleideten Türsteher.« Er drehte sich um und ging ins Zimmer zurück, ohne die Tür zu schließen. »Oder wollen Sie mir wieder einen Vortrag darüber halten, was pädagogisch wertvoll ist?«

»Weder noch.« Rike Hansen lächelte.

»Sondern? Meine Zeit ein bisschen verschwenden?« Er wies auf die Akte zur Villa, die er auf dem Nachttisch abgelegt hatte. »Nachdem Sie mich schon von meiner Arbeit abhalten?«

»Sie haben wunderbar gesungen«, sagte Rike Hansen.

»Oh, er kann singen?«, mischte sich Elisabeth von Petersen ein. »Das wusste ich ja gar nicht. Wie schön!« Sie tätschelte Rike Hansens Unterarm.

»Er kann nicht nur singen. Er singt sogar sehr gut.«

»Und was wollen Sie jetzt? Ein Autogramm?«

»Nein. Ich möchte, dass Sie mir helfen.«

»Ihnen helfen? Sie wirken auf mich nicht gerade hilflos.«

»Ich möchte, dass Sie mir bei der Inszenierung des Musicals helfen.« Sie schaute Korbinian Löffelholz abwartend an. Der verschränkte stumm die Arme vor der Brust, und sie ergänzte: »Sie hatten recht mit ihrer Kritik an Niklas' Gesang. Er hat große Schwierigkeiten, sich in die Musik einzufinden.«

»Schwierigkeiten?«, wehrte Korbinian Löffelholz ab. »Das sind keine Schwierigkeiten. Schwierigkeiten setzen voraus, dass es grundsätzlich eine Lösung gibt und die Schwierigkeiten einen nur davon abhalten, den direkten Weg zu gehen. Bei diesem Jungen fehlen die Grundlagen. Er zerstört seine Stimme durch die falsche Technik und quält seine Umwelt, statt sie zu erfreuen.«

»Genau deswegen brauche ich Sie.«

»Wozu?«

»Um mir zu helfen, den Kindern mit dem Musikprojekt eine Perspektive zu bieten.«

»Dieser Junge hat keine Perspektive. Zumindest nicht, was das Singen angeht.«

»Darum geht es ja. Diese Kinder hängen, solange sie noch zur Schule gehen, in Dünenbeck fest. Und seien wir ehrlich. Landluft und geruhsame Erholung stehen bei Teenagern nicht gerade ganz oben auf der Must-have-Liste. Sie brauchen Perspektiven, andere Felder außer der Schule und dem Landleben, auf denen sie Erfahrungen sammeln und sich ausprobieren können.«

»Ich bin kein Kindergärtner.«

»Sie sollen sie nicht erziehen, sondern uns helfen, das Weihnachtsmusical zu einem Erfolg zu machen.«

»Wieso sollte ich das tun?«

»Weil Sie es können.«

»Was habe ich denn davon? Was bringt mir das, mich mit einem Haufen pickliger Halbwüchsiger rumzuärgern? Meinen Sie nicht, ich hätte eine eigene Familie, wenn ich so wild darauf wäre, Papa zu sein?«

»Sie haben keine Familie? Wie schade. Das würde Ihnen sicher guttun.« Elisabeth von Petersen schaute ihn mit einer Mischung aus Bedauern und Wohlwollen an, die ihn nur noch aggressiver machte.

Was wollten diese Frauen von ihm? Wieso mischten sie sich in sein Leben ein, das wahrhaftig schon kompliziert genug war?

»Wissen Sie, mein lieber Korbinian«, fuhr seine Gastgeberin fort, »es gibt viele Dinge, die man tun sollte, obwohl man auf den ersten Blick gar nichts davon hat. Nicht einmal beim genaueren Hinsehen. Ganz im Gegenteil. Oft scheint es sogar so, dass man sich damit nur noch zusätzlich Arbeit, Ärger und Stress einhandelt. Dass man draufzahlt, statt zu kassieren. Aber das ist egal. Das Leben ist keine Rechenaufgabe. Die Belohnung kommt irgendwann.« Elisabeth von Petersen setzte sich neben ihn auf das Bett und strich mit der Hand eine Falte aus der Bettdecke. »Sie zum Beispiel, lieber Korbinian. Sie sind so ein Fall.«

»Was für ein Fall?«

»Etwas, das ich getan habe, ohne mich zu fragen, was ich davon habe. Ich habe Ihnen einfach geholfen.« Sie lächelte freundlich, aber Korbinian Löffelholz konnte deutlich den zweiten Teil der Aussage an diesem Lächeln ablesen. Den Teil mit dem Ärger und dem Stress. Er stutzte. Es stimmte, auch wenn es ihm vorher nicht aufgefallen war. Sie hatte absolut nichts davon, ihn zu beherbergen. Er hatte ihr bisher ja noch nicht einmal geholfen, den Stand für den allerkleinsten Weihnachtsmarkt fertig zu bauen. Ihre Hilfe war von ihm hingenommen worden wie eine Selbstverständlichkeit. So als ob er ein Recht darauf hätte, ohne darüber nachzudenken, was das für sie bedeutete.

»Ich werde meinen Aufenthalt hier natürlich bezahlen«, beeilte er sich zu sagen.

»Einige Rechnungen können nicht mit Geld beglichen werden.« Elisabeth von Petersen wechselte einen schnellen Blick mit Rike Hansen, den er nicht interpretieren konnte.

»Ich denke trotzdem, es ist keine gute Idee.« Korbinian Löffelholz wandte sich wieder Rike Hansen zu. »Wissen Sie, dass die Polizei mich wegen meines Streits mit Ihrem Chef befragt hat? Sie verdächtigen mich, etwas mit seinem Tod zu tun zu haben.«

»Nein. Das wusste ich nicht.« Rike Hansen betrachtete ihn nachdenklich. Korbinian Löffelholz hielt ihrem Blick stand, er sah, wie es in ihr arbeitete. Und es erstaunte ihn, dass sie sich nicht direkt abwandte, sondern abzuwägen schien.

»Das Schlimmste ist, dass ich nicht weiß, ob die Polizei mit ihrem Verdacht recht hat.« Er wusste nicht, warum er sich Rike Hansen auf diese Weise offenbarte. Es sah ihm nicht ähnlich. Aber es schien ihm das einzig Richtige zu sein, ihr zu vertrauen. Und so erzählte er ihr von dem gestrigen Abend, seinem verkaterten Erwachen und seinen Zweifeln. Ihre Antwort überraschte ihn.

»Mich hat die Polizei ebenfalls befragt, und ich bin mir sicher, sie suchen nach einem Motiv, das erklärt, warum *ich* ihn umgebracht haben könnte.«

»Haben Sie eines?«

Rike Hansen lachte auf. »Vermutlich sogar ein überzeugenderes als Sie, wenn man bedenkt, dass ich ihn nicht erst seit gestern kenne. Sören war kein einfacher Chef, und wir sind mehr als einmal aneinandergeraten. Aber deswegen bringe ich keinen um.«

»Wenigstens erinnern Sie sich an den Abend, wissen, was Sie

gemacht haben, und haben vermutlich obendrein Ihren Mann und Ihre Kinder als Zeugen, dass Sie die ganze Nacht friedlich im Bett gelegen haben.«

»Ich lebe allein. Keine Zeugen.« Rike Hansen lehnte sich an den Türrahmen.

Elisabeth von Petersen klopfte Korbinian Löffelholz auf den Oberarm. Sie nickte Rike Hansen zu. »Seht ihr, so unterschiedlich ist eure Ausgangslage nicht.« Sie stütze sich auf ihren Oberschenkeln ab, stand ächzend auf und klatschte in die Hände. »Was spricht also dagegen, wenn ihr euch gegenseitig unterstützt? Die Kinder lernen endlich anständig singen, und ihr findet heraus, wer Sören Schulz wirklich umgebracht hat. Ich glaube nämlich nicht, dass es einer von euch gewesen ist. Mit genügend griechischer Andreia und einer gehörigen Portion finnischem Sisu wird das sicher klappen.« Sie schaute zwischen den beiden hin und her und wartete offensichtlich auf eine Reaktion. Rike Hansen nickte.

»Ich bin dabei.«

Korbinian Löffelholz überlegte. Angesichts der Sachlage hatte er nicht nur keine andere Wahl. Verwundert stellte er fest, dass ihm Elisabeth von Petersens Idee sogar gefiel. Noch nicht einmal das kollektive Du, zu dem sie im Laufe des Gesprächs gewechselt hatte, störte ihn. Er stand ebenfalls von dem Bett auf, ging auf Rike Hansen zu und reichte ihr die Hand.

»Einverstanden.«

Fünfzehn Minuten später, nachdem Elisabeth von Petersen ihnen noch erklärt hatte, dass es sich bei Andreia und Sisu mitnichten um irgendwas mit Knoblauch oder Schnaps, sondern wieder einmal um Glücksworte handelte, die beide etwas mit außergewöhnlichem Mut und großer Entschlossenheit zu tun hatten – »Beides sehr hilfreiche Eigenschaften, wenn man ein schwieriges Unterfangen angehen will« –, kehrten sie gemeinsam zum Jugendtreff zurück.

Auf die erste Schwierigkeit stießen sie direkt beim Betreten der Villa. Die Jugendlichen hatten die knappe Stunde seit Rike

Hansens Weggang dazu genutzt, das Chaos im vorderseitigen Bereich des Probenraumes noch zu vergrößern. Die Anzahl der leeren Chipstüten und Getränkeflaschen auf dem Tisch hatte sich sichtbar erhöht, einige Jacken lagen auf dem Boden, statt über den Stühlen zu hängen, und irgendwer hatte es wohl witzig gefunden, aus einer herumliegenden Illustrierten sehr viele sehr kleine Papierflieger zu basteln. Ein Mädchen saß allein in einer Ecke, unbeachtet von den anderen, und bemalte Papierservietten. Ein anderes Mädchen weinte heftig. Über ihre Wangen liefen dicke dunkle Striemen, und um ihre Augen herum war die Wimperntusche völlig verschmiert. Die Kappenträgerin hatte ihr den Arm um die Schultern gelegt und redete auf sie ein, wobei sie sich immer wieder mit spitzem Finger ihre langen Haare hinters Ohr strich. Auf dem Tisch entdeckte Korbinian Löffelholz matschige Abdrücke grober Schuhprofile, um die sich kleine Pfützen Schneeschmelze gebildet hatten, die mit Colaflecken zusammenflossen und auf der Holzplatte eine Miniaturseenlandschaft bildeten.

Über alldem lag das wütende Gebrüll eines weiteren Mädchens, das hinter drei Jungs herlief, um an ihre Querflöte zu gelangen, die sich die Halbwüchsigen wie einen Basketball zuwarfen, untermalt von infernalischem Getrommel. Der Mützenmann, den Korbinian auch ohne seine graue Kopfbedeckung identifizieren konnte, hatte sich hinter dem Schlagzeug auf der Bühne verschanzt und verprügelte es regelrecht. Mit beiden Armen drosch er auf Trommeln und Becken ein, trat auf die Fußmaschine, als wäre sie ein klemmendes Gaspedal. Da machten auch die der wilden Verfolgungsjagd zum Opfer fallenden Stühle keinen akustischen Unterschied mehr.

Rike Hansen blieb auf der Türschwelle stehen und betrachtete das Chaos. Ruhig ging sie bis zum Tischende, hob einen der Stühle wieder auf und stellte ihren Rucksack darauf ab. Dann zog sie zwei weitere Stühle zu sich heran, nahm Platz und bedeutete Korbinian Löffelholz, sich ebenfalls zu setzen. Sie sagte nichts und machte auch sonst keine Anstalten, diese Bande hier in irgendeiner Weise zur Raison zu bringen.

Die Jugendlichen wurden erst nach mehr als einer Minute auf die beiden aufmerksam. Innerhalb weniger Momente wurde es still im Raum, nur der Schlagzeugprügler haute noch einmal rasselnd auf das Becken, ehe er ihre Anwesenheit ebenfalls registrierte. Stühle und Jacken wurden aufgehoben, Tränen getrocknet, und nach gerade mal fünfzehn Sekunden saßen alle still und mit abwartendem Blick um den Tisch herum.

»Gut.« Rike Hansen schaute einen nach dem anderen an, und Korbinian Löffelholz wartete auf die Standpauke, die nun sicher folgen würde. Aber Rike sprach ruhig weiter. »Ihr seid alle sehr aufgewühlt von dem, was passiert ist. Das ist normal. Auch wenn wir heute Morgen schon mal darüber gesprochen haben, möchte ich, dass ihr wisst, dass ihr jederzeit zu mir kommen könnt, wenn ihr reden wollt.«

Die Jugendlichen hielten die Köpfe gesenkt und nickten zaghaft. Die nervöse Spannung wich aus ihren Körpern, und manche von ihnen wirkten trotz beeindruckender Körpergröße wie kleine, hilfsbedürftige Kinder. Korbinian Löffelholz fragte sich, ob das laute Krakeelen, das wilde Toben und die haltlosen Ausbrüche vielleicht einfach die Art waren, wie Teenager mit ihren Gefühlen umgingen. »Drüber sein« hatte man das früher genannt. Und diese Kinder hier hatten allen Grund, drüber zu sein.

»Wie ihr seht, habe ich Herrn Löffelholz, Korbinian, wieder mit zurückgebracht. Er hat versprochen, uns zu helfen.« Einige der Köpfe hoben sich wieder. Man musterte ihn abschätzend.

»Sie haben cool gesungen.« Das Käppi-Mädchen nickte anerkennend.

»Danke.«

»Obwohl es altmodisch war«, murmelte die Querflötenjägerin.

»Was war denn daran altmodisch?« Du hast doch keine Ahnung, wollte Korbinian Löffelholz auffahren, doch Rike Hansen bremste ihn, indem sie ihre Hand auf seine legte. Er zuckte zusammen und verstummte.

»Korbinian hat uns die traditionelle Version des Liedes vorgesungen, Amelie. Es ist hilfreich, erst einmal die ursprünglichen Melodien und Texte zu kennen, bevor man lernt, sie anders zu spielen und zu singen.«

»Ist trotzdem altmodisch.« Amelie schaute ihn herausfordernd an. »Ich wette, Sie können nicht rappen.«

»Das muss ich auch nicht können. Ich möchte es auch nicht können müssen«, erwiderte Korbinian Löffelholz und ergänzte mit einem Seitenblick auf Rike Hansen: »Vor allem möchte ich es nicht können wollen müssen.«

Unisex-Fynn verzog verständnislos das Gesicht. »Alter, was redest du da?«

Korbinian Löffelholz ignorierte die Bemerkung, ging zur Bühne und stieg hinauf. Erst als er oben stand, bemerkte er, dass er noch seinen Mantel trug. Er zog ihn aus und warf ihn mit Schwung auf einen der in der Nähe stehenden Stühle.

»Wer von euch hat denn schon mal Gesangsunterricht gehabt?« Er blickte fragend in die Runde.

Niemand meldete sich.

»Oder in einem Chor gesungen?«

Keine Reaktion.

»Ein Musikinstrument erlernt?«

Der Schlagzeugprügler, der Gitarrenquäler und die Querflötenjägerin hoben die Hand.

»Sehr schön.« In Korbinian keimte leise Hoffnung auf. Vielleicht gab es ja etwas, worauf man aufbauen konnte.

»Ich ziehe mir jetzt seit zwei Monaten die DIY-Videos auf YouTube rein und finde, ich kann schon eine ganze Menge.« Der Gitarrenquäler warf seinem Instrument, das schräg vor dem Schlagzeug in einem Ständer auf seinen nächsten Einsatz wartete, einen liebevollen Blick zu.

»Er meint, er schaut sich ständig Filme im Internet an, die einem zeigen, wie es geht.« Eines der Mädchen verdrehte die Augen.

»Also kein richtiger Lehrer?« Korbinian Löffelholz' Hoffnung sank rapide. »Und du?«, wandte er sich an den Schlagzeugprügler, obwohl er die Antwort schon ahnte. Der Junge nickte nur stumm in Richtung seines Kumpels. Korbinian Löffelholz nahm die Dritte im Bunde ins Visier. »Aber du hast richtigen Unterricht, oder?« Querflöte lernte man definitiv nicht im Internet.

»Nicht mehr. Meine Lehrerin ist vor zwei Jahren weggezogen, und eine andere gibt es hier nicht.« Aus der Stimme der Querflötenjägerin klang echtes Bedauern.

»Das ist wirklich schade.« Er versuchte, sich an den Namen des Mädchens zu erinnern. »Amelie, richtig? Sie nickte. »Hast du denn weitergemacht?«

»Mit Videos, klar.«

Also doch. Korbinian Löffelholz seufzte und unterdrückte ein Augenrollen. »Was ist mit Kirche? Hat einer von euch schon mal im Kirchenchor gesungen?« Hier war man schließlich auf dem Land. Da gab es doch sicherlich noch so was wie Traditionsbewusstsein und sonntägliches Singen.

Kollektives Kopfschütteln.

»Musikunterricht in der Schule?«

»Schon. Da singen wir aber nicht.«

Korbinian Löffelholz verschränkte seine Finger ineinander, drückte die Handflächen nach außen und ließ die Finger knacken. Warum hatte er sich darauf nur eingelassen? Diese Sache hier passte perfekt zu seiner momentanen Gesamtsituation. Denkbar schlechte Ausgangslage, dafür komplett ohne Perspektive.

Er sah zu Rike Hansen und las in ihrem Blick drei Dinge: Wissen, Verständnis und Hoffnung. Noch vor zwei Tagen hätte er sich einfach abgewandt. Engagement abseits des Beruflichen bedeutete immer viel Arbeit und noch mehr Ärger. Und die Zusammenarbeit mit Frauen war eher nicht so sein Ding. Jedenfalls wenn es sich um Arbeitszusammenarbeit und nicht um die angenehmere Art des Zusammen-aneinander-Arbeitens handelte.

»Also gut.« Er lockerte die verkrampften Finger. »Dann wollen wir mal loslegen.«

Kapitel 8

In den nächsten beiden Stunden erklärte Korbinian Löffelholz seinen Zuhörern die Unterschiede zwischen klassischem Gesang und Popmusik. Er redete von Singmanier, Stimmgebung und Phrasierung. Von Volumen, Frequenzen und Klangfülle, von Registern, Gesangstechnik und Professionalität. Er betonte, dass bei der Klassik die Musik das Wichtigste und der Sänger nur der Mittler sei, wohingegen im Pop der Künstler im Mittelpunkt stehe. Er sprach über Obertöne, die zusammen mit dem Grundton einen Klang ergaben und den Bereich trafen, in dem das Gehör am empfindlichsten war. Die einer Stimme oder einem Instrument dessen charakteristische Klangfarbe gaben und es einem Sänger überhaupt erst ermöglichten, ohne Verstärker über ein komplettes Orchester hinweg hörbar zu sein. Die aber auch im selben Frequenzbereich lagen wie Töpfe, die ausgekratzt, und Fingernägel, die abgebrochen wurden. Immer wieder sang er, zeigte am Beispiel, was er meinte. Die Mädchen und Jungen saßen wie festgeklebt auf ihren Stühlen. Sie hörten ihm zu, nickten, wenn sie etwas verstanden, fragten, wenn etwas unklar blieb.

»Bei der Klassik ist die Gesangstechnik dazu da, den Saal mit Klang zu füllen. Bei der Popmusik ist sie von geringer Bedeutung. Um den Saal mit Zuschauern zu füllen, muss die Gesangstechnik nicht perfekt sein. Mit einem anständigen Verstärker bekommt man auch den leisesten Furz auf Bombastvolumen aufgepumpt.« Korbinian Löffelholz beendete seinen Vortrag, stieg von der Bühne und setzte sich auf den Palettenrand. Er war erschöpft. Aber auf eine sehr angenehme Art und Weise. Nicht so leer und ausgebrannt, wie er sich oft nach Verkaufsgesprächen fühlte, obwohl die meistens nur die Hälfte der Zeit in Anspruch nahmen. Ihm war, als habe er etwas gebaut, etwas Reales geschaffen. Rike Hansen stand von ihrem Platz auf und setzte sich neben ihn, während die Jugendlichen ihre Sachen zusammensuchten und den Heimweg antraten.

»Du kannst nicht nur gut singen. Du hast auch echtes Talent als Lehrer. So aufmerksam habe ich meine Truppe selten erlebt.«

»Ich habe ihnen nur das erzählt, was ich selbst weiß. Und das ist nicht viel«, wiegelte Korbinian Löffelholz ab. Rike Hansen musterte ihn von der Seite, entgegnete aber nichts.

»Herr Löffelholz?« Der schmale Junge mit den langen dunklen Haaren hatte sich nicht den anderen angeschlossen, sondern stand vor ihnen. »Kann ich Sie etwas fragen?« Im Sprechen brach seine Stimme ebenso wie beim Singen.

Korbinian Löffelholz nickte.

»Früher konnte ich sehr gut singen, aber jetzt …« Er brach ab und grinste schief. »Ist echt Mist. Von wegen Stimmbruch und so. Das geht mir total auf die Nerven. Dabei möchte ich sehr gern Profimusiker werden. Können Sie mir helfen?«

Korbinian erkannte die Ernsthaftigkeit seines Anliegens und verkniff sich die Bemerkung über singende Sägen, die ihm beim Gedanken an die Darbietung des Jungen auf der Zunge lag. »Deine Stimmbänder werden länger und dicker. Allerdings nicht unbedingt gleichzeitig. Deswegen krächzt die Stimme ab und an. Es kann aber durchaus sein, dass du trotz deines Stimmwechsels weitersingen kannst. Dabei hängt viel von der richtigen Technik ab. Vor allem jetzt. Dein Stimmumfang ist kleiner als früher, und manche Dinge gehen einfach nicht. Aber das Singen erleichtert dir den Wechsel sogar, weil du deine stimmlichen Möglichkeiten dadurch besser ausloten kannst, auch für das Sprechen. Du darfst nur keine Höchstleistungen von dir erwarten. Geduld ist das Zauberwort.«

Der Junge lächelte zaghaft. Er griff nach Rucksack und Jacke, klemmte sich beides unter den Arm und folgte den anderen nach draußen.

»Eine Erkältung ist aber ganz sicher schlecht für deine Stimme. Zieh also lieber die Jacke an«, rief Rike Hansen ihm hinterher, aber entweder hörte der Junge sie nicht mehr, oder er wollte nicht hören. Korbinian tippte auf Letzteres.

»Und das war …?« Er blickte Rike Hansen fragend an.

»Niklas. Niklas Quambusch«, entgegnete sie.

»Der Sohn von meinem Anwalt?« Wie sich das anhörte, »mein Anwalt«. Wie in einem Scheidungsdrama oder einer Doku über Nachbarschaftsstreitigkeiten. Oder wie in einem Fall, bei dem man wie er unter Mordverdacht stand.

»Ja. Und du kannst mir glauben, dass der alte Quambusch nicht glücklich ist über die ›Flausen‹, wie er es nennt, die sein Sohn angeblich im Kopf hat. Aber das ist jetzt nicht unser Thema.« Sie stand auf und stemmte die Fäuste in die Hüften. »Kommen wir zu Teil zwei des Deals.«

»Teil zwei?«

»Ja, klar. Du hilfst mir. Ich helfe dir. Schon vergessen?«

Korbinian Löffelholz hatte es tatsächlich vergessen gehabt. In den vergangenen beiden Stunden hatte er weder an seinen Auftrag noch an die Villa und den Mord gedacht. Er hatte das Geschehen komplett ausgeblendet und sich auf nichts anderes konzentriert als auf die Jugendlichen und das, was er mit ihnen teilen wollte. Noch etwas, was ihm schon lange nicht mehr passiert war.

Er stand ebenfalls auf. »Okay. Und was genau hast du vor? ›Tatort‹ spielen?«

»So ungefähr.« Rike Hansen wandte sich in Richtung Diele. »Vielleicht hilft es ja deinem Erinnerungsvermögen auf die Sprünge, wenn wir uns dort, wo es passiert ist, ein bisschen umschauen.«

»Die Polizei hat den Raum doch abgeriegelt. Da können wir nicht rein.«

»Stimmt. Aber es gibt trotzdem eine Möglichkeit, alles zu betrachten.« Sie winkte ihn hinter sich her. »Ich hoffe, du hast keine Angst vor der Höhe?«

»Jetzt brauchen wir nur noch etwas, das uns hilft, da raufzukommen.« Rike Hansen vergrub ihre Hände in den Hosentaschen und wippte auf den Zehen auf und ab, während sie zweifelnd nach oben schaute. »Mir war nicht bewusst, wie hoch das ist. Normalerweise gibt es ja auch keinen Grund, darauf zu achten. Aber es ist unsere einzige Möglichkeit.«

»Das sind mindestens vier Meter bis zur Decke, wenn nicht mehr. Ohne eine ziemlich lange Leiter geht da gar nichts.« Korbinian Löffelholz hatte den Kopf in den Nacken gelegt und starrte das schmale Oberlicht an, durch das Rike Hansen in das Büro des Jugendtreffleiters blicken wollte. Es befand sich knapp unter der Decke in der Wand zu Sören Schulz' Büro. »Die Frage ist ja auch, ob man von da oben überhaupt etwas sieht. Und wenn man etwas sieht ... wenn *ich* etwas sehe«, korrigierte er sich, »wissen wir nicht, ob es mir auch wirklich hilft, mich zu erinnern.«

»Willst du jetzt etwa lindnern?«

»Will ich was?« Korbinian Löffelholz verzog das Gesicht. »Redest du jetzt auch schon in Glücksworten? So wie Elisabeth?«

Rike Hansen lachte. »Nein. Das ist kein Glückswort. Nur einer von den Ausdrücken, die die lieben Kleinen benutzen. Zu lindnern bedeutet, dass man es eher gar nicht macht, bevor man es schlecht macht.«

»Ich verstehe.« Korbinian nickte. »Sehr passend.« Wieder betrachtete er nachdenklich die Wand und fuhr sich mit der Hand übers Kinn. »Wobei ich eine passende Leiter hilfreicher fände als eine passende Bemerkung. Meinst du, es gibt so etwas in diesem Haus?«

Statt einer Antwort hörte er ein blechernes Scheppern aus der Diele. Rike Hansen war hinausgegangen und stand nun mit einer Trittleiter unter dem Arm in der Zimmertür. Schnee glitzerte auf den Metallsprossen.

»Voilà. Thorsten hatte sie vor dem Haus stehen gelassen. Wir müssen sie nur nachher wieder zurückbringen.«

Korbinian Löffelholz betrachtete die Leiter kritisch. Er nahm sie Rike aus der Hand, klappte sie auf und stellte sie unter das Oberlicht. »Die reicht nicht aus. Zu kurz. Habt ihr noch eine andere?«

»Bestimmt. Aber die lange Aluleiter steht im Geräteschuppen, und der ist abgeschlossen. Ich müsste Thorsten bitten, mir den Schlüssel zu geben, und mit Sicherheit würde er fragen, wozu wir sie brauchen.«

»Nicht gut.« Korbinian sah sich nach einer anderen Möglichkeit um und entdeckte in einer Ecke des Raumes einen Tisch, auf dem sich Akten türmten. Er zeigte darauf. »Den nehmen wir.«

Rike Hansen verstand sofort. Gemeinsam räumten sie den Tisch leer, rückten ihn unter das Oberlicht und stellten die Trittleiter darauf.

»Die meisten Unfälle passieren im Haushalt«, kalauerte Rike und grinste. Korbinian Löffelholz erwiderte nichts. Ihre Fröhlichkeit erschien ihm mit einem Mal unpassend. Sie spielten hier kein lustiges Partyspiel. Ein Mensch war gestorben. Ermordet, wenn die Polizei recht hatte.

»Mochtest du deinen Chef eigentlich?«, wollte er von ihr wissen. »Du meintest ja, er wäre schwierig gewesen, aber das bedeutet noch nichts. Man kann auch schwierige Menschen mögen.«

»Ja, das kann man.« Rike Hansen wurde ernst. »Man kann sie respektieren und trotz ihrer Eigenarten auch mögen.« Sie ließ die Glieder ihrer Halskette durch die Finger gleiten. »Du meinst, ich trauere nicht gebührend, weil ich hier rumalbere? Das täuscht. Ich trauere sehr wohl um ihn. Um den erfahrenen Kollegen, der er war. Die Arbeit mit den Kids ist nicht immer leicht.« Sie wirkte für einen kurzen Moment resigniert. »Im Gegenteil. Manchmal geht es richtig zur Sache. Aber wir tun das, was wir tun, mit Herzblut. Jeder von uns auf seine Art. Und nach seinen Möglichkeiten. Thorsten zum Beispiel ist schon als Junge hierhergekommen. Er hängt an dem Jugendtreff. Und er mag die Minimonster. Sonst würde er sicher nicht auch noch einen Großteil seiner Freizeit mit Arbeiten verbringen.« Sie kickte nach einem Staubball, der über den Fußboden wehte. »Ebenso halten wir es mit dem Trauern. Jeder so, wie er kann und wie es sich für ihn richtig anfühlt. Wir vermitteln den Jugendlichen, dass jede Spielart der Trauer in Ordnung ist, solange sie niemand anderem schadet. Man kann weinen oder lachen, nachdenken oder sich ablenken, man kann Sport machen und sich auspowern oder still in einer Ecke sitzen. Ich versuche, die fröhlichen Augenblicke bewusst wahrzunehmen. Das ist meine Art zu trauern, verstehst du?« Sie pustete sich eine verirrte Locke aus der Stirn. Wieder schlich sich ein Grinsen in ihr Gesicht. »Oder um es mit Fynns Worten zu sagen: ›Ahnma, Alder.‹« Sie ahmte die Sprechweise des Jungen sehr genau nach.

Korbinian musste grinsen. Er holte einen der Stühle und stellte ihn neben den Tisch. Auf keinen Fall wollte er einen unsportlichen Eindruck machen, sich aber auch nicht unbedingt direkt beim ersten Versuch der Leiterbesteigung lächerlich machen. Er stieg auf den Stuhl, dann vom Stuhl auf den Tisch. Die Leiter rutschte bedrohlich über die glatte Oberfläche, als er die drei breiten Sprossen erklomm.

»Wie sieht es da drin aus?« Rike Hansen stand unten neben dem Tisch und hielt die Beine der Leiter fest. Korbinian Löffelholz blickte durch das Oberlicht in Sören Schulz' Büro. Es dauerte ein paar Sekunden, bis er begriff, dass der dunkle Schleier über allem nicht vom Dreck auf der Scheibe herrührte, sondern im Zimmer selbst war. Rußiger Staub bedeckte Schreibtisch, Fenster und Türen samt Rahmen, die freien Oberflächen der Möbel und teilweise die Wände.

»Wie in einem Saustall«, rutschte es ihm heraus. »Die Polizei hat kräftig Staub aufgewirbelt.« Er beschrieb ihr, was er sah.

»Das wird das Pulver für die Sicherung der Fingerabdrücke sein«, mutmaßte Rike.

»Sie haben alle Schränke geöffnet und die Schubladen herausgezogen. Sieht aus wie einmal auf den Kopf gestellt, kräftig geschüttelt und dann wieder fallen gelassen.«

»Hört sich nach Sören an.«

»Du meinst, das war gar nicht die Polizei?«

»Doch, sicher, zu einem Teil. Aber Sören war nicht gerade für seine Ordnungsliebe bekannt.«

»Hat er auch Plastikmüll herumliegen lassen? Kanülen? Spritzenhüllen?«

»Was? Nein. Das eher nicht.« Rike Hansen schüttelte den Kopf. »Hört sich an wie Hinterlassenschaften des Notarztes.«

»Kann sein. Wer macht das hier eigentlich alles sauber?« Er

schaute nach unten zu Rike, die mittlerweile die Beine der Leiter losgelassen und sich einen der Aktenordner gegriffen hatte, die vorher auf dem Tisch gelegen hatten. Sie blätterte oberflächlich darin herum. Seine Sicherheit hatte wohl doch keine so große Relevanz für sie. Wieder konzentrierte Korbinian sich auf das, was er sah. Suchte nach Anknüpfungspunkten, die seinem Hirn einen Schubs in die richtige Richtung geben konnten.

Er musterte die Anordnung der Möbel und entdeckte hinter dem Schreibtisch, halb verdeckt vom Fuß des Bürostuhls, einen großen dunklen Fleck auf dem Boden. Neben dem Fleck dunkle Schmierspuren. Ihm wurde übel. Das musste Sören Schulz' Blut sein. Aus irgendeinem Grund schmeckte er den metallischen Geschmack auf der Zunge. Er stellte sich vor, in dem Raum zu stehen und … ja, was zu tun? Zu reden? Zu streiten? Zu kämpfen? Doch von einem Kampf hatten die Polizisten mit keiner Silbe gesprochen. Auch stand alles, was dabei hätte umstürzen können, noch gerade und senkrecht. Der Bildschirm auf dem Schreibtisch, die kleine Lampe und sogar ein rachitischer Gummibaum trotzten der Schwerkraft, obwohl es so aussah, als klammerte die Pflanze sich mit letzter Kraft an ihren dünnen Haltestab. Selbst der Kalender an der Wand hing gerade.

»Es hat keinen Zweck. Diese Aktion hier bringt gar nichts. Keine Erinnerung. Nada.« Verdrossen kletterte er die Leiter hinunter.

»Das würde ich so nicht sagen. Also das mit dem Zweck.« Rike Hansen blickte nicht von dem Aktenordner auf, in dem sie gerade las. Sie saß mit dem Rücken an die Wand gelehnt auf dem Boden, den Ordner auf den ausgestreckten Beinen. Sie tippte auf eine Seite. »Das ist wirklich seltsam.« Sie sah zu Korbinian Löffelholz hoch, tippte wieder und wedelte dann mit ihrer Hand. »Komm mal her.« Sie klopfte auf den freien Platz neben sich.

Korbinian ging zu ihr und starrte auf das Papier. Kontoauszüge. Rechnungsbelege. »Was ist das?«, wollte er wissen.

»Die Buchhaltung des Jugendtreffs. Wir müssen ja über alle Mittel, die wir verwenden, genau Buch führen, damit wir nicht die Gemeinnützigkeit verlieren und weiterhin Fördergelder bekommen.«

»Das sieht von hier oben auch alles sehr ordentlich aus.«

»Stimmt. Alle Rechnungen sind fein säuberlich abgeheftet und den jeweiligen Abbuchungen zugeordnet. Es gibt nur einen winzigen Haken.«

»Und der wäre?« So langsam wurde Korbinian Löffelholz doch etwas ungeduldig.

»Das sind Rechnungen, die es eigentlich nicht geben dürfte.« Rike Hansen blätterte weiter. »Also, nicht alle. Aber beim ersten Durchsehen habe ich schon drei gefunden, die ich sehr seltsam finde.«

»Zeig her.«

»Hier.« Sie schob den kleinen Metallhebel in der Mitte des Ordners nach oben, nahm ein Blatt heraus und hielt es Korbinian unter die Nase.

»Die Rechnung eines Schlüsseldienstes.« Korbinian Löffelholz sah sie unschlüssig an. »Was ist daran ungewöhnlich? Ich habe mich auch schon ausgeschlossen.«

»Ja klar. Ich auch. Und was macht man dann im Normalfall als Erstes?«

»Den Schlüsseldienst rufen?«

»Nein. Als Erstes ruft man all diejenigen an, die ebenfalls einen Schlüssel zu dem Haus haben, aus dem man sich gerade ausgesperrt hat. Vorausgesetzt, man hat Freunde, Familienmitglieder oder Kollegen, denen man einen Zweitschlüssel anvertrauen würde«, ergänzte sie, nachdem sie Korbinians verständnislosen Blick aufgefangen hatte. Der schaute verlegen zur Seite. Tatsächlich hatte niemand außer ihm und seiner Putzfrau einen Schlüssel zu seiner Wohnung. Aber mit der Reinigungskraft hatte er seit ihrer Einstellung kein Wort mehr gewechselt. Das war schlicht nicht notwendig. Sie war anwesend, wenn er abwesend war, saugte, putzte und wischte zuverlässig Staub wie ein unsichtbarer Geist und ging wieder, ehe er nach Hause zurückkehrte. Daran, dass sie auch außerhalb seiner Wohnung ein Leben haben musste, hatte er noch nie gedacht. Sie wäre ihm im Fall, dass er vor verschlossener Wohnungstür stand und dringend einen Ersatzschlüssel benötigte, sicher nicht eingefallen. Er wollte jetzt aber nicht darüber nachdenken, was das für sein Leben bedeutete.

»Freunde und Kollegen, über die man hier in der Villa aber natürlich reichlich verfügt«, sagte er deswegen mit ironischem Unterton.

»Nicht reichlich, aber ausreichend. Mich hätte er zum Beispiel jederzeit anrufen können. Ich bin im Besitz eines Generalschlüssels, mit dem ich rein theoretisch jedes Zimmer vom Dachboden bis zum Keller aufschließen kann. Ein uneingeschränkter Sesam-öffne-Dich.« Sie nahm die ihr von Korbinian Löffelholz gereichte Rechnung entgegen und heftete sie wieder ab. »An dem Datum war ich zu Hause, das weiß ich genau, weil an dem Tag mein Auto kaputtgegangen ist und ich es quer durch den Ort zu Hanswerner schieben musste.«

»Hanswerner?«

»Ja. Hanswerner Mülders. Er repariert hier alles, was Räder und einen Motor hat. Autos, Motorräder, Rasenmäher. Alle gehen immer zu ihm. Und das bringt mich auf die nächste Sache, die mir ungewöhnlich erscheint.«

Korbinian Löffelholz verschränkte die Arme vor der Brust und betrachtete Rike Hansen von der Seite. Sie hatte sich in Rage geredet. Ihre Wangen glühten, und ihre Hände waren beinahe ebenso gesprächig wie ihr Mund.

»Warum hat er mich nicht angerufen?«

»Wer jetzt? Hanswerner?«

»Was? Nein. Sören. Wegen dem Schlüssel.«

»Des Schlüssels«, korrigierte Korbinian automatisch. Er hasste grammatische Ungenauigkeit. Rike Hansen musterte ihn scharf, sagte aber nichts dazu.

»Stattdessen gibt es diese Rechnung vom Schlüsseldienst. Zumal …« Sie biss sich auf die Lippe und blickte zur Seite. »Selbst wenn ich nicht da gewesen wäre, hätte er immer noch Thorsten fragen können.«

»Hat der auch einen Generalschlüssel?«

»Nein.«

»Dann kann er vermutlich Schlösser knacken.«

»Ja klar. Und er ist praktisch immer greifbar.« Rike Hansen blätterte weiter.

»Da hast du wohl recht. Und was ist die zweite Sache, die du komisch findest?«, wollte Korbinian Löffelholz wissen. »Du meintest das eben im Zusammenhang mit diesem Hanswerner.«

»Ach so. Ja. Der Schlüsseldienst Müller, den Sören beauftragt hat, ist aus Jennemünde, das ist ziemlich weit weg. Als ob es hier in der Nähe keine Schlüsseldienste geben würde. Natürlich findet man so was nicht in Dünenbeck. Hier gibt es offiziell gar nichts, aber unter der Hand bekommen wir alles irgendwie geregelt. Man hilft sich gegenseitig. Hanswerner kann als gelernter Schlosser selbstverständlich auch Türen aufknacken.«

»Du meinst also, selbst im unwahrscheinlichen Fall, dass weder du noch Thorsten erreichbar gewesen wäre, hätte Hanswerner die Sache schon geregelt.«

»Buy local«, bekräftige Rike. »Wir haben hier für beinahe jeden Job den geeigneten Fachmann. Klaus aus dem letzten Haus am Ortseingang ist eigentlich Briefträger, kann aber alles, was mit Elektrik zusammenhängt. Seine Frau Dörte arbeitet als Krankenschwester und kreiert sensationelle Kuchen für den unwahrscheinlichen Fall, dass man keine Zeit hat, selbst was zu backen. Theo Brässgens ist Kunstlehrer am Gymnasium in Fliessteden und steht in jeder seiner zahlreichen freien Minuten mit der Farbrolle in der Hand auf der Leiter. Und Mateusz ist firm in Bezug auf Installation und Fliesen. Er kennt vermutlich jedes Klo hier in Dünenbeck. Rainer Quambusch macht für uns die Steuer, Sören konnte Strümpfe stricken wie sonst nur meine Oma.« Sie grinste. »Ich schneide den Leuten die Haare.«

»Ihr braucht also gar nicht außerhalb nach irgendwelchen Fachleuten zu suchen.«

»Nope.« Sie widmete sich wieder dem Ordner und blätterte einige Seiten weiter, ehe sie bei einer weiteren Rechnung stoppte. Auf der rechten oberen Ecke war ein Logo mit einem Fahrrad zu sehen. »Leihräder für einen Ausflug mit den Kids.

Finde den Fehler.« Sie sah Korbinian erwartungsvoll an. Der schwieg, auch, um sich nicht wieder zu blamieren.

Rike Hansen seufzte ergeben. »Wir sind hier weit ab von allem. Keine Geschäfte, keine Handwerker, keine Infrastruktur. Der Bus fährt viermal am Tag. Wenn du hier nicht festwachsen möchtest, brauchst du ein Auto, und wenn du unter achtzehn bist, ein Fahrrad. Alle unsere Jugendlichen haben eins. Da muss ich nichts leihen. Trotzdem steht hier eine Summe von über hundertfünfzig Euro für Leihfahrräder.« Sie kontrollierte das Datum. »Wenn ich mich richtig erinnere, haben wir an diesem Tag sogar wirklich einen Fahrradausflug gemacht.«

»Vielleicht gibt es eine logische Erklärung«

»Ich mag Sören sehr, er ist …« Sie unterbrach sich. »Er war ein netter Mensch und ein anständiger Kollege, auch wenn wir fachlich nicht immer einer Meinung waren. Was ich hier sehe, kann ich gar nicht richtig zuordnen. Das passt nicht zu ihm.« Sie senkte den Kopf, und Korbinian erkannte nun neben der Trauer um den Kollegen auch einen großen Anteil Enttäuschung in ihrer Miene. Dann blätterte sie weiter. »Das hier ist ein Bewirtungsbeleg über ein geschäftliches Mittagessen, das es nicht gegeben hat.«

»Woher weißt du das?«

»Weil mein Name ebenfalls auf der Quittung steht. Ich habe aber noch nie dort gegessen. Weder mit Sören noch allein oder mit irgendwem sonst.«

»Mal angenommen, ich wäre vom Finanzamt und müsste diese Unterlagen prüfen. Auf den ersten Blick sieht das doch alles sehr glaubwürdig aus, oder?«

»Ja. Als Außenstehender kapierst du das nicht.«

»Sören Schulz war also nicht nur ein guter Pädagoge, sondern auch sehr kreativ im Umgang mit Geld.«

»Sieht so aus.« Rike zog die Schultern hoch und ließ sie wieder fallen. »Auch wenn ich es wirklich nicht glauben kann.«

Kapitel 9

»Das kann ich wirklich nicht glauben.« Elisabeth von Petersen stand vor ihrer Spüle, schälte mit Hingabe eine Gurke und schaute dabei immer wieder über die Schulter zu Korbinian und Rike. Die beiden saßen sich am Küchentisch gegenüber, vor sich jeweils ein großes Glas mit einem undefinierbaren Getränk darin. Korbinians Hals war nach seinem Vortrag und der Kletterpartie völlig ausgetrocknet. Gierig griff er danach, trank einige Schlucke und verzog das Gesicht.

»Interessant.« Er stellte das Glas ab und blickte sich suchend in der Küche um. Sein Mund fühlte sich an, als sei ihm in wenigen Sekunden ein Pelz auf der Zunge gewachsen.

»Kombucha. Selbst gemacht. Der verändert dein Leben«, erklärte Elisabeth von Petersen und malträtierte weiter die Gurke.

»Das glaube ich unbesehen. Wenn man den Angriff auf die Geschmacksknospen überlebt.« Er schob das Glas weit von sich und stand auf.

»Nichts Gutes gewohnt, was?« Rike Hansen trank ihre Portion in großen Schlucken aus und wischte sich anschließend mit dem Handrücken über den Mund. »Das Zeug ist probiotisch, entgiftet die Körperzellen und tötet Krankheitserreger, außerdem macht es einen klaren Kopf, verbessert das Immunsystem und bindet freie Radikale.«

»Dann solltest du es deinen freien Radikalen im Jugendtreff zu trinken geben. Vielleicht hilft das ja.«

»Was ist denn nun mit den Rechnungen, Rike?« Elisabeth von Petersen hielt eine Möhre in der Hand, der sie mit der gleichen Vehemenz zu Leibe rückte wie zuvor dem Grüngemüse. »Warum sollte Sören so etwas tun? Was hätte er davon?«

»Die betreffenden Rechnungen sind angeblich alle bar bezahlt worden.« Korbinian Löffelholz ging zur Spüle, schüttete den Kombucha in den Ausguss. Er spülte das Glas aus und füllte Leitungswasser nach. »Wenn sie gefakt sind, und davon müssen wir ausgehen, kann er das Bargeld aus der Kasse des Jugendhauses genommen und es sich in die eigene Tasche gesteckt haben.«

»War nicht die Rede von eher kleinen Beträgen? Das lohnt doch gar nicht.« Elisabeth von Petersen zog einen Topf vom Herd und hob den Deckel ab. Korbinian Löffelholz erblickte darin einen großen Klumpen Reis, der ihn an Tapetenkleister erinnerte. Seine Gastgeberin kochte zwar sichtlich mit großer Begeisterung, aber die Ergebnisse ließen eher auf experimentelle Küche denn auf solide Hausmannskost, wie man sie bei einer Frau ihrer Generation erwartet hätte, schließen.

»Kleine Beträge fallen nicht so schnell auf«, gab Rike Hansen widerwillig zu bedenken.

»Wenn er das regelmäßig gemacht hat, summieren sich diese Kleinbeträge irgendwann zu einer beachtlichen Summe.«

»*Falls* er das gemacht hat«, sagte Rike ärgerlich, aber Korbinian bemerkte den Zweifel in ihrer Stimme. Er verzog den Mund.

»Alternativ könntest du es getan haben. Hast du?«

»Natürlich nicht.«

»Streitet nicht, Kinder. Die entscheidende Frage ist doch wie so oft im Leben, *warum* er es getan haben sollte. Man wird ja nicht einfach so kriminell, oder?«

»Im Normalfall nicht.«

»Du kanntest ihn doch gut, Rike. Gab es irgendeinen Anlass zu der Vermutung, dass er in Geldnot gewesen sein könnte?«, wollte Elisabeth von Petersen wissen. Sie knetete mittlerweile den Reiskleister, drehte ihn zu kleinen Rollen und stopfte Gurken- und Möhrenstücke hinein. Im Anschluss umwickelte sie das Ganze mit grünen Blättern.

»Sein Haus ist abbezahlt, das hat er von seinen Eltern geerbt, und seine Klamotten machten oft den Eindruck, aus derselben Quelle zu stammen. Sein Auto ist mindestens zehn Jahre alt, er hatte es schon gebraucht gekauft. Sören hatte keine teuren Hobbys und legte absolut keinen Wert auf Statussymbole. Mit dem Gehalt, das er als Leiter des Jugendtreffs bekam, könnte man in der Stadt vielleicht keine großen Sprünge machen, aber für den Lebensstandard, den er hier pflegte, reichte es allemal. Ich habe ihn nie über Geld klagen oder von irgendwelchen Wünschen reden hören, die über das Leben, das er führte, hinausgingen.«

»Irgendwelche Spekulationen oder Aktienfonds?«, schlug Korbinian vor. Rike schüttelte den Kopf.

»Hat er gespielt? Wetten abgeschlossen?«

»Nicht dass ich wüsste.« Sie lehnte sich zurück, um Elisabeth von Petersen Platz zu machen, die eine große Platte mit etlichen der kleinen grünen Rollen in die Mitte des Tisches stellte. Elisabeth griff in ein Regal neben dem Tisch, nahm ein mit verschiedenen Körnern gefülltes Marmeladenglas heraus, öffnete es und streute eine Handvoll Körner über die Platte.

»Drogen?«, fragte sie, und Korbinian Löffelholz brauchte ein paar Sekunden, bis er begriff, dass sie nicht das Grünzeug, sondern Sören Schulz meinte.

»Sören doch nicht.« Rike packte mit zwei Fingern eines der Röllchen und biss hinein. »Hm, lecker.«

»Wieso?«, wollte Korbinian wissen.

»Weil sie es frisch gemacht hat.«

»Nein. Nicht diese Dinger, was auch immer sie darstellen sollen. Sören Schulz. Wieso keine Drogen?«

»Weil er noch nicht einmal ein winziges Schlückchen Alkohol getrunken hat. Er hat mir mal erklärt, dass er weder Zigaretten noch Alkohol verträgt.«

»Vielleicht hatte er eine kostspielige Geliebte? Oder wollte eine Frau beeindrucken?« Korbinian Löffelholz betrachtete das Essen. Sein Magen knurrte, aber kalter Reis mit Gemüsestücken rangierte bei ihm noch unter Verhungern.

»Auf keinen Fall«, nuschelte Rike mit vollem Mund.

»Probier doch mal eines von meinen Sushis.« Elisabeth schob die Platte in seine Richtung und nickte aufmunternd.

»Sushi? Aha.« Widerstrebend nahm er sich ein Röllchen. Zwei Sonnenblumenkerne fielen herunter. So schlimm würde es schon nicht werden, wenn man die einzelnen Bestandteile in Betracht zog. Reis und Gurken waren weitestgehend geschmacksneutral, machten aber immerhin satt. Nur die äußere Blatthülle stellte ein gewisses Risiko dar. Korbinian biss hinein und schmeckte Blattspinat.

»Und?« Elisabeth von Petersen schaute ihn erwartungsvoll an. »Schmeckt es dir?«

»Interessante Zusammenstellung.« Korbinian Löffelholz hatte das Gefühl, die Masse in seinem Mund würde mehr statt weniger werden. Er kaute und kaute, schluckte, kaute weiter. Blattspinat und Reis klebten an seinem Gaumen. Hastig trank er einen großen Schluck Wasser. Na wunderbar. Kurz sehnte er sich nach den Kochkünsten des Pizzabäckers vom gestrigen Abend, auch wenn ihm diese Mahlzeit langfristig gesehen eher weniger gut bekommen war. Endlich gelang es ihm, auch die letzten Reste des Pseudosushis hinunterzuwürgen. »Wir fassen also zusammen: Sören Schulz hatte keinen Grund, Geld zu unterschlagen, hat aber genau das mit großer Wahrscheinlichkeit getan.«

»Womit wir nicht wirklich weiter wären.« Rike seufzte.

Korbinian Löffelholz schob die Platte zurück in die Tischmitte und erhob sich. »Der Hund muss sicher noch mal raus.«

Mit hungrigem Blick starrte er auf die Platte mit dem Reisgemüse, dann riss er sich entschlossen los. Man konnte auch gut mal einen Abend ohne Essen auskommen. Hatte er nicht sowieso vorgehabt, Diät zu halten? Und war das nicht die perfekte Gelegenheit?

»Carreras? Wo bist du?«, rief er halb in den Hausflur hinein.

Unter der Küchenbank raschelte es, der Hund ächzte und seufzte. Dann erschien ein Hundekopf zwischen zwei Kartons, die unter der Bank verstaut waren. Carreras blinzelte ins Licht der Deckenlampe, gähnte und streckte sich, bevor er auf Korbinian zu trottete.

»Na komm, alter Knabe. Wir beide lassen uns ein bisschen frische Luft die Nase wehen.« Korbinian Löffelholz nickte den beiden Frauen zu, betrat den Hausflur und nahm den Mantel vom Haken. Eigentlich hatte er keine Lust, bei diesem Wetter vor die Tür zu gehen, aber zum einen musste der Hund schließlich irgendwann einmal pinkeln und erledigen, was Hunde sonst noch so zu tun pflegten, wenn sie sich draußen aufhielten, und zum anderen wollte er sich nicht noch weitere Essensexperimente aufzwingen lassen müssen. Allerdings war seine Flucht vor dem Reisgeschwader nur die halbe Wahrheit. Er benötigte Raum und Platz jetzt genauso dringend wie die frische Winterluft. Die vollgestopfte Küche, die beiden Frauen, seine gesamte Situation und das Essen als sprichwörtlich letzter Tropfen, der das Fass zum Überlaufen brachte. Ihm war im Moment alles zu eng, zu nah. Er konnte das nicht. Korbinian Löffelholz öffnete die Tür, ließ den Hund ins Freie und folgte ihm.

Vom Haus führte ein schmaler Weg bis zur Straße. Links und rechts davon türmte sich der Schnee mittlerweile hüfthoch. Elisabeth von Petersen musste heute mehrmals Schnee geschippt haben, nur wenige Zentimeter waren platt getreten. Wenn es so weiterschneite, mussten sie morgen früh erneut eine Schneise graben, um überhaupt das Haus verlassen zu können. Carreras lief schwanzwedelnd voraus, blieb aber immer wieder stehen und drehte sich nach Korbinian um, um sicherzugehen, dass der ihm auch folgte. Sie liefen in den Fahrspuren in der Mitte der Straße, denn die Bürgersteige waren nicht mehr zu betreten.

Korbinian Löffelholz genoss die eisige Kälte in seinen Lungen. Sie schmerzte, aber mit jedem Schritt, den er machte, mit jeder kleinen Atemwolke, die er ausstieß, wurde es besser. Er schaute sich um. Die Straße war menschenleer, alle fünfundzwanzig Meter verteilte eine einsame Straßenlaterne ihr gelbliches Licht und tauchte die Umgebung in unwirkliche Farben. Korbinian erhöhte sein Schritttempo. Er musste sich bewegen. Erst jetzt wurde ihm klar, dass er während des gesamten Tages von Leuten umgeben gewesen war. Elisabeth von Petersen, Rike Hansen, die Jugendlichen. Das war er nicht gewohnt. Natürlich war er auch im Büro von Menschen umgeben. Sogar von deutlich mehr Menschen als hier. Sekretärinnen, Kollegen,

Kunden. Sie kamen und gingen, telefonierten, unterhielten sich. Der große Unterschied war, dass sie von ihm im Normalfall nichts wollten. Er saß an seinem Schreibtisch hinter der Glaswand seines Einzelbüros, ging seiner Arbeit nach, sprach nur mit denen, denen er etwas zu sagen hatte, und ignorierte das Treiben der anderen, weil es ihn nichts anging. Niemand wollte außerplanmäßig etwas von ihm, niemand betrat sein Büro auf einen kleinen Plausch zwischendurch. Ganz im Gegenteil. Manchmal hatte er sogar den Eindruck, dass ihn die Kollegen ganz bewusst mieden. Vermutlich wussten sie, dass er es nicht schätzte, in seiner Konzentration gestört zu werden. Vielleicht war es aber auch einfach so, dass sie keine Lust hatten, mit ihm zu reden. Er war nicht der Plauschtyp, ganz klar. Oder wollte niemand mit ihm plaudern, weil er als Person niemanden interessierte? Weil ihn niemand mochte? Dieser Gedanke schmerzte für eine Sekunde lang mehr als die eisige Luft in seinem Brustkorb. Dann schob er ihn zur Seite. Es war jetzt nicht wichtig, was die Leute im Büro über ihn dachten. Es war auch nicht wichtig, ob sie ihn mochten. Er war er, und das musste genügen.

Musste es das wirklich? Bei der Arbeit mit den Jugendlichen hatte er sich so wohlgefühlt wie schon seit Langem nicht mehr. Er hatte sein Wissen mit ihnen geteilt, und sie hatten es angenommen. So simpel. Aber es war ungewohnt, sich auf Menschen einzulassen. Anstrengend, Nähe auszuhalten. Rike Hansen und Elisabeth von Petersen waren womöglich die ersten Frauen seit langer Zeit, die er nicht durch seine Beutebrille betrachtete. Die er nicht auf ihre Eignung als Bettgefährtinnen abcheckte. Und die er trotzdem mochte.

Aber vielleicht war »trotzdem« das falsche Wort. Er mochte sie, weil er sie anders sah. Was war bloß los mit ihm? Wurde er krank? Befand sich irgendeine bewusstseinsverändernde Droge in der Landluft?

Korbinian Löffelholz schob seine Hände tiefer in die Taschen des Mantels und zog die Schultern hoch. Er hätte sich noch einen Schal umbinden sollen. Carreras lief schwanzwedelnd einige Meter vor ihm. Dem Hund machte die Kälte nichts aus. Ganz im Gegensatz zu ihm.

Korbinian blieb stehen. »Komm, wir drehen um«, rief er dem Hund zu, aber der hörte nicht, sondern lief weiter geradeaus. »Hey, Hund!«

Keine Reaktion.

»Carreras!« Jetzt schrie er fast, aber der Hund störte sich nicht daran. Korbinian Löffelholz starrte auf Carreras' Hinterteil, das sich immer weiter von der letzten Laterne des Dorfes entfernte. »Ach, dann mach doch, was du willst. Du bist ja eh nicht mein Hund.«

Er drehte sich um und ging zurück in Richtung von Elisabeths Haus. Der Schnee knirschte unter seinen Sohlen, am Hals kroch die Kälte unter den dicken Mantelstoff. Es schneite schon wieder.

»Du ersparst mir viel Arbeit, blöder Köter!«, rief Korbinian über seine Schulter hinweg. »Ich wollte dich ja sowieso loswerden.« Er trat nach einem Schneeblock. »Was hätte ich auch mit dir anfangen wollen?« Er ging schneller und stieß die Worte im Rhythmus seiner Schritte aus. »Ich. Kann. Dich. Nicht. Ge. Brau. Chen.« Den Kragen des Mantels hielt er mit einer Hand fest geschlossen, damit der Wind nicht hineinpfiff. Es würde lausig kalt werden heute Nacht. Kein Spaß, draußen sein zu müssen. Aber wozu hatten Hunde Fell? Dieser spezielle hier hatte sogar eine ganze Menge davon. Der würde sicher nicht erfrieren. Der würde einfach neben jemand anderem herlaufen, so wie er es bei ihm gemacht hatte, und vielleicht war derjenige ja dumm genug, das Viech aufzunehmen. Dort würde er auch sicher etwas zu fressen bekommen und ein Dach über dem Kopf. Sollte er doch demjenigen was vorheulen.

Kurz vor der Einfahrt zu Elisabeths Haus blieb Korbinian stehen und ließ die Schultern hängen. Nein. So nicht. Er drehte sich um und ging ein paar Schritte in die andere Richtung, bevor er loslief. Nach wenigen Minuten hatte er die Stelle erreicht, an der er den Hund zuletzt gesehen hatte. Ab hier kamen nur noch Pfotenspuren, keine Fußabdrücke mehr. Im Schein der letzten drei Laternen folgte er der Spur, hielt den Blick gesenkt und kniff die Augen zusammen. Er musste sich anstrengen, um die Abdrücke im Schnee zu finden. Als er die letzte Straßenleuchte passiert hatte, konnte er kaum noch etwas erkennen. Korbinian Löffelholz ärgerte sich, keine Taschenlampe mitgenommen zu haben. Sein wegen fehlendem Empfang nutzloses Handy lag in seinem Zimmer auf dem Nachttisch.

»Carreras«, rief er in die Nacht hinaus und lauschte. Aber es kam keine Antwort. Kein Bellen, kein Knurren, kein Jaulen, nichts. Wo konnte der Kerl bloß sein? Korbinian zog die Hände aus den Manteltaschen, steckte zwei Finger in den Mund und pfiff. Der schrille Ton verebbte über den Schneewehen. Rechts vor ihm schälten sich im Näherkommen die Umrisse eines Stegs aus der Finsternis, dahinter ein Weg, der auf die Felder führte. Wahrscheinlich war Carreras hier entlanggelaufen. Korbinian Löffelholz bog auf den Steg ein. Von einem Schritt zum anderen gab der Boden unter ihm nach, er rutschte und glitt nach unten. Seine Füße verloren den Halt. Er griff nach allem, was Rettung versprach. Dann fiel er, sein Kopf traf auf etwas Hartes, und er verlor das Bewusstsein.

Grelles Licht blendete ihn, und etwas Warmes wischte wieder und wieder über sein Gesicht. Das Nageln eines Dieselmotors drang an sein Ohr. Korbinian Löffelholz blinzelte, rückte seine Brille zurecht, versuchte, sich zu bewegen, und stöhnte auf. Sein rechter Fuß klemmte fest, jedenfalls soweit er es in der Kälte beurteilen konnte. Er hatte das Gefühl, ein einziger Eisklotz zu sein. Carreras saß neben ihm, den Kopf schief gelegt, und versuchte immer wieder, ihm über das Gesicht zu lecken. Er winselte leise.

»Wenn Ihr Hund nicht so ein Gewese gemacht hätte, wäre ich glatt an Ihnen vorbeigefahren. Sie hatten wirklich Glück. Das hätte sonst böse enden können, bei der Kälte, die wir heute Nacht hier erwarten.«

Der Mann, zu dem die Stimme gehörte, trug dicke schwarze Stiefel, und unter einer knallroten Winterjacke lugten die Hosenbeine eines Blaumanns hervor. Hinter ihm blendeten die Scheinwerfer eines Kleinbusses auf. Er kam auf Korbinian Löffelholz zu, packte ihn unter den Armen und zog. Der Widerstand an Korbinians Fuß gab nach, und der Mann zog ihn aus der Vertiefung.

»Tückische Sache, das. Hier neben dem Steg fällt der Graben ab, aber das sieht man jetzt natürlich nicht, wo alles zugeschneit ist.« Er half Korbinian Löffelholz auf die Beine, der vorsichtig auftrat und sich testweise streckte. Trotz des Sturzes schien alles heil geblieben zu sein.

»Danke, dass Sie mir geholfen haben. Einem Fremden.« Er reichte dem Mann die Hand.

»Sie sind kein Fremder. Sie sind der Immobilienfuz… der Mann von der Immobilienfirma.«

Korbinian sah den Mann erstaunt an.

»So etwas spricht sich schnell rum bei uns. Außerdem tragen Sie Elisabeths Mantel.« Er nahm Korbinians Hand und schüttelte sie. »Hanswerner Mülders.«

»Ah, der Schlosser.«

»Richtig. Sie wissen ja auch gut Bescheid.«

»Rike Hansen hat mir von Ihnen erzählt.«

»Ich hoffe, nur Gutes.« Mülders lachte dröhnend. Er musterte Korbinian Löffelholz von oben bis unten. »Ich sollte Sie jetzt wohl besser ins Warme bringen. Sonst holen Sie sich noch den Tod.« Er ging zu seinem Wagen und öffnete die Beifahrertür. Ein kurzes Nicken in Carreras' Richtung genügte, der Hund lief zu ihm und sprang ins Wageninnere.

Korbinian folgte den beiden etwas langsamer und kletterte mit einiger Mühe neben Carreras auf den erhöhten Beifahrersitz. Mülders hatte Motor und Heizung laufen lassen. Die Wärme biss in seine Haut, stach mit kleinen Nadeln in seine Hände, die Füße und sein Gesicht. Er wusste nicht, wie lange er in dem Graben gelegen hatte. Hoffentlich hatte er keine Erfrierungen davongetragen.

»Soll ich Sie bei Elisabeth absetzen?« Mülders legte beide Hände auf das Lenkrad, fuhr aber nicht los.

Korbinian Löffelholz nickte und rieb seine Hände vor dem steten Luftstrom des Gebläses.

»Bleiben Sie noch lange?« Mülders legte einen Gang ein. Der Motor ruckelte behäbig, und der Wagen setzte sich in Bewegung. Schnee knirschte unter den Reifen. Mülders fuhr langsam und starrte dabei konzentriert in das Schneetreiben. »Sauwetter. Ich habe vergeblich versucht, den Ort zu verlassen. Wenn ich keinen Allradantrieb hätte, wäre ich schon vor meiner eigenen Haustür stecken geblieben.«

»Kommt drauf an.«

»Was kommt worauf an?«

»Wie lange ich bleibe. Auf Verschiedenes. Mal sehen«, antwortete Korbinian Löffelholz einsilbig. Es war sehr nett von dem Schlosser gewesen, ihn zu retten, und ebenso freundlich, ihn jetzt zu seiner Unterkunft zu chauffieren, aber das berechtigte ihn beileibe nicht, so neugierig zu sein. Aber Mülders schien das anders zu sehen. Oder er war einfach eine Plaudertasche. Jedenfalls versuchte er nun einen neuen Ansatz.

»Schlimm, was mit Sören passiert ist.«

»Ja. Schlimm.«

»So zu sterben kann nicht schön sein.«

»Nein.«

»Aber er war auch irgendwie seltsam.«

»Aha.«

»Er lebte allein, ein bisschen außerhalb von Dünenbeck. Keine Frau, keine Kinder. Am Wochenende war er oft nicht da. Hat aber nie was erzählt.« Den letzten Satz betonte Mülders, als wäre das ein Schwerverbrechen.

Korbinian Löffelholz hielt viel von Privatsphäre, seine Neugier war dennoch geweckt. Er riss seinen Blick vom Armaturenbrett los und wandte sich Mülders zu. »Und Sie wissen nicht, was er an den Wochenenden gemacht hat?«

»Nein. Habe ich doch gesagt. Er hat nichts erzählt.« Anscheinend weckte Zurückhaltung die Aufmerksamkeit der Dorfbewohner, führte dann aber doch nicht so weit, dass sie anderen hinterherspionierten.

»Wurde nicht darüber spekuliert? So ein alleinstehender Mann ohne Familie …«

»Ach, Sie meinen, ob der was mit Männern hatte?«

»Wenn Sie es so ausdrücken wollen. Diversität macht eben auch vor den Dörfern nicht halt.«

»Hören Sie, wir bewirtschaften die Felder hier seit Jahrhunderten in Monokultur, und Sie kommen mir mit Diversität?« Mülders lachte. »Aber ich denke auch nicht, dass es das war. Er hatte mal eine Freundin. Ist allerdings schon lange her. Irgendwann war sie weg, und er ist allein in dem Haus geblieben.«

»Stammt Sören Schulz denn aus Dünenbeck?«, wollte Korbinian wissen.

Mülders nickte. »Sein Elternhaus. Er ist nach dem Studium wieder eingezogen, hat sich um seine Mutter gekümmert. Die brauchte Hilfe. Als dann der Job im Jugendtreff frei wurde, hat er sich beworben.«

»Wollte er nie weg?«

»Wir wollen alle mal zu irgendeiner Zeit weg. Manche gehen und kommen nie wieder, andere gehen und kehren zurück, wieder andere bleiben hier. Ob freiwillig oder nicht, ist manchen, denke ich, gar nicht so richtig klar.«

»Was ist mit Ihnen?«

»Mich bekommen hier keine zehn Pferde weg. Hier bin ich geboren, und hier werde ich sterben, dazwischen ist jetzt.« Mülders lachte wieder. »Als Fünfzehnjähriger habe ich das zwar etwas anders gesehen, aber das legte sich schnell wieder, als ich meine Marianne traf. Seit vierunddreißig Jahren sind wir zusammen, seit dreißig verheiratet.

»Sören Schulz war also einer von denen, die gingen und zurückkehrten.«

»Ja. Ich weiß noch, dass Klaus und Dörte Sören mal wegen des Hauses gefragt haben. Sie sind Nachbarn und suchten was für ihren Jungen, als der geheiratet hat. Er wollte aber nicht verkaufen, obwohl die Hütte viel zu groß für ihn ist.« Er strich über seine Jacke. »War«, ergänzte er schnell.

Elisabeth von Petersens Einfahrt kam in Sicht. Mülders

bremste vorsichtig ab, der Wagen kam zum Stehen. Korbinian Löffelholz stieg aus, Carreras folgte ihm. Er bedankte sich für die Hilfe, verabschiedete sich und schloss die Tür.

»Sören Schulz wollte also hierbleiben«, murmelte er und schaute dem Wagen hinterher. »Das klingt fast so, als ob ihn irgendetwas hier festhalten würde.«

Kapitel 10

»Guten Morgen!« Elisabeth von Petersen strahlte Korbinian Löffelholz an, als dieser in die Küche trat. »Wieder aufgetaut?« Er nickte und wollte etwas erwidern, aber Elisabeth redete einfach weiter. »Ich habe mir ja wirklich Sorgen gemacht. Bei dieser Kälte so lange mit im Grunde nackten Füßen draußen im Schnee. Das kann ja nicht gesund sein.«

»So schlecht sind meine Schuhe nun auch wieder nicht. Obwohl ich zugeben muss, dass sie an ihre Grenzen gestoßen sind.«

»Ich rede nicht von dir, junger Mann. Ich rede von dem Hund. Das arme Tier muss fürchterlich gefroren haben.«

»Das arme Tier ist einfach abgehauen und hat …«

»… dich gerettet. Ohne Carreras wärst du jetzt tot. Oder Schlimmeres«, stellte Elisabeth vehement klar, und Korbinian fragte sich, was es denn Schlimmeres als den Tod geben konnte. Elisabeth bemerkte seinen irritierten Gesichtsausdruck. »Du hättest zum Beispiel einen Schaden am Gehirn erleiden oder durch Erfrierungen gelähmt sein können. Dann wärst du auf die Pflege fremder Menschen angewiesen«, erläuterte sie.

»Und das wäre schlimmer als der Tod?« Korbinian Löffelholz setzte sich an den Küchentisch, auf dem für das Frühstück gedeckt war.

»Ja. Das wäre es.« Elisabeth von Petersen presste die Lippen aufeinander, ging zum Kühlschrank und nahm einen Teller mit Aufschnitt heraus. Sie stellte ihn vor Korbinian ab und wechselte abrupt das Thema. »Hilfst du mir heute bei der Hütte für den kleinsten Weihnachtsmarkt? Ich möchte sie fertig bekommen, bevor Weihnachten vorbei ist.«

»Was hast du damit genau vor?« Elisabeth hatte ihm die Nummer mit den Glücksworten zwar schon erklärt, aber den Sinn dahinter konnte er immer noch nicht verstehen. »Du willst die Leute beschenken? Deine Sachen weggeben?«

»Ja, warum nicht? Man schleppt eh viel zu viel Kram mit sich herum.« Sie setzte sich zu ihm und schüttete sich aus einer großen Kanne Tee ein. »Ich habe vor Kurzem auf einem der Bezahlsender eine Sendung mit einer Japanerin gesehen, die den Leuten hilft, ihre Häuser aufzuräumen.« Sie lachte laut auf. »Die müsste mal bei mir vorbeikommen mit ihrem Fernsehteam. So schnell kämen die hier nicht mehr weg.«

Korbinian Löffelholz unterdrückte den Impuls, zu nicken. Er kannte diese Sendung zwar nicht, aber zu entrümpeln gab es hier sicher eine Menge.

»Ein paar Dinge, die sie erzählt hat, sind wirklich interessant. Sie fordert die Leute auf, sich bei jedem Gegenstand zu fragen, ob einem diese spezielle Sache Freude macht.« Sie trank einen Schluck. »Klappt nicht bei allem, aber bei Klamotten zum Beispiel hervorragend. Ich habe schon mehr als die Hälfte meiner Sachen in die Kleidersammlung gegeben.« Sie sah sich in ihrer Küche um, dann blickte sie in ihre Tasse, als fände sie dort Antworten auf Fragen, die sie sich schon lange stellte. »An vielen Dingen hänge ich, weil sie mit Erinnerungen verknüpft sind. Ich kann sie hervorholen, sie anschauen und sehe die Situationen und Augenblicke, in denen sie zu mir gekommen sind, dann wieder ganz lebhaft vor meinen Augen. Vor allem die Menschen.« Sie lächelte, aber Korbinian Löffelholz entdeckte in ihren Augen eine tiefe Traurigkeit, die ihm neu war.

Elisabeth von Petersen schob die Tasse ein Stück von sich fort und stand entschlossen auf. »Weißt du, Korbinian, man sollte ja meinen, dass man mit dem Alter gelassener wird. Aber die Wahrheit ist, Abschiede tun noch mehr weh, weil da immer dieser Gedanke ist, dass es vielleicht wirklich das letzte Mal sein könnte.« Sie verharrte einen Moment, dann gab sie sich einen Ruck. »Auf jeden Fall erzählt diese junge Frau aus Japan ihren Klienten, dass man nur dreißig Bücher behalten und sich von dem Rest befreien soll, was aber natürlich Quatsch ist. Jede Geschichte, die du gelesen hast, wird doch ein Teil von dir, weil ihr Kern dein Leben beeinflusst. Die bleiben also schön da, wo sie sind. Aber ein paar kann ich wirklich weggeben. Ich habe von einigen meiner liebsten Bücher mehrere Ausgaben, weil ich es schön fand, welche Mühe sich die Verlage mit den Neuauflagen gemacht haben. Aber die Geschichte darin bleibt ja immer dieselbe. Deshalb teile ich diese doppelten Exemplare mit den Leuten, von denen ich denke, dass sie sie haben sollten. Das ist doch der Sinn von Weihnachten, oder? Teilen.«

Korbinian Löffelholz dachte an seine durchgestylte Wohnung in der Stadt. Er hatte nicht viele Bücher, geschweige denn doppelte Exemplare. Auch sein Kleiderschrank barg nur wenig Überflüssiges. Bis auf seine alte Schuluniform, die er in einer Plastikhülle Jahr um Jahr aufbewahrte, weil er immer wieder vergaß, sie wegzuwerfen, war alles durchdacht und auf aktuellem Stand. Wenn etwas kaputtging, warf er es weg. Und besorgte angemessenen Ersatz. Wie Kleidung eine andere Freude auslösen könnte als die, dass man sie in gewissen Situationen gern auszog, war ihm ein Rätsel. Seine weißen Hemden hatten zwar seit Jahren leicht steigende Größen, kamen aber immer von derselben Firma. Keine Massenware, ganz im Gegenteil, aber trotzdem austauschbar. Er lebte bereits ohne Belastung. Und ohne Bindung. Ohne eine Spur von sich selbst an dem Ort zu hinterlassen, den er Zuhause nannte.

»Was also hast du heute vor?«, fragte Elisabeth von Petersen, als er nicht antwortete. »Die Polizei wird sicherlich noch nicht wieder bis zu uns durchkommen.«

»Gestern Abend sah es kurz so aus, als würde es besser werden, sonst wäre Herr Mülders ja gar nicht erst losgefahren.«

»Es hat aber die ganze Nacht geschneit.« Elisabeth von Petersen warf einen prüfenden Blick aus dem Küchenfenster. »Es wird eher immer mehr. Egal, wo du hinwillst, du wirst zu Fuß gehen müssen.«

Korbinian Löffelholz dachte an seine durchweichten Lederschuhe. »Ich kann dir helfen, muss mich aber erst um einige Dinge kümmern. Hast du ein paar warme Stiefel für mich?«

Elisabeth blieb für einige Sekunden stumm, bevor sie ihm antwortete. »Meine werden dir nicht passen, und andere habe ich leider nicht. Aber du könntest zu Klaus und Dörte rübergehen und fragen. Klaus hat ungefähr deine Statur, vielleicht kann er dir helfen. Es sind nur etwa zweihundert Meter die Straße entlang. Die schaffst du auch mit den Stadttretern. Komm mit.« Sie ging ins Wohnzimmer, und er folgte ihr. »Ich hatte sie gestern Abend mit Zeitungspapier ausgestopft und unter die Heizung geschoben. Den Kamin wollte ich deswegen nicht extra anheizen.« Er folgte ihrem Blick zu dem Monstrum in der Mitte der Wand. Der Kamin hätte einem englischen Landsitz zur Ehre gereicht. Groß und wuchtig erhob er sich bis zur Decke. Seinen breiten Sims hatte Elisabeth mit allem möglichen Weihnachtsschmuck dekoriert und eine Tannengirlande schwungvoll daran drapiert.

»Sind wieder trocken.« Sie hielt ihm die Schuhe mit zwei Fingern hin.

Korbinian Löffelholz erkannte die Schneeränder schon von Weitem. Wie wilde Kreidezeichnungen zogen sie sich quer über das edle Leder. Oder, besser gesagt, das ehemals edle Leder. Er verdrängte den Gedanken an den Preis, den er vor nicht mal einem halben Jahr für diese Schuhe hingeblättert hatte.

»Danke.« Er nahm die Schuhe entgegen und stellte sie auf den Boden. Trocken waren sie tatsächlich, aber hart wie ein Stück drei Wochen altes Brot. Egal. Er zog sie an und nickte. »Für das kurze Stück werden sie wohl ausreichen und zumindest meine Füße trocken halten.«

Als Korbinian Löffelholz fünfzehn Minuten später vor der Haustür von Klaus und Dörte Hagenbeck stand, waren seine Füße klatschnass, und seine Zehen fühlten sich wie Eiszapfen an. Zumindest an den Stellen, an denen er überhaupt noch etwas spürte. Dörte Hagenbeck öffnete die mit einem Salzteigkranz geschmückte Butzenglastür.

»Ja?«

»Hallo. Mein Name ist Korbinian Löffelholz, ich wohne zurzeit bei Elisabeth von Petersen und wollte Sie fragen, ob …«

»Ach ja, ich dachte mir schon, dass Sie das sind. Sonst haben wir ja keine Fremden hier. Kommen Sie schnell rein, bevor der

Winter in mein Wohnzimmer Einzug hält.« Sie zog die Haustür ein Stück weiter auf. Korbinian Löffelholz schüttelte sich den Schnee aus den Haaren und trat ein. Er nahm die Brille ab, die sich wieder anschickte, den Hagenbeck'schen Hausflur in weißen Nebel zu tauchen.

Der Flur hielt optisch das, was der erste Eindruck vor dem Eintreten versprach. Einen größeren Kontrast zu Elisabeth von Petersens Haus konnte man sich nur schwer vorstellen. Alles war leer und aufgeräumt. Man hätte die Einrichtung fast als karg bezeichnen können, wären nicht überall diverse Ergebnisse vermutlich fröhlicher Bastelstunden ausgestellt gewesen.

Neben dem auch schon zur Außendekoration verwendeten Salzteig in unterschiedlichen Formen und Farben tummelten sich auf Fensterbänken, Anrichten und an den Wänden Strohblumenarrangements, Seidenmalereien und irgendetwas, das wie das Ergebnis wilder Kindergartenknetgummi-Orgien aussah. Staunend sah Korbinian sich um. In dieser Menge hatte er Derartiges zuletzt Anfang der neunziger Jahre gesehen. Seine damalige Freundin war der Überzeugung gewesen, der Landhausstil sei der allerletzte Schrei. Es hatte ihn tief getroffen, als die Beziehung auseinandergegangen war. In Anbetracht dieses Anblicks war er allerdings nicht nur froh, sondern auch dankbar, dass das Schicksal sie nicht dauerhaft zusammengeführt hatte.

Dörte Hagenbeck schien seinen Blick zu bemerken. »Schön, nicht?«, sagte sie stolz und von jeglichem Selbstzweifel weit entfernt. »Kommen Sie doch bitte mit in die gute Stube. Klaus ist auch da. Er kann ja nicht arbeiten, wenn keine Briefe mehr bis zu uns durchkommen, nicht wahr, Klaus?« Die letzten drei Worte rief sie so laut, als wären sie als Ankündigung seines Erscheinens oder als Warnung gemeint.

Klaus Hagenbeck erhob sich ächzend aus seinem Wohnzimmersessel, als sie eintraten. Seine massige Statur wirkte in der ländlichen Deko-Orgie inklusive Spitzendeckchen vollkommen deplatziert. Er reichte Korbinian Löffelholz die Hand und deutete auf den gegenüberstehenden Sessel.

»Was führt Sie zu uns in dieser kalten Zeit?«

»Elisabeth meinte, Sie könnten mir vielleicht mit einem Paar Stiefel aushelfen. Ich wurde von dem Wintereinbruch überrascht und habe keine geeigneten Sachen dabei. Elisabeth hat mir schon mit einem Mantel und anderem ausgeholfen, aber bei den Schuhen muss sie passen.«

Klaus Hagenbeck nickte bedächtig. »Die Frau kann ja mal schauen, ob ich was für Sie habe«, sagte er. Er nickte in Richtung Wohnzimmertür, und Dörte Hagenbeck verschwand augenblicklich aus dem Sichtfeld.

»Ich sehe rasch nach. Wir finden sicher etwas Geeignetes«, hörte Korbinian sie aus größer werdender Entfernung sagen.

»Und Sie wollen also unsere Villa verkaufen«, hob Klaus Hagenbeck ohne Übergang an. Sein Tonfall hatte sich komplett geändert. War er seiner Frau gegenüber noch freundlich gewesen, klang nun eine Härte heraus, die so gar nicht zu der plüschigen Umgebung passte. Zu Klaus Hagenbecks Gesichtsausdruck aber schon.

»Ja. Das heißt, nein.« Korbinian Löffelholz benötigte einen Augenblick, um auf das Thema umzuschalten. »Ich habe den Auftrag, das zu tun, von Wollen kann keine Rede sein.« Das stimmte sogar, wenn man es genau betrachtete.

»Die Polizei hat Sie im Zusammenhang mit Sörens Tod verhört und Sie gehen lassen«, stellte Hagenbeck fest.

»Das stimmt.« Der Dünenbecker Buschfunk trommelte offenbar auch Fake News, und er würde die Fehleinschätzung, er sei aus dem Schneider, nicht berichtigen.

»Sören war schon ziemlich speziell. Ein Einsiedler, was nicht so leicht ist, hier bei uns auf dem Dorf.«

»Wieso?« Korbinian war froh, von dem Thema, ob er etwas mit Sören Schulz' Tod zu tun haben könnte, wegzukommen.

»Na ja, er hat seine Arbeit ordentlich gemacht, da gab es keine Klagen. Er war freundlich und hat geholfen, wenn man ihn darum bat, aber er war nie von sich aus dabei.«

»Wie meinen Sie das?«

»Man musste ihn immer anschieben, damit er aktiv wurde.«

»Das stimmt.« Dörte Hagenbeck war wieder auf der Bildfläche erschienen. »Freiwillig hat er nichts mitgemacht.«

»Hanswerner Mülders hat mir erzählt, Sie hätten vor ein paar Jahren Sören Schulz' Haus kaufen wollen.«

»Was will ein Junggeselle mit so einem Riesenkasten?, frage ich Sie. Ich verstehe es bis heute nicht. Er hat nicht genug Mittel, um das Haus mal auf Vordermann zu bringen, sondern macht immer nur das Nötigste, damit es nicht auseinanderfällt.«

»Wir hätten das so schön für unseren Jungen und seine Familie umbauen können.« Dörte Hagenbeck setzte sich neben ihren Mann auf das Sofa. »Jetzt wohnt er zwanzig Kilometer weit weg, weil wir hier kein Haus finden konnten. Und das zweite Kind ist unterwegs. Ich könnte unserer Schwiegertochter viel öfter helfen, wenn wir direkt daneben gewesen wären. Mit den Kindern, meine ich. Und auch das Haus ein bisschen nett herrichten. Jetzt hat sie es alles so leer und kahl. Gar keine Dekoration und nichts. Noch nicht mal Gardinen.« Sie griff nach der Hand ihres Mannes. »Aber Sören hat auf stur geschaltet.«

Vielleicht hat die Schwiegertochter Sören Schulz aber auch heimlich bestochen, damit er hart bleibt und sein Haus nicht verkauft, dachte Korbinian trocken. Aus Angst vor dem Einrichtungsstil der Schwiegermutter.

»Ich habe ihm sogar mehr Geld angeboten, als das Haus wert war.« Klaus Hagenbeck drückte die Hand seiner Frau.

»Na, so ganz abwegig finde ich die Entscheidung nicht. Er hatte doch die Arbeit hier in Dünenbeck, und wo sollte er denn wohnen, wenn nicht in dem Haus?«

»Zum Jugendtreff gehört eine sehr schöne Dienstwohnung im zweiten Stock. Da hätte er einziehen können.« Klaus Hagenbeck verschränkte die Arme über seinem beträchtlichen Bauch. Die Wohnung haben Theo, Mateusz und ich vor ungefähr fünfzehn Jahren komplett renoviert. Seitdem ist sie unbewohnt. Alles so gut wie neu.«

»Das wäre doch eine tolle Alternative gewesen«, bestätigte Dörte Hagenbeck.

»Wohnt da nicht der Hausmeister?«

»Nein, Thorsten lebt zusammen mit seiner Schwester Karin in einem Haus ganz in der Nähe der Villa.«

Dann war die stille Mausgraue Thorsten Baumgartners Schwester.

»Karin ist ein bisschen ...« Dörte Hagenbeck bewegte die flache Hand vor ihrem Gesicht auf und ab und verdrehte vielsagend die Augen. »Er kann sie nicht allein lassen. Sie braucht Hilfe.« Sie hielt kurz inne, dann sprang sie auf. »Ach, ich bin so ein Dussel. Sie sind ja nicht hier, um sich über Dünenbeck und seine Bewohner zu unterhalten. Sie wollten ein paar Schuhe haben.« Sie verließ das Zimmer und kam mit einem Paar Wanderschuhe zurück. Die Treter hatten ihre besten Zeiten sichtbar hinter sich, aber sie versprachen deutlich mehr Wärme und Trockenheit als seine eigenen. Korbinian Löffelholz stand auf und nahm die Schuhe entgegen.

»Wenn Sie nichts dagegen haben, ziehe ich sie direkt an.« Er streifte seine eigenen Schuhe mit einem schnellen Tritt auf die Ferse ab, ging in den Flur und setzte sich auf die Garderobenbank in Eiche rustikal. Die Schuhe passten perfekt. Mit großem Bedauern betrachtete er seine ruinierten Edeltreter. Reif für die Rundablage.

»Ich hole Ihnen rasch eine Tüte. Kleinen Moment bitte.« Dörte Hagenbeck wuselte in Richtung Küche. Korbinian hörte sie kramen. Er bückte sich, um die Schleifen zu binden, und riss dabei eine Schale mit einigen Schlüsselbünden darin zu Boden. Hastig hob er alles wieder auf.

In der Schale hatte auch ein einzelner Schlüssel gelegen, er war mit einem Anhänger versehen. »Schulz«, stand darauf und eine Nummer. Korbinian Löffelholz steckte den Schlüssel in seine Tasche, ohne weiter darüber nachzudenken.

»So, die hier dürfte passen.« Dörte Hagenbeck reichte ihm strahlend eine Plastiktüte, die aussah, als ob sich ihre Halbwertzeit durch intensiven Hagenbeck'schen Gebrauch bereits halbiert hätte.

Korbinian bedankte sich, nahm die Tüte und versenkte

seine Schuhe darin. Dann verabschiedete er sich. Draußen vor der Tür blieb er stehen und wandte sich um. Aber Dörte Hagenbeck hatte die Haustür bereits hinter ihm geschlossen. Zweifelnd blickte er zum angrenzenden Grundstück und betrachtete Sören Schulz' Haus. Es lag hinter einer hohen Hecke vorborgen. Irgendein Nadelgewächs, Korbinian Löffelholz wusste nicht, wie es hieß, und es interessierte ihn auch nicht. Wichtig war nur, dass es den Blick auf die benachbarte Haustür verbarg.

Er umklammerte den Schlüssel in seiner Tasche und lief über die Einfahrt auf das Haus zu. Nur mal kurz schauen, beruhigte er sich selbst, als hässliche Worte wie »Hausfriedensbruch« und »Einbruch« in seinen Gedanken aufblitzten. Er musste es wagen. Immerhin hatten Rike und er die Unterschlagungen in den Ordnern entdeckt. Vielleicht gab es hier die Erklärungen dazu. Erklärungen, die ein Motiv für den Mord sein könnten. Ein Motiv für einen Täter, der nicht er war. Zielstrebig ging er auf das Haus zu, stoppte und machte auf dem Absatz kehrt.

Was um alles in der Welt ritt ihn da gerade? Er war doch kein Verbrecher! Wenn er das durchzog, wurde er dadurch zu einem Täter. Er musste diesen Schlüssel zurückgeben. Sofort. Er könnte ja sagen, er habe ihn aus Versehen mitgenommen, und es sei ihm gerade erst aufgefallen. Nun wolle er ihn wieder abgegeben und vielmals um Entschuldigung bitten, und natürlich sei ihm das sehr peinlich. Dann würde er nochmals um Verzeihung bitten. Er rannte zurück zur Hagenbeck'schen Haustür, stolperte die Stufen hinauf, hielt aber gerade noch das Gleichgewicht, bevor er auf die Knie fiel. Die Außenleuchte schaltete sich ein. Korbinian Löffelholz blieb schnaufend stehen, in der Erwartung, im nächsten Moment Dörte Hagenbeck in der offenen Tür vor sich zu sehen. Aber nichts geschah. Nur der Salzteigkranz schwang mit einem kratzenden Geräusch leicht im Wind hin und her.

Korbinian Löffelholz hob die Hand, streckte den Finger in Richtung Klingelknopf, ohne ihn zu berühren. Und wenn er in dem Haus nebenan etwas fand, das seine Erinnerung weckte?

Oder wirklich irgendwelche Hinweise, die darauf schließen ließen, dass andere Leute mehr Grund gehabt hätten als er, Sören Schulz umzubringen? Was, wenn in diesem Haus dort hinter der Hecke der Beweis für seine Unschuld lag und er es nur nicht fertigbrachte, ihn ans Tageslicht zu bringen? Die Polizei könnte diesen Beweis womöglich übersehen. Hörte man doch immer wieder, dass die Ermittler, hatten sie erst einmal einen Verdächtigen, die Hinweise und Belege sehr selektiv wahrnahmen. Oder war das aus einem Film? Egal. Wichtig war, dass er es in der Hand hatte, jetzt, in diesem Moment, und es sich nie verzeihen würde, wenn er diese Gelegenheit nicht nutzte. Ein Korbinian Löffelholz vergab keine Chancen.

Erneut wandte er sich vom Haus der Hagenbecks ab und marschierte zielstrebig auf Sören Schulz' Haus zu. Hinter der Hecke schaute er sich um. Niemand konnte ihn hier entdecken. Dieser Sichtschutz hatte seinen Namen wirklich verdient. Er ging bis zur Haustür. Die Polizei war sicher schon hier gewesen. Aber zum Glück hatten sie das Haus nicht versiegelt. Wobei das an der Tatsache, dass er hier nichts verloren hatte, nichts änderte. Irgendwie erschien es ihm jedoch weniger schlimm, in ein unversiegeltes Haus einzubrechen, als in ein von der Polizei abgesperrtes. An der Sache selbst änderte das nicht viel. Das war ihm durchaus bewusst. Aber darauf durfte er keine Rücksicht nehmen. Es musste ihm egal sein, wenn er in der Sache weiterkommen wollte.

Seine Hände zitterten trotzdem, als er den Schlüssel hervorholte und ins Schloss steckte. Vorsichtig drehte er, aber der Zylinder blockierte.

»Mist.« Korbinian Löffelholz fluchte verhalten, versuchte es ein weiteres Mal und scheiterte erneut. Der Schlüssel passte ins Schloss, ließ sich aber nicht bewegen. Er zog ihn heraus und betrachtete ihn. Das eingravierte Logo war ein anderes als auf der Schließanlage. Gehörte er überhaupt zu dem Haus? Aber warum sonst hätte er in der Schale der Hagenbecks liegen sollen? Der Ersatzschüssel zum Haus des Nachbarn. Klang doch logisch. Vielleicht gehörte er zu einer Hintertür? Oder zum

Keller? Suchend ging Korbinian um das Haus herum. Hinter einem kleinen Zaun, dessen Törchen sich ohne Widerstand öffnen ließ, lag ein lang gezogener Garten unter einer dichten Schneedecke. Niemand hatte sich die Mühe gemacht, die Last von den Bäumen zu nehmen. Einige Äste bogen sich bedrohlich tief nach unten.

Zum Garten hin wartete das Haus mit einer breiten Fensterfront auf. Es gab zwar eine Terrassentür, die aber nur von innen geöffnet werden konnte. Korbinian entdeckte nichts, was auch nur annähernd an ein Schloss erinnerte. Rechts von der Terrassentür führte eine Treppe einige Stufen nach unten. Der Zugang zum Keller. Aber auch hier passte der Schlüssel nicht.

»Mist, verdammter.« Was, wenn hinter diesen Mauern die Antwort auf all seine Fragen läge? Wütend rüttelte Korbinian Löffelholz an der Klinke, aber die Tür blieb davon unbeeindruckt.

Wieso passte der verfluchte Schlüssel nicht? Hatte die Polizei die Schlösser ausgetauscht? Sicherlich eine effektive Art, unerwünschte Besucher, wie er einer war, fernzuhalten.

Korbinian spürte, wie sein Ehrgeiz erwachte. Irgendwie musste er es doch schaffen, in das Haus zu gelangen. Er betrachtete das Kellerfenster. Der Rahmen schien noch älter als das gesamte Haus zu sein. Was hatte er seinen Kunden in den Zeiten, als er noch Häuser vermittelte, immer gepredigt? Nur Sicherheitsfenster boten auch Sicherheit. Also raus mit dem alten Kram, der mit dem richtigen Werkzeug von jedem Laien innerhalb von Sekunden aufgehebelt werden konnte. Nun, dies hier war definitiv kein Sicherheitsrahmen, und er war ein Laie. Fehlte nur noch das passende Werkzeug. Ein Schraubendreher wäre perfekt, aber den gab es hier draußen natürlich nicht.

Nach zwei Minuten intensiven Suchens hatte er etwas Brauchbares gefunden. Der Metallpin aus der Halterung des uralten Sonnenschirms war zwar deutlich kürzer als ein Schraubendreher, und die Hebelwirkung würde kleiner sein, aber vielleicht reichte es ja trotzdem aus. Vorsichtig setzte Korbinian das Metall an der Stelle an, an der er den ersten Verschlussbolzen vermutete. Es klackte, und das Fenster bewegte sich etwas. Der zweite Bolzen saß tiefer, und so musste er mehrfach ansetzen, doch dann gelang es.

»Jawollja«, murmelte Korbinian triumphierend, als das Fenster mit einem leisen Quietschen aufsprang und den Weg ins Innere des Hauses freigab.

Kapitel 11

Den Mauern und dem Baustil nach war dieses Haus mindestens einhundert Jahre alt. Und mutmaßlich genauso lange war auf der Fensterbank des Kellerfensters, durch das er jetzt einstieg, nicht mehr Staub gewischt worden. Allerdings stand nichts darauf, was in dieser Situation nur gut für ihn war. Korbinian Löffelholz schüttelte den Kopf über so viel Gutgläubigkeit. Wenn man schon keine gute Sicherheitstechnik vorweisen konnte, war es ratsam, wenigstens auf das gute alte Mittel der Abschreckung zu setzen. Je mehr auf der Innenseite so eines Fensters stand, umso mehr fiel herunter, wenn sich jemand unberechtigterweise Zutritt verschaffte. Und umso mehr Krach machte es. Entsprechend ließen sich alte Einmachgläser, leere Blechdosen und ausrangierte Blumentöpfe zu einer effektiven Alarmanlage umfunktionieren, die potenzielle Einbrecher abschrecken konnte. Aber hier auf dem Land waren die Menschen vertrauensselig. Das war ihm bereits bei seinem ersten Besuch in der Villa aufgefallen.

Er steckte seinen Kopf durch die Öffnung. Der Raum dahinter war dunkel, und nach dem die Helligkeit reflektierenden Schnee dauerte es einen Moment, bis sich seine Augen daran gewöhnt hatten. An einer Wand standen alte Holzregale, die bis auf zwei Weinkisten leer waren. Gegenüber stand ein verrosteter Handrasenmäher neben einem Fahrrad mit verbogenem Vorderrad. Ansonsten war der Raum leer, sah man von dem allgegenwärtig erscheinenden Staub ab. Korbinian Löffelholz erkannte verwischte Spuren, die sich von der Zimmertür an der hinteren Wand bis hin zur Kellereingangstür gleich neben dem Fenster zogen. Es sah aus, als wäre jemand mit Plastiktüten über den Schuhen dort entlanggegangen. Vielleicht jemand von der Spurensicherung? Oder Dörte Hagenbeck, um mal nach dem Rechten zu schauen, wie sie es vermutlich nannte, wenn sie ein Alibi für ihre Neugierde brauchte.

Das Fenster war nicht sehr groß, er würde gerade so hindurchpassen, wenn er sich ein wenig wand. Am besten mit den Beinen zuerst. Korbinian hatte keine Lust, mit bloßen Händen in undefinierbare Massen zu packen, wenn er kopfüber in den Keller rutschte. Er schwang ein Bein über die Fensterbank, setzte sich rittlings auf das Fensterbrett und tastete mit den Zehenspitzen nach unten, bis er Halt fand. Dann verlagerte er das Gewicht und zog das andere Bein nach.

Das hatte ja schon mal gut geklappt. Er schob das Fenster hinter sich zu und ging zur Tür, die ins Innere des Hauses führte. Die Scharniere quietschten laut, als er sie öffnete. Korbinian Löffelholz hielt erschrocken inne und lauschte, bevor ihm klar wurde, dass er der Einzige in diesem Haus war. Hinter der Tür sah der Keller nicht besser aus. Auch hier altes Mauerwerk mit dem typischen leicht muffigen, feuchten Geruch. Die Treppe wand sich schmal und eng durch eine Art Schacht nach oben. Als er hinaufstieg, knarzten die Stufen bedrohlich unter seinen Füßen. Er testete jede einzelne vorsichtig, bevor er sie mit seinem gesamten Gewicht belastete. Das fehlte noch, dass er hier abstürzen, sich Gott weiß was brechen würde und dann tagelang hilflos dalag, bevor ihn jemand fand. *Falls* ihn jemand fand. Das würde voraussetzen, dass ihn jemand vermisste und nach ihm suchte, was nicht sehr wahrscheinlich war. Oder doch. Elisabeth von Petersen würde sein Fehlen auffallen. Und vermutlich auch Rike Hansen. Vielleicht sogar Carreras, wer weiß. Irgendwie gefiel ihm dieser Gedanke. Er grinste ins Dämmerlicht.

Am Ende der Stufen erwarteten ihn eine weitere unverschlossene Tür und dahinter der eigentliche Wohnbereich. Korbinian konnte nicht anders, als sich mit Profiaugen umzusehen. Die Holztreppe in den zweiten Stock, die Form der Fenster, die eher kleinen Räume, die er hinter den vielen Zimmertüren vermutete, das war ein Siedlungshaus aus den dreißiger Jahren. Wer hier bereit war, etwas Geld in die Hand zu nehmen, könnte ein wahres Prachtstück aus dem Haus machen. Allerdings wollte er sich nicht vorstellen, was Dörte Hagenbeck damit veranstaltet hätte.

Korbinian Löffelholz schüttelte den Kopf. Er war nicht hier, um den Wert des Hauses abzuschätzen, und schon gar nicht, um es zu verkaufen. Er war hier, um nach Hinweisen zu suchen, die ihn entlasteten. Wahllos öffnete er die erstbeste Tür, stand in der Küche und stieß einen leisen Pfiff aus. Sören Schulz war definitiv kein ordentlicher Mensch gewesen. Oder aber die Polizei hatte dieses Schlachtfeld hinterlassen. Allerdings stand nicht zu vermuten, dass die Polizisten sich etwas zu essen gekocht und im Anschluss daran das dreckige Geschirr in der Spüle gestapelt hatten. Auch nicht, dass sie einen Haufen Illustrierte gelesen und sie nach Beendigung der Lektüre achtlos in die Ecke geworfen hatten.

Korbinian sah sich um, öffnete Schränke, spähte in Regale und begutachtete sogar den eher spärlichen Inhalt des Kühlschrankes. Von der Unordnung abgesehen wirkte alles eher normal.

Im Wohnzimmer bot sich ihm ein ähnliches Bild. Sofaecke, Esstischgruppe mit dicht am Tisch stehenden Stühlen, Schrankwand mit Vitrine und Kristallgläserarmee. Von den Regalbrettern lächelten Menschen wohlwollend aus ihren Schmuckrahmen auf ihn herab. Die Möbel waren alt, vermutlich noch von Schulz' Eltern stammend, Bücher und Zeitschriften lagen achtlos überall verteilt. Lediglich der riesige Fernseher war neu. Mehrere Fernbedienungen lagen auf dem Sofa neben der Stelle, an der wohl Schulz' Stammplatz gewesen war, wie die Vertiefung im Polster erkennen ließ. Dieser Mann hatte nicht oft Gäste empfangen, war viel allein gewesen. So viel war mal klar.

Vor Korbinians innerem Auge stand das Bild seiner eigenen Wohnung. Im Grunde war sie dieser hier sehr ähnlich, wenn man davon absah, dass er ein modernes Ambiente bevorzugte. Unpersönlich und leer. Einsamkeit ausstrahlend. Man sagte immer, die Augen seien der Spiegel der Seele. Aber vielleicht traf das noch viel mehr auf die Art und Weise zu, wie jemand lebte. Wie viel Achtsamkeit und Wertschätzung er dem Raum zugestand, in dem er sich am häufigsten aufhielt, und wenn es nur das Geld für die Reinigungskraft war. Sören Schulz zumindest war das alles egal gewesen. Daran bestand kein Zweifel.

Im Erdgeschoss befanden sich noch eine Speisekammer – leer bis auf ein paar Obstkonservendosen – und eine Gästetoilette, deren blitzende Sauberkeit Korbinian Löffelholz überraschte. An den Wänden hingen Postkarten mit teils witzigen, teils zynischen Sprüchen, schwarzhumorigen Cartoons und nicht ganz ernst gemeinten Lebensweisheiten.

Im Obergeschoss fand Korbinian die für diese Art Häuser typische Aufteilung der Räume vor. Winzige, unter die Dachschräge gedrückte Zimmer. Eins davon war komplett leer, in einem anderen befanden sich ein Schreibtisch und ein paar Regale. Die dritte Tür führte in ein Badezimmer und die vierte in Sören Schulz' Schlafzimmer. Auch hier dominierte ein riesiger Fernseher den Raum. Sören Schulz' Tod riss sicher eine schmerzliche Lücke in die Kasse diverser Streamingdienste. Das Bett war neu und breit, aber keine Spielwiese. Den Kleiderschrank hatte ein kundiger Handwerker passgenau für eine Wand mit Schräge angefertigt. Immerhin hatte Schulz nicht das Ehebett seiner Eltern übernommen.

Korbinian Löffelholz sah sich ratlos um. Er wusste nicht, wonach er suchen sollte, und es gab nichts, was ihm sofort aufgefallen wäre. Vielleicht hatte die Polizei bereits Sachen mitgenommen. Aber es machte nicht den Eindruck, als fehlte etwas, wobei er das im Detail natürlich nicht beurteilen konnte. Er ging noch einmal zurück ins Arbeitszimmer. Hier würde es am ehesten Unterlagen zu Schulz' finanzieller Situation geben. Vielleicht hatte er Spielschulden, von denen niemand wusste? Und die ihn dazu verleitet hatten, Gelder zu veruntreuen?

Am Regal griff er nach dem erstbesten Ordner. Alte Schulzeugnisse, Urkunden, das DRLG-Schwimmabzeichen in Bronze, Silber und Gold. Mehrere Ehrenurkunden längst vergangener Bundesjugendspiele. Schulz war in seiner Jugend sehr sportlich gewesen. Weitere Ordner bargen Rechnungen zum Haus, eine Bescheinigung des örtlichen Schornsteinfegers über die Abgaswerte der Heizung und ähnliche Unterlagen, die Korbinian Löffelholz nicht weiterbrachten. Erst im letzten fand er die Kontoauszüge. Er setzte sich an den Schreibtisch. In dem gedrungenen Zimmer war es dunkel, und er schob den Ordner so nah wie möglich ans Fenster. Die Gardine zur Seite zu schieben, wagte er nicht, aus Angst, jemand könnte ihn von der Straße aus entdecken.

Sören Schulz hatte als Leiter der Jugendeinrichtung nicht viel verdient, aber das überraschte Korbinian nicht. Die meisten Jobs dieser Art, insbesondere bei privaten Trägern, waren schlecht bezahlt. Er kannte die ernüchternden Selbstauskünfte hoffnungsfroher Mieter aus seinen früheren Jahren, und Sören Schulz' Gehaltszettel bestätigte seine Annahme, dass sich daran bis heute nicht wirklich etwas geändert hatte, zumal bei Lohnsteuerklasse 1. Ab und an hatte Schulz Bargeld abgehoben, jedoch keine sonderlich großen Summen. Das Haus verschlang eine Menge an Heizkosten, Grundsteuer und allgemeinen Betriebskosten. Auch ein paar Versicherungen wurden regelmäßig abgebucht. Hausrat, Krankenzusatz, Dienstunfähigkeits- und Lebensversicherung. Überzogen hatte er sein Konto nur sehr selten, und wenn, dann nur um ein- oder zweihundert Euro. Nichts, wofür sich eine Unterschlagung lohnen würde. Einzig die Abbuchung eines Medienmarktes hatte ihn vor circa anderthalb Jahren deutlich in die Miesen getrieben. Der Fernseher. Aber diese Summe – zweitausend Euro – hatte er nach und nach durch sein normales Gehalt wieder ausgeglichen. Ab und an tauchten Abbuchungen von Restaurants auf, die von der Summe her aber darauf schließen ließen, dass Sören Schulz allein gegessen hatte.

Korbinian Löffelholz klappte den Ordner mit den Kontoauszügen zu und stellte ihn zurück an seinen Platz. Er verließ das Arbeitszimmer, schaute noch einmal in die anderen Räume und stieg die Treppe hinunter. Im Wohnzimmer ließ er sich frustriert auf das Sofa fallen, schob mit der rechten Hand die Fernbedienungen zur Seite und stützte sich mit der linken auf der Lehne ab. Ratlos blickte er sich um. Durch das große Wohnzimmerfenster hatte er eine ungehinderte Sicht auf den zugeschneiten

Garten. Dahinter lag offenes Gelände. Ob es Felder waren, konnte er wegen des Schnees nicht beurteilen. War er umsonst zum Einbrecher geworden? Er schloss die Augen. Stöhnte auf, denn ihm fiel ein, was er alles angefasst hatte. Falls die Polizei auf die Idee käme, auch hier Fingerabdrücke zu nehmen, hätte er schlechte Karten. Nein. Mehr als das. Dann hätte er komplett verloren. Er hörte schon die schneidende Stimme des Richters.

»Und wie, Herr Löffelholz, erklären Sie uns, dass überall im Haus Ihre Fingerabdrücke gefunden wurden?«

»Ich … äh …«

»Die Polizei konnte anhand der Profilabdrücke Ihrer Schuhe nachweisen, dass Sie es waren, der durch das Kellerfenster in das Haus des Opfers eingestiegen ist.«

»Also Herr Richter, das war so …«

»Ihre DNA war überall im Haus verteilt. Vom Keller bis zum Dachgeschoss. Was hatten Sie dort verloren?« Der Richter erhob sich von seinem Stuhl und reckte den Hammer in die Luft. »Schuldig«, rief er in den Saal. »Schuldig des Mordes!« Der Hammer krachte auf den Tisch.

Korbinian schreckte hoch. Er war kurz eingenickt. Das war nur ein Traum gewesen. Ein Alptraum. Aber es stimmte. Mit dieser Aktion hatte er sich in Teufels Küche gebracht. Wütend auf sich selbst stand er auf. Die Gesichter in den Bilderrahmen grinsten ihn höhnisch an.

»Ach, ihr könnt mich mal«, fluchte er laut, dann stutzte er. Eines der Fotos passte nicht zu den anderen. Es hatte keinen silbernen Schmuckrahmen, stand etwas im Hintergrund und zeigte im Gegensatz zu seinen Regalgenossen keinen Erwachsenen, sondern ein Kind. Genauer gesagt ein Baby. Es war eines dieser Bilder, wie sie ganz junge Eltern von ihren Neugeborenen an die Familie schickten. Das Kind lag, in eine warme Decke gewickelt, mit verknittertem Gesicht in den Armen einer Frau, von der man nur die Arme und Hände sah. Der Kopf fehlte auf dem Bild.

Hatte Sören Schulz doch Familie gehabt? Das konnte ein Neffe sein oder eine Nichte. Aber warum gab es dann nicht mehr Bilder von dem Kind? Korbinian nahm den Rahmen, drehte ihn um und löste die hintere Abdeckung. »22 06 2004«, lautete der rote, ausgeblichene Datumsstempel auf der Rückseite, darunter stand ein einzelnes handgeschriebenes Wort: »Deines«.

Kapitel 12

»Ihr. Kinderlein. Kommet. Oh. Kommetdochall.«

Korbinian brauchte einen Augenblick, bis er aus dem Sprechgesang das traditionelle Weihnachtslied heraushörte. Wenn ihn sein Stimmgedächtnis nicht täuschte, war es Merle, die die Wörter ausspuckte wie durchgekaute Kaugummis.

»Zuuuur Krippe. Herkommet. Inbethlehemsstall.«

Wie hieß das? Rap? Hip-Hop? Er hatte keine Ahnung. Er betrat den Hausflur der Villa, schüttelte sich den Schnee aus den Haaren und zog den Mantel aus. Beinahe wäre er zu spät gekommen. Seine Einbrechertour durch Sören Schulz' Haus hatte mehr Zeit in Anspruch genommen als erwartet. Ob es so eine gute Idee gewesen war, das Foto einfach einzustecken, würde sich noch herausstellen. Aber im Moment hielt er es für einen guten Plan, das Bild Rike zu zeigen und sie zu fragen, was sie über das Kind wusste, ob sie es vielleicht sogar erkannte. Wenn jemand darüber Bescheid wissen konnte, dann sie. Auch wenn Korbinians Erwartungen sich in Grenzen hielten – für ihn sahen alle Neugeborenen gleich aus –, unversucht wollte er es nicht lassen. Er musste unbedingt mit ihr reden.

Er war auf demselben Weg aus dem Haus rausgekommen, wie er hineingelangt war. Durch das Kellerfenster. Sorgfältig darauf bedacht, wenigstens einige seiner Spuren zu verwischen, hatte er das Fenster fest hinter sich zugezogen, die Spuren im Schnee zertreten und verwischt. Er wusste, dass es im Falle eines Falles nicht wirklich etwas helfen würde, aber trotzdem hatte er so das Gefühl, etwas getan zu haben. Von Sören Schulz' Haus aus war er ohne Umwege direkt hierhergekommen. Jetzt fühlte er sich abgehetzt und hoffte, dass niemand, vor allem Rike nicht, seine Nervosität bemerken würde.

»Und. Seht. Was. Indieserhochheiligen. Nacht …«

Eigentlich war es ja gar nicht schlecht, was die Jugendlichen da machten, er musste zugeben, dass Merle dieses schnelle Wortstakkato gut hinbekam. Weder nuschelte sie, noch verzerrte sie einzelne Töne. Obgleich es ihm überhaupt nicht gefiel, dass sie ausgerechnet eines seiner Lieblingslieder für ihr sehr ungewöhnliches musikalisches Arrangement ausgewählt hatte, musste er ihren Mut in der Sache anerkennen. Klassiker waren meist Klassiker, weil ihre Qualität so gut war, dass sie sich über Jahre hinweg gegen die meisten anderen Stücke durchsetzen konnten. Und es war schwer, aus einem Klassiker etwas Neues und Originäres zu entwickeln, eben weil sie so viel Durchsetzungskraft hatten und in den Köpfen der Leute festsaßen. Aber Merle war auf einem guten Weg.

Korbinian Löffelholz blieb im Türrahmen stehen und betrachtete die Szene, die ihm nun schon fast vertraut vorkam. Das Chaos auf dem Tisch, die Grüppchen, in denen die Jugendlichen zusammenhockten, teils auf Merle konzentriert, teils mit ihren Gedanken ganz woanders. Niklas Quambusch entdeckte ihn und winkte ihm zur Begrüßung zu. Korbinian nahm das zum Anlass, zu ihm zu gehen, er zog sich einen Stuhl heran und setzte sich neben ihn.

»Boah, Ehrenfrau!« Niklas zeigte anerkennend auf Merle und nickte dabei im Rhythmus der Musik.

»Wenn du damit sagen willst, dass du gut findest, was sie macht, dann muss ich dir zustimmen. Das ist zwar nicht meine Musik, aber es ist trotzdem gut gemacht.«

»Unlügbar.« Niklas grinste ihn an. In der Hand hielt er einen Kochlöffel, dem jemand ein Gesicht aufgemalt und mit quietschgelber Wolle eine Zopffrisur verpasst hatte. Niklas bemerkte Korbinians Irritation. »Schrottwichteln. Ich bin dafür die Glasuntersetzer mit dieser toten englischen Prinzessin losgeworden.« Er grinste schadenfroh und trommelte mit dem undekorierten Ende des Kochlöffels im Takt auf seinen Oberschenkel. »Merle will mal was mit Musik machen. Später so.« Er griff nach einer Flasche mit Limonade und goss sich ein Glas ein. »Auch?«, wollte er wissen.

»Nein danke.« Korbinian Löffelholz hasste dieses klebrige Zeug. »Aber nett, dass du fragst«, schob er schnell nach, um den Keim des normalen Umgangs nicht im Ansatz zu ersticken. Soweit man Kommunikation in Einwortsätzen als Normalität bezeichnen konnte. Niklas stellte die Flasche ab und legte das Kochlöffelgesicht daneben.

»Ich würde gern an einer Musikschule studieren«, sagte er und ließ Merle dabei nicht aus den Augen. »Gitarre und Singen, wenn das mit dem Stimmbruch wieder in die Reihe kommt. So ganz ernsthaft. Also, ich will kein Rockstar werden, will ich damit sagen. Sondern Lehrer. Oder Profimusiker. Wobei das mit dem Rockstar …« Er grinste. »Ich habe mich sogar schon an einem Musikgymnasium beworben. Da könnte ich Abitur machen und gleichzeitig mit dem Schwerpunkt Musik anfangen.«

Der Junge konnte also doch in richtigen Sätzen reden. Korbinian schürzte anerkennend die Lippen. »Das hört sich doch nach einem sehr guten Plan an.«

»Das sieht mein Vater ganz anders. Er will, dass ich etwas Anständiges mache, wie er sagt.«

»Lass mich raten. Er möchte, dass du Jura studierst?«

Niklas nickte und schaute wieder Merle an. »Ich müsste halt auch weg von hier, in ein Internat.«

»Ich war in einem Musikinternat. Das war gar nicht so übel.«

»Echt? Heftig!« Niklas riss sich vom Anblick des Mädchens los und starrte ihn an.

»Ja. Echt. Und was auch immer für dich ›heftig‹ bedeuten mag, das vermutlich auch. Allerdings war es ein Internat mit dem Schwerpunkt Chorgesang.«

»Daher kannst du das alles?« Niklas schwenkte sein Glas einmal im Kreis.

»Ich denke.«

Niklas schwieg. Korbinian sah, wie es in dem Jungen arbeitete.

»Mein Vater macht voll den Miesen, wenn er mitbekommt, dass ich mich beworben habe.« Niklas stöhnte den Satz mehr, als dass er ihn sagte.

»Weiß deine Mutter denn Bescheid?«

»Klar. Sie ist auf meiner Seite.«

»Dann wird es ja vielleicht doch noch etwas. Ich kann ja, wenn du willst, mal mit …« Er wurde von lautem Applaus unterbrochen. Merle hatte ihre Darbietung beendet. Das Mädchen verbeugte sich übertrieben in Richtung ihrer Zuhörer. Sie strahlte über das ganze Gesicht, und Korbinian sah ihren Stolz auf das Geleistete.

Niklas betrachtete Merle wie ein Kunstwerk im Museum. Er war rot geworden.

»Du stehst auf sie?«

»Was?«

»Du magst sie.«

»Nein.« Niklas' Rotton intensivierte sich. »Also, doch. Schon.«

»Das ist doch gut.«

»Nein, das ist es nicht.« Niklas legte beide Arme auf den Tisch und ließ theatralisch seinen Kopf drauffallen. »Es ist peinlich.«

»Was ist daran peinlich, jemanden zu mögen?«

»Ich muss sie küssen.« Niklas stöhnte. Korbinian Löffelholz blickte verwundert auf das Häuflein Teenager, das da vor ihm auf dem Tisch lag.

»Hör mal.« Er überlegte fieberhaft, wie er seine Rolle als erfahrener Mann gegenüber einem Fünfzehnjährigen ausfüllen konnte. »Man *muss* niemanden küssen«, sagte er. »Das ist immer eine freiwillige Sache. Beide müssen es wollen. Und du solltest dich auch nicht von deinen Kumpels zu irgendwelchen Mutproben anstacheln lassen. Es ist nicht in Ordnung, eine Frau oder ein Mädchen zu etwas zu zwingen. Sie gegen ihren Willen anzufassen. Oder zu küssen. Oder sonst was.« Er hustete mit kratzigem Hals. Dieses Thema produzierte einen ganzen Froschteich in seiner Luftröhre. Dabei hatte er immer gedacht, er sei locker und modern im Umgang mit Sex. Trotzdem war es seltsam unangenehm, so von Mann zu Junge über diese Dinge zu sprechen. »Das gilt natürlich auch umgekehrt«, schob er hastig nach. »Also, Jungs dürfen von Mädchen auch zu nichts gezwungen werden, was sie nicht mit sich machen lassen möchten beim … äh … Sex.«

»Was?« Niklas hob den Kopf von den Armen und sah ihn fassungslos an. »Was redest du da? Darum geht es doch gar nicht.«

»Nicht?« Korbinian spürte, wie nun er rot wurde. Verflucht, das hier war schwerer, als ein Millionenobjekt an den Mann zu bringen.

»Nein.« Niklas verzog angewidert das Gesicht. »Als ob ich jemals jemanden anfassen würde, der das nicht will. Schon mal von ›#metoo‹ gehört?«

»Was? Natürlich. Klar.«

»Na also. Und es ist, wie ich sagte: Ich muss Merle küssen. Gleich.«

»Ich verstehe nicht. Du hast doch eben gesagt, dass …«

»Das Stühück.« Niklas zeigte in Richtung Bühne. »Ich muss sie *in dem Stück* küssen.« Sein Kopf sackte wieder auf die Arme, die riesige Kapuze des Sweatshirts fiel nach vorn und bedeckte ihn. »Das wird so peinlich«, kam es gedämpft aus den Stoffschichten.

Korbinian Löffelholz lächelte. Rike Hansen hatte recht. Die Jugendlichen brauchten die Arbeit im Treff. Sie holten sich hier die Herausforderungen, die Bestätigung und den Sinn, den sie anderswo nicht bekamen. Es war in der Tat keine leichte Sache, die Niklas da bevorstand. Er versuchte sich zu erinnern, wie es für ihn gewesen wäre, das Mädchen, in das er heimlich verliebt war, auf offener Bühne zu küssen. Grauenhaft. Aber eben auch eine große Herausforderung, die es zu meistern galt. Das war besser, als den Kick in irgendwelchen Drogen zu suchen.

Neben ihm klatschte jemand besonders laut. Thorsten Baumgartner stand auf der Türschwelle und spendete enthusiastischen Beifall. Ein breites Lächeln hatte sich auf seinem Gesicht festgesetzt. So sieht er beinahe sympathisch aus, dachte Korbinian Löffelholz, stand auf und stellte sich neben den Hausmeister. Es wurde Zeit, dass er sein Verhältnis zu dem Mann etwas aufpolierte. Falls er doch noch irgendwann dazu kam, seinen eigentlichen Job hier zu erledigen, würde er ihn brauchen.

»Das Mädchen ist gut«, sagte er mit Blick auf Merle.

»Ja, das ist sie.« Thorsten Baumgartner nahm seinen Besen.

»Rike macht ihre Sache prima.«

»Ja, das macht sie.« Der Hausmeister wollte sich abwenden.

»Ich glaube, es ist wichtig für die Kinder. Es gibt ihnen etwas, das sie anderswo nicht bekommen.«

»Ein Zuhause«, murmelte Baumgartner. Er blieb kurz stehen und ergänzte: »Für einige ersetzt das hier das Zuhause.«

»Wie meinen Sie das?«

»Wie soll ich das schon meinen? Verstehen Sie kein Deutsch?«

»Doch, schon, aber –«

»Nichts, aber. Das ist doch ganz einfach. Wenn eines von den Kids zu Hause Probleme hat und nicht weiß, wo es hinkann, dann kommt er oder sie hierher. Hier sind ihre Freunde, hier hört man ihnen zu, ohne direkt mit dem Zeigestock zu drohen.« Baumgartner stützte sich auf den Besenstil. »Man kann den Leuten nicht in die Köpfe schauen, nur davor. Aber eines ist sicher. Bloß weil wir hier auf dem Land leben, heißt das nicht, dass bei uns überall heile Welt ist. Das müssen Sie mal nicht glauben.«

»Glaube ich auch nicht.« Korbinian Löffelholz nahm seine Brille ab, rieb sich mit Daumen und Zeigefinger den Nasenrücken und betrachtete nachdenklich die Jugendlichen. Was für geheime Nöte verbargen sich hinter den Mützen und Kappen? In was für eine Art von Zuhause würden diese Kinder heute Abend zurückkehren?

»Als ich so alt war wie diese Kids, habe ich jeden Tag hier im Jugendtreff verbracht. Damals nannte er sich noch Teestube. Nicht so viele Angebote wie heute.« Thorsten Baumgartner sprach mehr mit sich selbst und seinem Besen als mit Korbinian Löffelholz. »Wir waren den Tag über uns selbst überlassen. Die Teestube war das Einzige, wo meine Schwester und ich damals hinkonnten. Wir wurden morgens in die Schule geschickt und am Nachmittag sofort vor die Tür gekehrt, um draußen zu spielen. Bei denen, die, wenn es irgendwelche Probleme gab, trotzdem zu Hause klingeln konnten, was das auch okay so. Wenn Ihnen aber vor dem Abendbrot niemand die Tür öffnet, sind Sie froh um einen Ort wie diesen. Karin will heute immer noch mit hierherkommen, wenn ich zur Arbeit gehe. Meistens bringe ich sie mit. Sie stört ja nicht. Ist ganz still.« Er drehte sich um und ging in den Hausflur. Den Besen schob er achtlos vor sich her. »Letztlich war dieser Ort unsere Rettung«, sagte er so laut, dass Korbinian es gerade noch verstand.

Kapitel 13

Korbinian Löffelholz wartete, bis sich die Begeisterung über Merles Auftritt gelegt hatte, dann ging er nach vorn zur Bühne und tippte Rike Hansen leicht auf die Schulter. Sie drehte sich um, sah ihn und lächelte.

»Wie schön, dass du da bist! Eigentlich hätten wir heute schon früher anfangen können, die Kinder haben ja keine Schule, und die Eltern sind sicher froh, wenn wir sie hier sinnvoll beschäftigen. Aber ich habe gestern nicht geschaltet. Mein Fehler. Wir hätten bestimmt richtig viel geschafft.« Sie hob die Schultern und neigte den Kopf. »Aber was soll's. Wir können uns ja für morgen früher verabreden.«

»Können wir machen. Aber ich müsste jetzt dringend mit dir sprechen.«

»Ja. Moment. Lass mich nur gerade noch etwas klären.« Rike legte ihm ihre Hand auf den Arm, während sie sich Fynn zuwandte. »Was ist mit dir?«, fragt sie. »Hast du deinen Part geübt?«

»Geht so.«

»Was heißt ›geht so‹? Hast du geübt oder nicht?«

»Jetzt chillma, Rike. War nicht so viel Zeit gestern. Meine Ma wollte, dass ich die Einfahrt vor der Garage freischaufele. Das hat gedauert.«

»Und was ist mit dir, Ben? Du hattest ja noch Schwierigkeiten mit dem Rhythmus an der einen Stelle.«

»Ja. Hatte ich. Und das ist auch nicht besser geworden. Muss da noch mal ran. Hilft nichts.«

»Ich habe geübt.« Amelie hob eifrig ihre Querflöte und bewegte sie hin und her. Die anderen Jugendlichen verdrehten die Augen.

»Lara?«

Statt einer Antwort verschränkte das Mädchen die Arme vor der Brust und schüttelte den Kopf.

»Paula? Justin? Niklas?« Rike schaute die drei nacheinander auffordernd an. Während Paula und Justin eifrig versuchten, ihrem Blick auszuweichen – das schlechte Gewissen stand ihnen ins Gesicht geschrieben –, nickte Niklas.

»Sicher. Ich übe immer, wenn ich kann.«

»Und konntest du?«

»Mein Vater war ja voll mit dem Schneechaos beschäftigt.« Er grinste und kratzte sich am Kopf.

»Okay. Ich fasse zusammen. Bis auf Merle, deren Ergebnis wir eben bereits bewundert haben, Amelie und Niklas habt ihr alle keine Zeit gefunden, etwas für unsere gemeinsam Sache zu machen, richtig?«

»Du kennst meine Ma nicht, Rike. Wenn die will, dass ich Schnee schippe, dann will die das. Keine Chance auf Widerspruch.«

»Deine Mutter kenne ich sogar sehr gut, Fynn. Und sie würde nie etwas Unmögliches von dir verlangen. Es ist also anzunehmen, dass du nicht deine gesamte freie Zeit auf eurer Einfahrt verbracht hast. Außerdem kann man auch beim Schneeschippen singen.«

Fynn schaute sie entgeistert an. »Ja, aber …«, setzte er an, verstummte jedoch unter Rikes Blick.

»Von euch anderen habe ich noch nicht mal so etwas wie den Versuch einer Ausrede gehört. Heißt das, dass ihr eigentlich gar keine Lust habt, an dem Projekt teilzunehmen?« Ihr Tonfall klang in keiner Weise vorwurfsvoll. Eher so, als wollte sie einen Sachverhalt klären, bevor sie entschied, wie sie weitermachte. Korbinian wurde klar, was das für einen Unterschied machte. Sie hätte mit den Jugendlichen schimpfen und ihre Rolle als Gruppenleiterin ausspielen können. Stattdessen bewegte sie sich auf einer Ebene, verurteilte und bewertete nicht, sondern stellte lediglich Fragen. So drängte sie die Jugendlichen nicht in die Enge.

»Also ich habe Lust.« Justin.

»Ich auch. Das macht doch Spaß.« Ben.

»Besser als in meinem Zimmer rumzuhängen«, ließ Lara verlauten. Paula nickte bestätigend.

»Gut.« Rike lächelte in die Runde. »Dann ist das geklärt.« Sie nahm sich einen Stuhl und setzte sich.

Die Jugendlichen folgten ihrem Beispiel. Nach und nach trat wieder Stille ein.

»So ein Musikprojekt macht eine Menge Spaß«, begann Rike Hansen eindringlich. »Aber es ist nicht nur Spaß. Es ist in erster Linie Arbeit. An den Liedern, an den Instrumenten und vor allem an euch selbst. Und damit meine ich jetzt nicht, dass ihr lernt, zu singen oder euer Instrument besser zu beherrschen. Sondern, dass ihr euch im Griff haben, euch disziplinieren müsst. Üben, auch wenn ihr keine Lust habt. Üben, auch wenn ihr lieber netflixen würdet. Oder zocken. Oder YouTube schauen.«

»Das Netz ist wegen dem Wetter doch sowieso down«, warf Ben ein.

»Umso besser.« Rike hielt kurz inne. »Ebenso wichtig ist es, dass ihr euch aufeinander verlassen könnt. Wie fändet ihr das, wenn die meisten von euch alle Arbeit machen, immer pünktlich sind, sich anstrengen und dann ein oder zwei querschießen?«

»Scheiße wär das.«

Sie nickte. »Genau. Scheiße wäre das.« Sie legte ihre Hände flach auf die Knie, drückte kurz. Dann stand sie auf. »Wie wollt ihr die Situation jetzt lösen?«, fragte sie die Jugendlichen. »Es bringt nichts, wenn wir weitermachen, ohne dass ihr das, was wir schon hatten, gut könnt.«

»Wir könnten doch jetzt eine Stunde oder so jeder für sich üben, und dann machen wir gemeinsam weiter.« Niklas lehnte sich auf seinem Stuhl zurück und verschränkte die Arme hinter dem Kopf. Die anderen nickten zustimmend.

»Gute Idee. Wenn ihr wollt, können wir danach auch noch zusammen einige Chorübungen machen.« Rike war zufrieden.

Korbinian Löffelholz hatte die ganze Zeit außerhalb des Kreises gestanden und stumm zugehört. Jetzt trat er vor und beugte sich zu Rike hinunter. »Und wir besorgen uns jetzt einen Kaffee und reden. Ich habe eine Menge Fragen an dich.«

Der Kaffee aus der Thermoskanne auf dem Tisch, die Rike mitgebracht hatte, war lauwarm, und Milch hatte Korbinian auch keine gefunden, aber das war nicht so wichtig. Er musste Rike jetzt endlich von seinen Entdeckungen erzählen.

»Wie, du bist in Sörens Haus eingebrochen?« Sie riss die Augen auf, als Korbinian mit seinen Schilderungen an dieser Stelle angelangt war.

»Ich weiß, dass ich damit alle Vorsichtsmaßnahmen in den Wind geschossen und mich vermutlich für den ersten Preis als Trottel der Woche qualifiziert habe. Wichtig jedoch ist das hier.« Er griff in seine Hosentasche und legte das Foto des Neugeborenen vor Rike Hansen auf den Tisch. »Hat Sören Schulz Kinder gehabt?«

»Nein.« Rike stockte. »Das heißt, ich weiß von keinem Kind. Sören hat nie auch nur ein Wort in diese Richtung verlauten lassen. Das Foto kenne ich auch nicht.« Sie nahm es auf und betrachtete es genau, ehe sie es wieder auf den Tisch legte. »Absolut keine Ahnung. Tut mir leid.«

»Weißt du denn etwas darüber, warum er sein Haus nicht verkauft hat?«

Sie schüttelte den Kopf. »Er hätte ein Anrecht auf die Dienstwohnung im ersten Stock gehabt, das stimmt. Aber er war ja versorgt. Ich ging davon aus, dass er keine Lust hatte, so nah an seiner Arbeit zu wohnen. Dünenbeck ist zwar ein kleiner Ort, und keine Entfernung zwischen zwei Punkten ist hier wirklich weit, aber selbst wenige hundert Meter Fußmarsch können dir den Kopf freipusten und dich auf andere Gedanken bringen. So ist es jedenfalls bei mir.«

»Warst du mal bei ihm zu Hause? Zu einer Besprechung oder einfach so?«, wollte Korbinian wissen.

»Nein. Es gab keinen Anlass. Wenn wir was zu besprechen hatten, haben wir das hier getan. Manchmal sind wir noch in die Pizzeria rüber, um bei einem Glas Rotwein weiterzuarbeiten. Aber nein, ich war nie bei ihm, und er war nie bei mir.« Sie trank einen Schluck Kaffee, verzog das Gesicht und stellte die Tasse zurück auf den Tisch. »Einmal habe ich ihn zu Hause abgeholt.

Wir mussten nach Jennemünde zu einer Fortbildung. Aber da habe ich draußen im Auto auf ihn gewartet.«

Korbinian Löffelholz beschrieb, wie er Sören Schultz' Haus vorgefunden hatte.

»Klingt, als ob er einsam gewesen wäre.« Rike Hansen starrte nachdenklich aus dem Fenster. »Seltsam. Da glaubt man, jemanden zu kennen, und sieht nicht, was wirklich mit ihm los ist. Und dann ist es auf einmal zu spät.« Sie sog ihre Wangen ein und biss darauf. Unvermittelt ließ sie los und sah Korbinian an. »Du hast doch eben erzählt, du hättest auf dem Konto auch Abbuchungen für eine Lebensversicherung gefunden, richtig?«

»Ja. Die üblichen Versicherungen. Eine Lebensversicherung war auch dabei.«

»Na. Vielleicht finden wir da die Lösung des Babyrätsels. Wir sollten uns mal ansehen, wer denn der Begünstigte dieser Versicherung ist.«

Die Gesichter rot und erhitzt vom Singen und Musikmachen, kamen sie nach einer knappen Stunde wieder zusammen. Erstaunlicherweise hatte sich die Kakophonie in Grenzen gehalten, obwohl fast alle im selben Raum geblieben waren, um zu üben. Nur Merle war zusammen mit Paula und Fynn in den Hausflur verschwunden und hatte die Tür hinter sich geschlossen. Als Korbinian nachschauen gegangen war, hatte er die drei hoch konzentriert auf den Treppenstufen sitzen und Sprechgesang üben sehen. Jetzt saßen die Jugendlichen um den Tisch herum und schauten ihn erwartungsvoll an.

»Ich habe mir überlegt, dass wir mit ein paar grundlegenden Übungen beginnen. Singen wird immer von drei Punkten beeinflusst. Eurer Körperhaltung und -spannung, eurem Atem und dem, was ihr mit eurer Mundpartie macht.« Er stand auf und forderte seine Zuhörer mit einer Geste auf, es ihm gleichzutun. »So. Nun friert mal in der Haltung ein, in der ihr jetzt seid. Und wir gucken uns das bei jedem Einzelnen genau an.« Er drehte sich nach links, wo Amelie neben ihm stand. »Guckt, wie Amelie steht. Gerade, die Beine in Schulterbreite gespreizt – was gibt es denn da zu kichern, Ben?«

Ben feixte. Korbinian Löffelholz beschloss, ihn zu ignorieren. »Also, die Beine sind ein wenig gespreizt. Amelie steht stabil. Das ist gut, denn so hat ihr Oberkörper die richtige Spannung.« Er schob seinen Stuhl fort und ging um den Tisch herum, bis er neben Ben zum Stehen kam. »Wenn wir uns Ben angucken, seht ihr den Unterschied. Bens Schultern hängen etwas nach vorn, und sein Rücken ist leicht gekrümmt. Damit engst du deinen Brustkorb ein und verhinderst, dass du richtig atmest.«

Er legte eine Hand an Bens Schulter und die andere in Bauchnabelhöhe auf dessen Rücken und drückte. Ben richtete sich auf, Korbinian nahm seine Hände weg, Ben sackte wieder ein Stück in sich zusammen.

»Bist du schnell gewachsen in den letzten Monaten?«, wollte er von dem Jungen wissen.

Ben nickte.

»Aha. Das könnte eine Erklärung sein. Du traust deiner Größe noch nicht.« Er legte die Hände wieder an dieselben Stellen wie zuvor und drückte erneut. Ben richtete sich auf und wirkte sofort ein paar Zentimeter größer. »Bleib so. Merk dir, wie es sich anfühlt, so zu stehen.« Vorsichtig nahm er seine Hände wieder weg.

Ben brummte etwas Unverständliches, bemühte sich aber, Haltung zu bewahren.

»Als Nächstes nehmt ihr eine Haarsträhne, und zwar von der Mitte eures Hinterkopfs, und zwirbelt sie hoch.« Korbinian zeigte an seinen eigenen Haaren, was er meinte. »Und jetzt stellt euch vor, ihr seid Marionetten, die an dieser Strähne wie an einem Faden hängen. Nur der Faden hält euch aufrecht, alles andere hängt herab.« Er wippte leicht in den Knien und ließ den freien Arm und den Unterkiefer hängen, um das Ganze zu demonstrieren. Amelie neben ihm kicherte. Fynn und Justin prusteten los.

»Das sieht ziemlich gestört aus.« Niklas griente breit, die Hand, die seine Haarsträhne hielt, sank nach unten.

»Es ist egal, wie es aussieht. Ihr sollt ein Gespür dafür bekommen, wie es sich anfühlt, locker, aber gerade zu stehen«, wischte Korbinian den Einwand zu Seite. »Es geht außerdem noch weiter.« Er nickte Niklas auffordernd zu und wartete, bis der Junge wieder an seiner Haarsträhne hing. »Jetzt stellt euch vor, jemand sticht eine Nadel durch euren Bauchnabel und …«

»Meine Ma erlaubt mir keine Piercings.« Lara ließ die Arme sinken. »Und überhaupt ist das alles Quatsch hier.«

»Willst du was lernen oder nicht?« Merle stieß sie mit dem Ellbogen in die Seite. »Lass doch mal sehen, was noch alles kommt.«

»Ich habe aber keinen Bock, mich hier zum Affen zu machen.«

Als hätte er auf dieses Stichwort gewartet, begann Justin, sich mit seinem freien Arm in der Achselhöhle zu kratzen, und kreischte und hüpfte wie ein Gorilla.

»Ach, du bist doch blöd.« Lara trat einen Schritt zurück und rannte dann aus dem Zimmer.

»Genug, Justin.« Rike Hansen löste sich ebenfalls aus dem Kreis und ging Lara hinterher. »Macht weiter«, rief sie den anderen über ihre Schulter hinweg zu.

Korbinian Löffelholz schwieg einen Moment. »Vielleicht sollten wir doch mit einem konkreten Lied weitermachen«, schlug er vor.

»Och nö. Jetzt will ich auch wissen, was es mit dem Bauchnabelpiercing auf sich hat.« Niklas hob sein Sweatshirt hoch und bohrte sich den Finger in den Bauchnabel.

»Kein Piercing. Ihr sollt euch nur vorstellen, ein Faden ginge von eurem Bauchnabel aus gerade nach hinten durch euren Körper und käme an eurem Rücken wieder heraus. Und jetzt zieht jemand an dem Faden.« Er legte seinen Finger an die Stelle, drückte und zog gleichzeitig den Bauch ein. »Das ist die Spannung, die ihr braucht, um einen Ton zu halten. Und jetzt rufen bitte alle einmal richtig kräftig: ›Huh!‹«

Nach einer Reihe kurzer, langer, schneller und lang gestreckter Huhs, Hohs und Hahs entschied Korbinian, auf die Theorie ein wenig Praxis folgen zu lassen. Bis hierhin war es doch großartig gelaufen. Am Ende würde noch ein Meisterpädagoge aus ihm werden.

»Wie üben wir das jetzt am besten?« Korbinian überlegte. »Niklas, hattest du mir vorhin nicht was von einem Duett erzählt?«

Dass es bei der Sache mit dem Küssen und den befürchteten Peinlichkeiten um ein Duett ging, war Korbinians logische Schlussfolgerung. Er erwähnte mit keinem Wort, worum es in ihrem Gespräch wirklich gegangen war. Dennoch mutierte Niklas schlagartig zur Tomate und bombardierte Korbinian mit hasserfüllten Blicken.

Okay. Was die Feinfühligkeit im Umgang mit Jugendlichen anging, hatte der Meisterpädagoge trotz aller Bemühungen noch erhebliche Defizite. Am besten gar nicht beachten, entschied Korbinian und rettete sich wieder in die Theorie.

»Was ist das Schwierige am Duettsingen?« Ehe die Jugendlichen antworten konnten, fuhr er selbst fort: »Die Mehrstimmigkeit. Wenn man zwei Stimmen zur Verfügung hat, sollten sie natürlich auch genutzt werden. Und das funktioniert am besten, indem jede Stimme eine andere Melodie singt, die aber trotzdem mit der anderen harmoniert.«

»Einfachste Übung. Klar.« Bens angesäuertes Grinsen unterstrich die Ironie in seinem Einwurf.

»Es ist eigentlich wirklich nicht kompliziert. Wartet, ich zeige es euch.« Korbinian Löffelholz sah sich im Raum nach etwas um, das er für sein Beispiel nutzen konnte. Neben der Tür hing ein kleiner Handstaubsauger in einer Halterung. Er wies darauf und bat Paula, die am nächsten dran saß, ihm das Gerät zu holen. Er nahm es entgegen, griff nach einer Strickjacke, die auf dem Tisch lag, und wickelte sie darum. Er schaltete den Staubsauger ein. Ein gedämpftes Surren erfüllte den Raum. »Das ist unser Grundton. Wenn ihr Zweitstimmensingen üben wollt, ist das die einfachste Variante. Habt ihr elektrische Zahnbürsten zu Hause?«

Die meisten in der Runde nickten stumm.

»Gut. Dann ab heute jeden Tag beim Zähneputzen üben. Erst den Grundton treffen.« Korbinian summte laut den Ton des Staubsaugers mit, variierte und intonierte schließlich eine popartige Melodie. »Keine Panik. Das erfordert ein bisschen Zeit und auch genaues Hinhören. Aber ihr könnt es lernen.« Er legte ein weiteres Kleidungsstück auf den Staubsauger, der Ton wurde leiser. »Das geht auch mit unterschiedlichen Stimmlagen.« Wieder setzte er mit einer Melodie ein, nutzte diesmal aber eine hohe Kopfstimme. »Wenn ihr das macht, bleibt immer bei dem einen Grundton und probiert aus, hört und spürt, was geht. Wie klingt das? Passt das?«

»Falls wir also jemals ein Duett mit einem Staubsauger singen müssen, wissen wir schon, wie das geht«, ulkte Ben. Der Knabe hatte sich wohl auf die Rolle des Alleinunterhalters eingeschossen. Die anderen lachten kurz, konzentrierten sich dann aber wieder auf Korbinian.

»Das klappt auch mit Liedern. Am einfachsten ist es, die gleiche Melodie zu singen, aber mit einem anderen Grundton zu starten.« Korbinian Löffelholz sah auf. Rike und Lara kamen durch die Tür auf die Gruppe zu. Das Mädchen hatte geweint, das war offensichtlich, wirkte aber gefasst. Rike Hansen suchte seinen Blick und schüttelte dann den Kopf. Frag jetzt nicht, sagte diese Geste.

»Merle. Sing doch bitte mal ›Alle meine Entchen‹.«

Merle zuckte zusammen. Sie hatte ebenfalls zu Lara geschaut. In ihrer Miene stand Mitleid. Sie sammelte sich kurz und sang.

»Gut. Jetzt einmal bitte nur das ›Alle‹, den Ton aber halten und weiterführen.« Korbinian lauschte. »Das ist ihr Grundton.«

Merle verstummte, aber Korbinian forderte sie auf, weiterzumachen. »Ich suche jetzt einen Ton, der dazu passt.« Er begann ebenfalls zu summen. Erst in einem höheren Ton, dann verzog er das Gesicht und wechselte in eine tiefere Tonlage, bis die beiden Töne zusammenfanden.

Er lächelte. »Seht ihr. Das passt.« Er wandte sich wieder an Merle. »Und jetzt bitte wieder das ganze Lied.«

Merle sang, Korbinian setzte in der tieferen Tonlage ein, sang die erste Zeile komplett mit und akzentuierte danach immer wieder einzelne Worte.

»Das klingt toll.« Amelie war ganz begeistert.

»Klingt klasse, stimmt schon. Aber was ist mit dem Drumrum?« Niklas' Gesichtsfarbe hatte sich wieder dem Normalton angenähert. Trotzdem merkte Korbinian ihm die Anspannung an.

»Was meinst du mit ›Drumrum‹?«

»Na das, was die Schauspieler so machen. Es muss ja echt wirken. Die Leute sollen doch auch glauben, was da auf der Bühne gespielt wird.«

»Du meinst Emotionen?«

»Ja. Gefühle und so.«

»Viel davon steckt natürlich in der Musik. Was für ein Stück habt ihr euch denn für das Duett ausgesucht?«

»›Leise rieselt der Schnee‹«, erklärte Amelie und ergänzte: »Das ist nicht nur irgendein Duett. Das ist auch unsere Liebesszene. Es erzählt ja von der Hoffnung, dass alles bald schön und friedlich ist. Und der Schnee, also die Kälte und das Eis von außen, ist auf einmal gar nicht mehr bedrohlich, sondern still und glänzend und schön.«

»Streberin.« Justin verzog das Gesicht zu einer Parodie von Amelies ernsthafter Miene. »Wir sind hier nicht im Deutschunterricht.«

Amelie streckte ihm die Zunge heraus.

»Das ist ein tolles Lied. Gut geeignet, um es zweistimmig zu singen und vielleicht sogar mit verschiedenen Stilen gleichzeitig. Also.« Er klatschte in die Hände. »Dann mal los. Wer singt das in eurem Stück?«

»Ich.« Merle stand auf, schob ihren Stuhl zur Seite und schlenderte betont lässig zur Bühne.

»›Duett‹ kommt vom lateinischen ›duo‹, ›zwei‹. Also? Wer noch?« Korbinian sah Niklas an, der schon wieder glühte, und nickte aufmunternd. Der Junge quälte sich von seinem Stuhl hoch, als lasteten mehrere hundert Kilo Gewicht auf seinen Schultern. Mit gesenktem Kopf folgte er Merle.

»Wie ist die Situation, in der die beiden sich befinden?« Korbinian stellte sich vor die Bühne. Die anderen nahmen ihre Stühle und gruppierten sie vor der Bühne. Auf den Gesichtern spiegelten sich Erwartung, Interesse und ein bisschen Schadenfreude. Sie waren froh, jetzt nicht selbst auf der Bühne stehen und, noch schlimmer, öffentlich küssen zu müssen.

»Ich schlage Folgendes vor. Niklas, du fängst ganz normal mit der ersten Strophe an. In der zweiten Strophe setzt Merle mit einem anderen, tieferen Grundton ein, und ihr singt ansonsten die gleiche Melodie. In der dritten Strophe singt Merle die normale Melodie. Niklas setzt versetzt ein, beginnt also erst, wenn Merle die erste Zeile bereits durchhat. Das singst du dann wie ein Echo und variierst die Melodie. Und zum Schluss gebt ihr alles.« Er grinste und breitete die Arme aus. »Große Gefühle, und am Ende wird geküsst.« Korbinian machte einen Schritt auf die beiden Sänger zu. »Alles klar?«

»Ja«, sagte Merle.

»Nein«, kam es von Niklas.

»Keine Sorge, das wird schon.« Korbinian sah den Jungen aufmunternd an. »Eines nach dem anderen. Wir fangen vorn an und arbeiten uns langsam bis zur letzten Note durch.« Er sang einen Ton. Niklas summte mit. Korbinian gab ihm den Einsatz vor, und es klappte ganz annehmbar. Auch Merles Einsatz in der zweiten Strophe klang harmonisch.

»Sehr gut!« Korbinian sprang auf die Bühne. »Das mit dem Singen läuft ja schon mal prima. Nur steht ihr da wie zwei Straßenbegrenzungspfähle mit Mindestabstand. Das soll doch eine Liebesszene sein, oder?« Beide nickten. »Dann kommt mal etwas näher.«

Beide machten einen Schritt aufeinander zu.

»Näher.«

Ein weiterer Schritt.

»Noch näher. Eure Figuren mögen sich doch. Oder nicht?«

Stummes Nicken.

»Das ist Theater. Fake. Ihr stellt die Gefühle nur dar. Also los.« Er stellte sich zwischen Merle und Niklas und winkte die beiden so lange zu sich heran, bis jeder noch etwa eine Armlänge von ihm entfernt war. »Aus dieser Position nähert ihr euch mit jeder Strophe einen Schritt an, bis ihr bei der letzten dicht genug seid. Also. Von vorn.«

Merle und Niklas sangen. Diesmal kamen sie bis zur dritten Strophe, hielten aber immer noch Sicherheitsabstand. Niklas verhaspelte sich nervös und brach ab.

»Niklas hat Mundgeruch!« Ben verzog gespielt sein Gesicht, und Niklas fuhr wütend zu ihm herum.

»Quatsch! Mach es doch besser«, zischte er.

»Ich zeige euch mal, was ich meine.« Korbinian schob Niklas ein Stück zur Seite und nahm seine Position dicht vor Merle ein. Sie grinste ihn an und machte einen übertriebenen Kussmund. Korbinian schob irritiert seine Brille hoch. Das ging beim besten Willen nicht. Er konnte unmöglich eine Fünfzehnjährige küssen. Auch nicht zum Schein und für die Bühne. Er sah schon die entsetzten Eltern vor sich stehen, bereit, ihn aus dem Dorf zu jagen. Vermutlich benutzten sie hier auf dem Land in solchen Fällen noch Heugabeln, Piken und Fackeln. Er war sich sogar ziemlich sicher, dass es so war.

»Rike, würdest du wohl mal kurz?« Er deutete auf Merle. Rike stand auf, kam zur Bühne und stellte sich neben ihm in Position.

»Ich übernehme jetzt Niklas' und du Merles Part.« Er summte einen Grundton. Mit lauter, klarer Stimme sang er die ersten Zeilen, sah Rike dabei an. Sie blickte konzentriert. Ihm fiel ein, dass er sie gar nicht gefragt hatte, ob sie überhaupt singen konnte. Doch jegliche Bedenken deswegen erübrigten sich, als sie in der zweiten Strophe mit warmer Altstimme einsetzte. Die Töne fügten sich perfekt zusammen. Korbinian ging einen Schritt auf Rike zu, lächelte zaghaft. Sie war eine beeindruckende Frau. Sie wusste, was sie wollte, und sagte das auch. Bisher hatte ihn das bei Frauen abgeschreckt. Rike legte keinen Wert darauf, ihn zu beeindrucken. Sie war wie ihre Stimme. Klar. Selbstbewusst. Präsent. In ihren Augen sah er den Schalk, als sie einige kleine Variationen sang und der Melodie ihren eigenen Klang gab. Mit der dritten Strophe kam sie auf ihn zu, stand nun dicht vor ihm und sang ihren Text, als ginge sie ihm voran. Er folgte ihr gern. Sie hatte ihm geholfen. Half ihm jetzt. Sie glaubte an seine Unschuld, auch wenn er zweifelte. Mit ihr würde er es schaffen.

Korbinian spürte die Freude der Töne in sich und in ihr. Sie sangen, ergänzten, führten und hielten einander mit ihren Stimmen. Mit dem letzten Ton beugte er sich zu ihr hinunter und küsste sie.

»Und das soll Fake sein?«, fragte Ben. Wer sonst.

Kapitel 14

Korbinian Löffelholz streckte sich genüsslich aus und blinzelte. Er fühlte sich gut. Ausgeruht. Entspannt. Er hatte keine Ahnung, wie spät es war. Die Dunkelheit im Zimmer ließ ihn nur vage Umrisse erkennen. Das Bett, der Schrank, ein Sessel in der Ecke. Mit der Rechten tastete er nach seiner Brille, setzte sie auf und sah sich um. Allmählich erkannte er mehr Details. An einer Wand zog sich ein vollgestopftes offenes Buchregal entlang, in dem die Bücher in zwei Reihen hintereinanderstanden. Achtlos über den Sessel geworfen lagen diverse Kleidungsstücke. Hinter groben Gardinen zierten Orchideen die Fensterbank.

Dieses Zimmer war nicht sein Zimmer in Elisabeth von Petersens Haus. Dieses Zimmer befand sich in Rikes Wohnung. *Er* befand sich in Rikes Schlafzimmer.

Korbinian wandte den Kopf zur Seite. Neben ihm lag ein zerknülltes Kissen, dessen Form noch den Abdruck von Rikes Kopf aufwies. Er fand ein einzelnes ihrer gelockten Haare. Er pickte es mit den Fingerspitzen auf und pustete es fort. Ihre Mähne gefiel ihm.

Rike und er hatten miteinander geschlafen. Als logische Fortsetzung dessen, was auf der Bühne passiert war? Erst Gesang, dann Essen und zum Nachtisch Sex? Oder als etwas, das mehr bedeutete? Er war ja nicht zum ersten Mal mit einer Frau im Bett gelandet. Es war auch nicht das erste Mal, dass er die Frau, mit der er schlief, gleichermaßen mochte und schätzte, selbst wenn der letzte so gelagerte Fall weit in der Vergangenheit lag. Aber war das gut? Der Sex an sich war es unbestreitbar gewesen. Rike liebte, wie sie sang. Klar in ihren Wünschen. Selbstbewusst in allem, was sie tat. Präsent in jedem Augenblick. Vielleicht war es das gewesen, was ihn an ihr fasziniert, ihn so absolut für sie eingenommen hatte. Mit ihr war es mehr gewesen als schnelle Befriedigung. Ihre Berührungen trafen nicht nur seine Haut. Er hatte es schon vorher gespürt, in ihrer Stimme, in ihrer Art, sich das vom Lied zu nehmen, was ihrer Stimme guttat. Diese Frau hatte Klasse. Sie hatte Standing. Mit dieser Frau konnte er sich noch viel mehr als nur guten Sex vorstellen.

»Scheiße.« Korbinian Löffelholz warf die Decke von sich, schwang die Beine aus dem Bett und setzte sich auf die Bettkante. Die Ellbogen auf den Knien, stützte er mit beiden Händen seinen Kopf. Das fehlte ihm gerade noch. Er hatte wirklich genug Probleme. Er musste sich nicht auch noch ernsthaft für eine Frau interessieren. Aber er tat es. Unbestritten. Rike Hansen, die Frau, die so meilenweit außerhalb seines Beuteschemas lag wie eine Alpenhütte ohne Strom von einem Wolkenkratzer in New York, diese Frau hatte ihn für ein paar Stunden so weit gebracht, seine gesamte Situation zu vergessen. Zu denken, alles würde sich schon irgendwie finden. Sich einrenken. Wie durch Zauberhand lösen. Als Irrtum herausstellen. Was natürlich kompletter Unsinn war. Nichts war gut. Kein einziges seiner Probleme gelöst. Ganz im Gegenteil. Er war auf dem besten Weg, sich noch mehr Schwierigkeiten einzuhandeln.

Was um alles in der Welt war los mit ihm? Er tat Dinge, die in seiner Filterblase bis vor einer Woche nicht einmal am Rand vorgekommen waren. Mit Jugendlichen arbeiten. Sich ernsthaft verlieben? Herausfinden, ob er einen Mord begangen hatte oder nicht.

Er suchte seine Kleider. Gut. Wenigstens in dem war er seiner Routine gefolgt. Alles lag in Greifweite auf dem Boden. Er zog sich an und lauschte. Aus dem Badezimmer drang das Geräusch laufenden Wassers. Rike stand unter der Dusche. In Ordnung. Er würde jetzt aus diesem Zimmer und aus der Wohnung gehen. Den Kontakt abbrechen, bevor mehr daraus werden konnte, als für sie alle zuträglich war.

Rike würde sauer auf ihn sein. Ihn unter Umständen sogar fallen lassen. Aber letztlich wäre es das Beste. Was hatten sie denn gemeinsam? Sie, die Sozialpädagogin vom Land, und er, der erfolgreiche Immobilienmakler aus der Großstadt. Niemals würde das funktionieren. Zukunft? Dieses Wort durfte er nicht einmal denken. Bei Licht betrachtet, gab es nur zwei Möglichkeiten. Entweder hatte er Sören Schulz umgebracht, dann würde die Polizei das bald beweisen und er die nächsten Jahre hinter Gittern verbringen. Oder es gelang ihm, herauszufinden, was wirklich passiert war. Dann würde die Villa verkauft werden, und er ginge wieder zurück in die Stadt und in sein eigenes Leben. Weit weg von Dünenbeck und weit weg von Rike. Er war nicht bereit, sich auf eine Beziehung einzulassen. Derartige Absichten hatte er bereits vor langer Zeit hinter sich gelassen.

Die Schuhe in der Hand, ging er zur Wohnungstür, schob die Sicherheitskette zur Seite und drückte die Klinke hinunter.

»Keine Lust auf Frühstück?«

Er verharrte reglos, dann blickte er über die Schulter nach hinten. Rike lehnte mit vor der Brust verschränkten Armen am Türrahmen. Sie trug einen alten, zerschlissenen Bademantel, dessen neongrüne Farbe ihn als einen der letzten überlebenden der achtziger Jahre auswies. Ihre nassen Haare hatte sie unter einem himmelblauen Handtuchturban verstaut, und an den Füßen trug sie verschiedenfarbige Stricksocken.

»Ich muss gehen.« Korbinian drückte die Klinke ganz hinunter und öffnete die Tür einen Spaltbreit. Ein kalter Luftzug schwappte in die Wohnung. Rike fasste den Bademantel enger.

»Du kannst gern bleiben.«

»Ich weiß.« Korbinian verharrte in der Position, mied Rikes Blick. »Es ist besser, wenn ich jetzt gehe.«

»Okay.« Kein Vorwurf in ihrer Stimme. Kein Versuch, ihn zu überreden. Kein Widerspruch. Stattdessen schlichte Kenntnisnahme. Er wusste nicht, wie er reagieren sollte.

»Es tut mir leid, Rike. Das hätte nicht passieren dürfen.« Er schob die Tür wieder zu. Das Schloss klackte laut. »Ich mag dich sehr, aber …«

»Ich mag dich auch sehr, Korbinian.«

»Es ist nicht der richtige Zeitpunkt, um eine feste Beziehung anzufangen.«

»Möchtest du denn eine feste Beziehung?« Sie löste sich vom Türrahmen, ging den Flur entlang in Richtung Küche.

Korbinian zögerte. Er musste jetzt wirklich gehen und die Angelegenheit damit endgültig klären. Er folgte ihr.

»Das wäre nicht gut für uns beide.«

»Was gut für dich ist, musst du natürlich selbst wissen und entscheiden. Aber ob es gut für mich ist, kann ich selbst am besten abschätzen.« Rike goss sich Tee aus einer altmodischen Kanne in eine große Bechertasse.

»Herrgott, Rike. Ich bin keiner deiner Teenies, die du superpädagogisch behandeln musst. Und ich brauche auch keine deiner Spitzfindigkeiten.«

Rike schwieg, umfasste die Tasse mit beiden Händen, pustete hinein und schaute ihn stumm durch die Dampfschwaden an.

»Das alles hier ist doch Irrsinn. Wieso fragst du mich das überhaupt? Ich könnte ein Mörder sein.«

»Ich habe mit dir geschlafen.« Sie stellte die Tasse zur Seite. »Ich glaube daran, dass du Sören nicht getötet hast.«

»Hat das etwas an der Situation geändert?« Korbinian spürte, wie Wut in ihm hochkochte. Wut und Hilflosigkeit. Das war das Problem. Er war dem Ganzen hilflos ausgeliefert. »Diese Augenwischerei ist doch komplett lächerlich. Ich bin kein Detektiv und schon gar keiner, der auf Mörderjagd geht. Alles Blödsinn. Unser Deal, die ganze Aktion von wegen, du hilfst mir, ich helfe dir. Absolut naiv.« Er riss die Hände hoch. »Und dieses alberne Stück, das diese Pubertätsmonster da auf die Bühne bringen, ist doch im Grunde nur peinlich. Eine Provinzposse, die noch nicht mal als Beschäftigungstherapie taugt. Ich kann nicht fassen, dass ich mich von dir da habe reinziehen lassen, anstatt für mich selbst zu sorgen.«

Er wartete Rikes Entgegnung nicht ab, sondern ging zurück in den Flur. Er musste hier raus. Sofort.

Es schneite. Die Flocken stachen auf seinem Gesicht wie feine Nadeln. Korbinian Löffelholz zog den Kopf zwischen die Schultern, doch das zeigte keine Wirkung. Er verabscheute dieses Wetter. Er hasste Schnee und Eis und Kälte. Diese Bilderbuchflocken widerten ihn an. Sobald er hier wegkonnte, würde er für vier Wochen in die Sonne abhauen. Auf die Kapverden, nach Mexiko oder auf die Malediven. Möglichst weit weg von allem und allen.

Carreras begrüßte ihn schwanzwedelnd. Korbinian strich ihm geistesabwesend über den Kopf, ging geradewegs in sein Zimmer und schloss die Tür hinter sich. Eine Minute später stand Elisabeth von Petersen im Türrahmen. Korbinian schnaubte wütend. Er konnte es nicht mehr ertragen. Er brauchte Privatsphäre. Das musste diese Frau doch einsehen.

»Du hinterlässt gebrochene Seelen, mein Lieber.« Der Vorwurf in ihrer Stimme war nicht zu überhören.

»Ich denke nicht, dass dich das etwas angeht.« Korbinian hatte Mühe, seine Wut im Zaum zu halten. Nicht nur, dass seine Gastgeberin unaufgefordert in sein Zimmer kam, als sei er ein kleiner Junge und sie seine Mutter. Nein. Jetzt nahm sie sich auch noch das Recht heraus, ihn für seinen Streit mit Rike zu maßregeln. Woher wusste sie überhaupt davon? Hatte Rike sie etwa angerufen?

»Oh. Ich denke sehr wohl, dass es mich etwas angeht. Ich muss es schließlich ausbaden. Es geht nicht, dass du dich so gar nicht kümmerst. Die arme Seele leidet. Unerwiderte Liebe tut immer weh.«

»Findest nicht, dass es etwas zu früh ist, von Liebe …«

»Nein, absolut nicht«, unterbrach sie ihn. »Immerhin …«

Nun fiel er ihr ins Wort. »Und vermutlich auch übertrieben«, sagte er, ging auf Elisabeth zu, legte ihr eine Hand auf die Schulter und schob sie zur Tür. Wenn sie nicht sofort verschwand, konnte er für nichts mehr garantieren. Es gab Grenzen. Seine persönliche war gerade überschritten.

»Widersprich mir nicht, wenn ich dich unterbreche.« Sie schüttelte seine Hand ab und wirkte ernsthaft entrüstet. »Ihr kennt euch zwar erst ein paar Tage, aber man sieht doch, wie gut ihr zueinanderpasst.«

»Rike und ich sind erwachsene Menschen. Wir regeln das unter uns.« Er hielt ihr die Tür auf und machte eine einladende Geste in den Flur hinein.

»Was hat denn Rike jetzt damit zu tun, dass du dich nicht um deinen Hund kümmerst?« Elisabeth riss verständnislos die Augen auf. Sie stutzte. Dann ging ein Strahlen über ihr Gesicht. »Ach, da warst du letzte Nacht. Ich hatte mir schon Sorgen gemacht. Und Carreras erst. Er hat die ganze Nacht vor der Haustür gelegen und auf dich gewartet.« Sie schmunzelte. »Unter diesen Umständen ist das natürlich etwas anderes, da will ich nichts gesagt haben.« Sie presste kurz die Arme an den Körper und schüttelte sich vor Freude. »Ihr habt zueinandergefunden. Wie schön. Das passt auch sehr gut. Sehr schön.« Mit diebischem Vergnügen rieb sie ihre Hände aneinander wie jemand, der gerade von einem besonders guten Geschäftsabschluss erfahren hatte.

»Nichts passt. Und nichts ist schön.« Korbinian ging zu seinem Bett und warf sich rücklings darauf. »Ja, ich war bei ihr, und ja, es ist etwas gelaufen.«

»Ich hoffe für euch, es war harikoa?«

Korbinian Löffelholz ignorierte diesen Einwurf. Was immer das Wort bedeutete, er war ganz sicher nicht willens, sein Sexualleben mit Elisabeth von Petersen zu diskutieren.

»In der nächsten Zeit werden wir etwas Abstand halten, und ich werde auch nicht länger an dem Musikprojekt mitarbeiten.« Er schlug verärgert mit der flachen Hand auf die Bettdecke. »Das alles hier macht mich wahnsinnig. Mittlerweile wäre es mir egal, wenn ich Sören Schulz umgebracht hätte, solange ich es nur sicher wüsste. Hauptsache, dieser Irrsinn hört endlich auf.« Er starrte an die Decke. »Sobald die Polizei wieder nach Dünenbeck durchkommt, übergebe ich ihnen meine Kleider mit dem Blut. Sollen sie doch herausfinden, was es damit auf sich hat. Wenn ich ihn umgebracht habe, dann ist das so. Auch wenn ich mich nicht daran erinnere. Dann muss ich die Verantwortung dafür übernehmen.«

Elisabeth setzte sich neben ihn auf die Bettkannte und griff nach seiner Hand. »Du könntest es mit Meditation versuchen. Eine Traumreise könnte deinen Verstand so entspannen, dass die Erinnerungen wiederkommen.«

»Meditation?« Korbinian richtete sich auf. »Das meinst du jetzt nicht ernst, oder? Meditation?« Er lachte bitter auf. »Vielleicht auch noch Hypnose? Oder wie wäre es mit Geisterbeschwörung?« Er kippte wieder nach hinten, schnappte sich ein Kissen, presste es sich auf das Gesicht und schrie hinein. »Dann kann uns der tote Sören am besten gleich selbst erzählen, wer ihn umgebracht hat«, ätzte er dumpf durch das Kissen. Im nächsten Moment spürte er, wie das Gewicht von der Bettkannte verschwand. Er hörte Schritte und die ins Schloss fallende Zimmertür. Elisabeth war gegangen.

Unter dem Kissen kniff er die Augen fest zusammen. Sein Kopf dröhnte und pochte. Er war nicht in der Lage, einen klaren Gedanken zu fassen. Er war zu wütend. Zu zornig. Mit einer Hand umklammerte er das Kissen und schleuderte es gegen die Wand.

»Verflucht.« Starr blieb er liegen. Atmete schnell, dann wurden die Züge länger und tiefer. Sein rasender Herzschlag kam langsam zur Ruhe. Die Anspannung wich aus seinem Körper. Er rollte sich zur Seite, stand auf und ging zur Tür.

Carreras begrüßte ihn freudig am Fuß der Treppe. Korbinian setzte sich auf die unterste Stufe, wühlte beide Hände in das Fell des Hundes und legte den Kopf auf den warmen Rücken des Tieres. Die Anwesenheit des Hundes beruhigte ihn. Carreras bellte leise, löste sich von Korbinian und lief zu Elisabeth von Petersen, die schweigend im Durchgang zum Wohnzimmer stand. Korbinian hatte sie nicht bemerkt. Hoch aufgerichtet, eine bunt gestrickte Stola um die schmalen Schultern gewickelt und eine Hand auf die Brust gepresst, sah sie ihn an. In der anderen hielt sie ein hohes Glas, in dem Eiswürfel klimperten. Ihre Haut wirkte blass, wie dünnes Papier. Ihre Lippen schimmerten bläulich.

»Alles in Ordnung?«

Elisabeth hob das Glas, trank einen Schluck und lächelte. »Ja, natürlich. Du bist ja schon selbst wütend genug über dich. Da muss ich mich nicht auch noch aufregen.«

Korbinian lag eine Erwiderung auf der Zunge. Doch er presste die Lippen zusammen. Er war nicht nach unten gekommen, um weiter zu streiten. »Es tut mir leid. Bitte entschuldige meinen Ausbruch von gerade eben. Ich bin mit den Nerven am Ende.«

Elisabeth pfiff anerkennend durch die Zähne. »Für einen Mann deines Kalibers ist eine Entschuldigung kein schlechter Anfang. Fragt sich nur, an wen die nun gerichtet war. An den Hund, an Rike oder an mich? Verdient hätten wir sie wohl alle drei.«

»Ich fange mal bei dir an.« Sein Versuch eines Lächelns misslang. Er spürte, wie schief und falsch es in seinen Mundwinkeln hing. Er stand auf, ging zu ihr und blieb direkt vor ihr stehen. »Darf ich?« Er breitete die Arme aus.

Sie fühlte sich sehr zart und sehr zerbrechlich an. Zum ersten Mal spürte Korbinian Löffelholz bei Elisabeth das Alter mit all seinen Lasten durchscheinen. Vehement löste sie sich nach einigen Momenten aus der Umarmung.

»So. Genug geschmust. Es wird Zeit, neue Wege zu gehen, wenn die alten ins Leere laufen.« Sie nahm ihn bei der Hand, drehte sich um und zog ihn hinter sich her ins Wohnzimmer. Im Kamin brannte ein Feuer und verteilte seine Wärme im Raum. »Bist du bereit?«

»Wofür?«

Statt einer Antwort senkte Elisabeth von Petersen den Kopf und sah ihn von schräg unten herausfordernd an.

»Du meintest das ernst eben mit der Meditation.«

»Natürlich. Was denkst du denn? Es sei denn, du möchtest lieber mit mir basteln.« Sie ging zum Tisch und hob ein undefinierbares Gebilde hoch. Erst bei genauerem Hinsehen erkannte Korbinian zwei im rechten Winkel miteinander verklebte Eierkartons, aus denen Stücke des Deckels und die Böden der Mulden für die Eier ausgeschnitten und von innen mit rotem und grünem Transparentpapier beklebt worden waren. »Neue Weihnachtslaternen. Das könnte auch sehr entspannend wirken. Und Entspannung lockert bekanntlich die Erinnerung.«

»Nicht bei mir. Mich macht so was aggressiv. Ich glaube nicht an so einen Hokuspokus.«

»Das hat nichts mit Hokuspokus zu tun. Weder die Laternen noch die Meditation. Und mit Glauben schon gar nicht.« Sie zeigte auf eine dünne Yogamatte, die auf dem Boden lag. »Es gibt jede Menge Studien, die die positive Wirkung von Meditation belegen. Sie entspannt und baut Stress ab. Dadurch wird dein Gehirn leistungsfähiger.«

»Wer's glaubt ...«, murmelte Korbinian ergeben. Etwas Schlimmeres als Basteln konnte er sich nicht vorstellen.

»Sie senkt außerdem dem Blutdruck und schüttet Glückshormone aus.«

»Stoned by nature ...«

»Unter einer Meditation können allerdings auch alte Traumata wieder aufbrechen. Deswegen sollte man es, wenn man weiß, man ist betroffen, auch nur unter fachkundiger Anleitung machen.«

»Da siehst du's. Nur unter fachkundiger Anleitung.« Korbinian wollte sich abwenden, aber Elisabeth hielt ihn am Ärmel fest.

»Hiergeblieben. Ich bin fachkundig, und ich werde dich anleiten. Leg dich hin und entspann dich.« Sie zeigte erneut auf die Matte auf dem Fußboden.

Korbinian Löffelholz seufzte ergeben, legte sich seitlich auf die Matte und stützte den Kopf mit einer Hand ab.

»Auf den Rücken.«

»Auch das.« Er drehte sich in Rückenlage und verzog schmerzhaft das Gesicht. Die Matte hatte weicher ausgesehen, als sie tatsächlich war. Unter seinen Schulterblättern und seinem Hintern spürte er den harten Boden. Seine Wirbelsäule beschwerte sich ebenfalls. Er richtete sich halb auf. Das war definitiv nichts für ihn. Das war etwas für junge, biegsame Frauenkörper, nicht für einen Endvierziger mit Bürostuhlgelenkigkeit.

»Liegen bleiben.« Elisabeth von Petersen war hinter ihn getreten und drückte ihn mit beiden Händen zurück auf die Matte. Dabei hielt sie ihre Beine gerade und die Knie durchgestreckt. Für Frauenkörper, korrigierte Korbinian in Gedanken. Für biegsame Frauenkörper jeglichen Alters. »Schließe die Augen und entspann dich.«

Korbinian tat wie ihm geheißen.

»Hast du schon mal meditiert?«

Er öffnete die Augen. »Sehe ich so aus?«

»Also nein. Dann fange ich mit einer ganz einfachen Technik an. Schließ die Augen.«

Korbinian blinzelte.

»Willst du es ausprobieren oder nicht?«

Korbinian schloss die Augen und bemühte sich um eine bequemere Lage.

»Gut. Du wirst dich jetzt zehn Minuten lang mit allen deinen Sinnen auf die Eindrücke konzentrieren, die auf dich einströmen. Was riechst du gerade? Beantworte ...«

»Der Hund stinkt.«

»... die Fragen gedanklich. Konzentriere dich.«

Elisabeth von Petersens Stimme wurde dunkler und tiefer, während sie ihn durch seine fünf Sinne führte. Korbinian lauschte, bemüht um Ernsthaftigkeit. Er roch das indische Parfüm, das wie ein lichter Nebel über dem Raum schwebte, hörte Carreras' leises Schnarchen zu seinen Füßen, fühlte den wärmenden Pullover auf seiner Haut, schmeckte die Trockenheit auf seiner Zunge, sah den schwachen Lichtschimmer durch seine geschlossenen Lider. Irgendwann forderte Elisabeth ihn auf, sich auf den Abend in der Pizzeria zu konzentrieren. Wie roch es, was schmeckte er, was spürte er?

Korbinian sah das Gesicht des Gastwirtes, schmeckte das Essen, den Wein und spürte, wie sein Kopf schwerer wurde. Dann fühlte er die Kälte vor der Tür. Schnee drang in seine Schuhe. Nässe und Eis. Dampfwolken standen vor seinem Mund. Ein Weg. Alles voller Schnee. Dann ein Haus, das ihm bekannt vorkam. Das Wärme versprach. Seine Hand auf einer Klinke. Dunkelheit. Korbinian kniff die Augen fester zusammen. Rief sich das Bild wieder ins Gedächtnis. Seine Hand auf der Türklinke. Dunkelheit.

Mehr war da nicht.

Er öffnete die Augen. Elisabeth saß auf einem Sessel neben seinen Füßen, trank einen Schluck aus ihrem Glas.

»Und?«, fragte sie neugierig.

Korbinian setzte sich auf und schüttelte den Kopf. »Nicht mehr als vorher.« Er berichtete, an was er sich erinnert hatte.

»Lass dich nicht entmutigen.«

»Ich denke nicht, dass es etwas bringt. Aber trotzdem vielen Dank für den Versuch.« Er stand auf.

»Manchmal hilft Meditation an einer Stelle, an der man es überhaupt nicht vermutet hat. Warten wir es ab.«

»Vielleicht hilft ja auch ein Schluck von dem, was du da trinkst?« Er reichte ihr die Hand und zog sie aus dem Sessel.

»Du möchtest ein Eiswasser? Sehr vernünftig.« Ihr Lächeln erinnerte ihn an das der Frau aus der Lohnabteilung, wenn er seine Fahrtkostenrechnung pünktlich und vollständig korrekt ausgefüllt abgegeben hatte. Sie ging in die Küche, er folgte ihr.

»Willst du eigentlich gar nicht wissen, was harikoa ist?«, fragte sie im Gehen. Er hörte sie kichern. »Das ist Maori und bedeutet so viel wie ›freudig, euphorisch, üppig, begeistert, ekstatisch und jubelnd‹.«

Kapitel 15

Die Sonne hatte sich durch die dichten Schneewolken gekämpft und verwandelte das Kältechaos in ein optisches Wintermärchen. Von Korbinians Dachfenster in Elisabeths Haus sah man auf glitzernde Schneefelder. Nur unterbrochen von langen Reihen kahler Alleebäume, deren Äste zu senkrecht in den Himmel stachen, als dass sich der Schnee auf ihnen hätte sammeln können. Neben ihm löste sich ein Stück Schneeplatte vom Dach, rutschte über die Ziegel und fiel mit einem schmatzenden Geräusch in die Tiefe. Es taute. Wenn die Sonne weiterhin die Obermacht behielt und es nicht wieder anfing zu schneien, wäre die Polizei bald wieder vor Ort. Seine Zeit wurde knapp.

Korbinian nahm das Handy vom Stromkabel. Auch wenn der Empfang wegen der Wetterlage ausgefallen war, wollte er doch vorbereitet sein, sobald das Netz wieder funktionierte. Das Handy vibrierte mehrfach hintereinander in seiner Hand. Hastig drehte Korbinian es um. Es geschahen noch Zeichen und Wunder! Er hatte gleich mehrere SMS erhalten. Dazu vier Anrufe in Abwesenheit. Er öffnete die Liste. Bei drei Anrufen war die Nummer unterdrückt gewesen, der vierte zeigte die Festnetznummer der Firma. Er drückte die Anruftaste.

Nichts geschah. Das Telefon zeigte zwar einen Balken an, aber es konnte keine Verbindung aufbauen.

Korbinian versuchte, den Browser zu öffnen, doch das scheiterte ebenso wie sein Bemühen, seine E-Mails abzurufen. Die SMS hatten sich durch die Kommunikationswüste hindurchgekämpft wie Verdurstende zur nächsten Oase. Oder in diesem Fall wohl eher durch das ewige Eis hin zur rettenden Polarstation.

Im Stehen las er die erste der Nachrichten.

Versuchen vergeblich, Sie zu erreichen. Wichtige Frage im Projekt Wilhelmplatz offen. Bitte melden Sie sich umgehend. MfG Siebelsbacher

Die SMS war von vorgestern. Keine Anrede. Typisch. Sein Vorgesetzter kam direkt zur Sache. Aber wieso rief er ihn wegen des Großprojektes Wilhelmplatz an? Sollte er doch das Karriereblondchen fragen.

Die nächste Nachricht war nur zwei Stunden später abgeschickt worden.

Projektleiter Behneke besteht auf Ihrer Teilnahme an den Gesprächen. Bitte umgehend zurückkommen. MfG Siebelsbacher

Ach, daher wehte der Wind. Im Stillen beglückwünschte er sich für die vielen Stunden, die er mit den Behnekes dieser Welt an Hotelbars und in Szenerestaurants verbracht hatte. Er kannte diese Typen. Sie brauchten das Gefühl, wichtig zu sein. Ganze Kerle, die die Geschicke der Welt leiteten. Oder in diesem Fall eines der größten Bauprojekte des Landes. Daraus zogen sie ihre Bestätigung, stärkten ihr Ego, fühlten sich großartig. Er konnte bestens mit solchen Typen, weil er selbst so ein Typ war und diesen Umstand bis vor zweiundsiebzig Stunden als das Selbstverständlichste der Welt erachtet hätte.

Und jetzt? Es erschien ihm wie eine andere Welt.

Wo bleibt Ihre Professionalität? Sie waren und sind unser bestes Pferd im Stall. Bitte um Rückmeldung asap. S.

Die Nachricht stammte von gestern Morgen. Der Ton war anklagend, und Korbinian fand, Siebelsbacher hatte recht. Er musste seine Professionalität bewahren. Das beste Pferd weidete nicht auf einem Ponyhof. Eine Stunde später hatte sein Chef die nächste SMS abgesetzt.

Behneke bockt. Projekt in Gefahr. Sind Sie tot? Auch in diesem Fall sofortiger Rückruf erforderlich. Grüße auch von Hubertus v. K. Adrian Siebelsbacher

Das Projekt stand wirklich auf der Kippe, sonst hätte sein Vorgesetzter niemals mit Vornamen unterzeichnet. Und erst recht keine Grüße vom Alten ausgerichtet. Egal, ob die nun echt oder nur pro forma und zu seiner Motivation dazugeschrieben worden waren. Wenn die Firma den Wilhelmplatz verlor, würde das eine sehr große Lücke in den Jahresumsatz reißen. Der Gebäudekomplex bestand nicht nur aus hochpreisigen Büroetagen, für die potente Mieter gefunden werden mussten, sondern auch aus einer Vielzahl von exklusiven Eigentumswohnungen und, besonders rentabel in einer Studentenstadt mit permanentem Wohnungsmangel, Einzimmerappartements, die gern als Anlage zur Altersvorsorge gekauft und weitervermietet wurden. Das bedeutete hohe Courtagen und darüber hinaus ein gutes Kreditgeschäft mit den Käufern, denn Kammern & Zimmers bestand aus einem fein ausgetüftelten System von Haupt- und Tochterfirmen, Partnern und Gesellschaften, die alle nur den einen Zweck hatten: aus Immobilien Geld, aus diesem Geld wieder Immobilien und daraus wiederum noch mehr Geld zu machen.

Korbinian starrte auf den Text der SMS. Hier lachte sie ihn an, seine Chance, das gewohnte Leben wieder aufzunehmen. Business as usual. Alles wie gehabt. Dann rief er die fünfte und letzte SMS auf. Sie stammte ebenfalls von Siebelsbacher. Geschrieben und gesendet, als er vorhin bei Elisabeth auf der Yogamatte gelegen und Meditation gespielt hatte. Demnach hatte er den funktionierenden Empfang nur um Minuten verpasst.

Die Polizei war da und hat nach Ihnen gefragt.

Keine Anrede, kein Gruß. Das klang nicht gut. Überhaupt nicht. Korbinian startete einen weiteren Anrufversuch.

Nichts geschah. Die Leitung blieb tot.

Er steckte das Handy in die Hosentasche. Ab jetzt würde er es keinen Augenblick mehr aus den Augen lassen, um ja nicht den richtigen Moment zu verpassen. Wieder trat er ans Fenster. Er musste sehr systematisch vorgehen. Die ganze Situation wie eines seiner Projekte betrachten. Logisch und mit kühlem Verstand. Das konnte er gut. Gefühle ausschalten, schnell und präzise arbeiten.

Als Erstes eine Analyse. Wie war der Stand der Dinge? Sören Schulz war tot, und die Beweislage sprach eindeutig gegen ihn, Korbinian Löffelholz. *Er* war der Fremde. Der in dieser heilen Dorfidylle nicht nur fehl am Platz war, sondern auch aktiv dazu beitragen wollte, sie zu zerstören. Was lag also näher, als ihm die Sache in die Schuhe zu schieben? Fragte sich nur, wer und vor allem warum. Wobei ihn die Antwort auf das Warum vermutlich zur Antwort auf das Wer führen würde. Die dritte Frage, ob die Beweislage womöglich doch repräsentativ und er der Täter war, ließ er für den Moment außer Acht. Diese ganzen Selbstzweifel brachten ihn kein Stück weiter, ganz im Gegenteil.

Was hatte er an Fakten? Sören Schulz hatte vermutlich Gelder aus dem Etat des Jugendtreffs veruntreut, war aller Wahrscheinlichkeit nach der Vater eines Kindes, von dem niemand etwas wusste, und hatte zeit seines Lebens einen einsiedlerischen Lebensstil gepflegt, der zumindest Anlass zum Nachdenken gab. Bei Licht betrachtet, war das nicht viel, aber auch nicht nichts.

Was hatte Rike wegen der Lebensversicherung gesagt? Wenn sie herausfanden, wer der Begünstigte war, erfuhren sie vielleicht auch, was es mit dem Kind auf sich hatte. Aber im Haus hatte es keinen Versicherungsordner gegeben, die Unterlagen mussten also woanders zu finden sein. Schulz hatte einen großen Teil seiner Zeit im Jugendtreff verbracht. Insofern konnte es doch sein, dass er die Papiere dort lagerte. So unwahrscheinlich war das nicht. Einer von Korbinians Kollegen in der Firma bewahrte seine kompletten Steuerunterlagen in seinem Firmenbüro auf. »Vorsichtsmaßnahme« nannte er das. Nachdem seine erste Frau vor der Trennung sämtliche Unterlagen kopiert hatte, weshalb er bei der Scheidung gezwungen gewesen war, alle Einnahmen wahrheitsgemäß anzugeben, sollte ihm das bei seiner zweiten Frau im Falle eines Falles nicht wieder passieren. Aus Schmerzen lernen.

Wenn Sören Schulz den Versicherungsordner in seinem Büro in der Villa aufbewahrte, stünden seine Chancen schlecht, das gute Stück in die Finger zu bekommen. Aber dann wäre die Polizei mit Sicherheit bereits darauf gestoßen und würde in diese Richtung ermitteln. Der Klassiker. Den Begünstigten der Lebensversicherung zu kennen, beschleunigte die Sache ein wenig. Die Tatsache, dass die Kripobeamten in der Firma aufgetaucht waren, ließ aber eher vermuten, dass sie noch keinen anderen Verdächtigen im Visier hatten. Was wiederum die Chancen erhöhte, den Ordner still und unentdeckt an seinem Platz zu finden. Einem Platz in der Villa, an dem die Polizei bisher noch nicht gesucht hatte. Er musste es herausfinden.

Die Villa empfing ihn still und leer, aber mit wie immer offener Tür. Von Rike und den Jugendlichen keine Spur. Sicher hatte der Hunger alle an die heimatlichen Mittagstische getrieben. Variante B, dass Rike den vorgezogenen Probenbeginn aus Ärger über ihn wieder nach hinten verschoben hatte, erschien unwahrscheinlich, nachdem er einen Blick in den Probenraum geworfen und massive Veränderungen zu gestern festgestellt hatte. Auf dem Boden lagen große, zum Teil bereits weiß grundierte Pappen. Verkleckste Farbeimer und Malerrollen an langen Stilen mit improvisierten Schutzfolien aus Frischhaltefolie warteten auf ihren weiteren Einsatz. Die Truppe hatte das Bühnenbild in Angriff genommen. Ohne ihn. Korbinian spürte einen kurzen Stich des Bedauerns. Er hatte bereits Ideen gehabt, wie bestimmte Szenen dargestellt werden könnten. Aber das war nicht mehr seine Angelegenheit. Er hatte sich viel zu lange mit dem Kinderkram abgegeben und dabei die wesentlichen Dinge aus den Augen verloren.

Ohne die mit Buntstift gezeichneten Entwürfe auf dem Tisch

eines weiteren Blickes zu würdigen, schloss er die Tür und ging den Flur entlang bis zu der Stelle, an der Rike und er die Ordner gefunden hatten. Der Tisch, auf dem sie gelegen hatten, war leer. Thorsten Baumgartner machte seinen Job gut. Leider zu gut für Korbinians Geschmack. Wohin hatte er die Unterlagen gebracht? Das Kellergewölbe der Villa war sicherlich nicht der geeignete Ort zur Lagerung von Akten.

»Kann ich helfen?«

Korbinian schrak zusammen. Allerdings, dieser Hausmeister hatte es drauf. Immer auf dem Posten.

»Ja.« Er suchte fieberhaft nach einer glaubwürdigen Ausrede. Sein Blick fiel auf die Tür zum Probenraum. »Wir malen gerade die ersten Bühnenbilder. Der ganze Boden ist bedeckt. Haben Sie sicher schon gesehen.« Thorsten Baumgartner nickte und brummte etwas Zustimmendes. »Jetzt ist es aber so, dass ich für die Atem- und Stimmübungen Platz brauche, damit die Kids sich im Raum bewegen können. Gibt es hier im Haus eine Möglichkeit, wo wir die Kulissen trocken und sicher lagern können?« Korbinian drehte sich demonstrativ einmal um die eigene Achse und zuckte mit den Schultern. »Hier ist es zu eng.«

Thorsten Baumgartner überlegte einen Moment und zeigte dann mit der Hand in Richtung der Treppe, die in das obere Stockwerk führte.

»Die Dienstwohnung im oberen Geschoss.«

»Gute Idee.« Er wartete auf eine weitere Reaktion.

Nichts.

»Tja. Also. Danke.« Korbinian rieb sich übertrieben die Hände. »Dann wollen wir mal.«

Hoffentlich kam der Hausmeister nicht auf die Idee, ihm helfen zu wollen.

»Wären Sie vielleicht so nett …« Das Risiko war hoch, aber wenn er sein Gegenüber richtig einschätzte, würde er ihn mit dieser Bitte loswerden. Thorsten Baumgartner tat zwar alles für das Haus, aber nicht für ihn.

»Ist nicht zu verfehlen. Das schaffen Sie sicher allein. Ich muss Schnee von den Bäumen im Garten entfernen.« Baumgartner drehte sich auf dem Absatz um und stapfte durch den Probenraum in Richtung Garten.

Treffer, versenkt.

Wie alle Türen im Haus war auch die zur Dienstwohnung nicht abgeschlossen. Korbinian öffnete sie, gespannt auf das, was ihn erwartete. Obgleich er sich im Haus frei bewegen durfte, seit er mit den Jugendlichen arbeitete, hatte er es noch nicht bis in diese Etage geschafft. Erst jetzt fiel ihm auf, dass es ihm nicht einmal in den Sinn gekommen war. Es wurde Zeit, die Prioritäten wieder zu verschieben. Er war Immobilienmakler, kein Kindergärtner.

»Hallo?« Er wusste Baumgartner zwar im Garten, aber Vorsicht war besser, als nachher dumm dazustehen, weil ihn jemand beim unberechtigten Wühlen in den Aktenkisten ertappte.

Stille.

Korbinian betrat den Wohnungsflur. Die Räume entsprachen dem Grundriss im Erdgeschoss. Ein langer Flur, mehrere Türen. Auf dem Boden lag Malerfilz wie Teppichboden ausgebreitet. Korbinian hob eine Ecke an. Darunter kam sauber verlegtes Stäbchenparkett zum Vorschein. Da hatte sich die Renovierungstruppe ja richtig Mühe gegeben. Zu mehr innenarchitektonischem Esprit hatte es dann aber doch nicht gereicht. Ob aus Energiespargründen oder weil es ihren Vorstellungen von Gemütlichkeit entsprach, die ehemals lichten, hohen Decken hatten sie hinter Massen von Holz versteckt. Blieb nur zu hoffen, dass wenigstens das Holzschutzmittel, mit dem die Paneele behandelt worden waren, nicht aus irgendwelchen Restbeständen stammte und seit Jahren Gift absonderte. Falls jemals jemand diese Räume auf Dauer nutzen wollte, ohne depressiv zu werden, mussten die Decken als Erstes raus, noch bevor ein Malertrupp die Wände von den Erdtönen in gewischtem Gelborgange und Beige befreite. Korbinian erkannte die gestalterische Absicht, doch es war in seinen Augen keine gute gewesen. Höchstens eine gut gemeinte.

Aber die Räume hatten unbestreitbar Potenzial. Mit etwas Aufwand, Geschmack und professionellen Handwerkern könnte hier ein Wohnparadies entstehen. Oder eine Arztpraxis. Wenn sich denn ein Arzt bereit erklären würde, in diese Einöde zu ziehen.

Korbinian riss sich vom grauenhaften Anblick der mit neuem Lack überzogenen alten Facettentüren los. Hier ging es nicht um die Verkaufschancen. Noch nicht. Es galt, Sören Schulz' Versicherungsunterlagen zu finden. Ein schneller Blick in die einzelnen Räume ließ seine Hoffnung allerdings schwinden. Außer einigen Stapeln mit Stühlen, einem altmodischen Garderobenständer und einem großen Pappkarton mit Styroporflocken darin war die Dienstwohnung leer. Absolute Fehlanzeige.

Korbinian trat ans Fenster. Unten im Garten war Baumgartner mit einer langen Stange zugange. Drei Meter hinter ihm stand seine Schwester, in eine dicke Jacke gehüllt. Sie hielt ebenfalls eine Stange in der Hand, war ihrem Bruder aber keine Hilfe. Sie rührte sich nicht, blieb starr auf der Stelle stehen, wandte nur langsam den Kopf, wenn ihr Bruder von einem Baum zum nächsten ging. Der hatte ungefähr die Hälfte der Bäume geschafft und würde noch eine Weile zu beschäftigt sein, um Korbinian zu überwachen.

Neben der Wohnungstür führte eine kleine Stiege hinauf unters Dach. Wenn Korbinian die in der Akte der Villa enthaltenen Baupläne richtig in Erinnerung hatte, gab es dort oben keine weiteren Räume, nur den Speicherraum an sich. Genügend Platz auch hier, um Akten zu lagern.

Korbinian stieg nach oben, öffnete die Luke und betrat den Speicher. Er fror augenblicklich. Warum hatte er seinen Mantel unbedingt ausziehen und im Erdgeschoss liegen lassen müssen? Isolierung war in so alten Gebäuden auf allen Etagen ein Problem. Hier oben war sie schlicht nicht existent. Wuchtige Holzbalken trugen die Dachkonstruktion mit freiem Blick auf die Ziegel. In einer Ecke duckte sich ein aus Spanplatten zwischen die Dachschräge und den Kamin gezimmerter Verschlag, in dem die Öffnung eines schmalen Lastenaufzugs gähnte.

»Na bitte.« Dort waren hundertprozentig die Akten gelagert. Der Verschlag schützte sie vor Feuchtigkeit, und das Vorhandensein des Lastenaufzugs erklärte, warum sie hier aufbewahrt wurden. So musste kein einziger Karton geschleppt werden.

Korbinian zog sein Smartphone aus der Tasche, vergewisserte sich, nicht noch mehr Kommunikationsversuche verpasst zu haben, und aktivierte die Taschenlampenfunktion. Kaltes Licht erhellte den Raum. Im Verschlag standen die Aktenordner teilweise auf Holzregalen, teilweise stapelten sie sich in Archivkartons. Aufschriften in ordentlicher Druckschrift gaben Auskunft über ihren Inhalt. Korbinian fand etliche Buchhaltungsunterlagen und überlegte kurz, ob es Sinn machte, weitere Rechnungsbelege zu suchen, die auf Veruntreuung schließen ließen, entschied sich aber dagegen. Nicht nur, weil er ohne Rikes Hilfe in dieser Sache kaum weiterkommen würde, sondern weil ihm die Zeit weglief. Irgendwann – in nicht allzu ferner Zukunft – würde Thorsten Baumgartner alle Bäumchen gerüttelt und geschüttelt haben und ihn suchen kommen.

Er öffnete die Kisten eine nach der anderen, räumte Stapel von rechts nach links und wieder zurück, fand aber nichts, was ihm weiterhalf.

»Verdammt«, fluchte er laut, um im nächsten Moment zusammenzuzucken. Lautes Türenschlagen und anschließendes Knarzen drang zu ihm hoch. Jemand – Baumgartner – kam die große Treppe herauf.

»Herr Löffelholz? Sind Sie noch hier oben?« Baumgartner hatte seine Gartenarbeit beendet. Der Lautstärke nach zu schließen, befand er sich im Treppenhaus vor der Dienstwohnung.

Korbinian biss sich auf die Unterlippe. Der Dachboden war offenes Gelände, lediglich der Bretterverschlag bot Schutz vor prüfenden Blicken. Aber hier würde Baumgartner sicher zuerst nachschauen. Er schlich gebückt aus dem Verschlag, schob leise die Tür hinter sich zu und quetschte sich in eine Lücke zwischen Verhau und Kamin.

Die Schritte näherten sich. Baumgartner musste jetzt auf der Stiege sein. Korbinian wagte nicht, sich zu rühren. Er wollte sich nicht ausmalen, was geschehen würde, wenn Baumgartner ihn erwischte. Selbst wenn er behauptete, hier oben mit den ursprünglich für seinen Aufenthalt geplanten Arbeiten beginnen zu wollen, würde das seine Lage nicht verbessern. Eher im Gegenteil. Dass Baumgartner nicht gut auf den Verkauf zu sprechen war, war nichts Neues. Rike würde das Vertrauen, das sie trotz allem in ihn setzte, verlieren, und er wäre nicht nur dauerhaft auf sich allein gestellt, sondern von Gegnern umzingelt.

Die Schritte verharrten kurz, dann quietschten die Bodenbretter des Speichers. Korbinian rückte in dem schmalen Schacht weiter nach hinten. Mit etwas Glück hatte der Hausmeister keine Taschenlampe und kein Smartphone, um die dunklen Ecken auszuleuchten.

»Hallo?« Die Schritte kamen noch näher. Baumgartner konnte höchstens ein oder zwei Meter entfernt stehen. Korbinian hielt den Atem an. Nach einer gefühlten Ewigkeit entfernten sich die Schritte wieder, und er entspannte sich. Allerdings jagte ihm das nun folgende Geräusch einen deutlichen Schrecken ein. Es dauerte einen Moment, bis sein Hirn das Gehörte als das identifiziert hatte, was es war: eine Katastrophe.

Baumgartner hatte die Luke geschlossen und den Riegel von außen vorgeschoben. Korbinian war auf dem Speicher eingeschlossen. Mühsam schob er sich aus dem schmalen Spalt. Ein kurzer Blick über den Dachboden bestätigte seine missliche Lage. An der Stelle, an der die Treppe nach unten führte, war keine Öffnung mehr zu sehen. Korbinian tastete nach seinem Handy. Vielleicht entdeckte er bei Licht einen Riegel, mit dem er den Ausstieg auch von innen öffnen konnte. Die Tasche, in der das Smartphone gesteckt hatte, war leer. Es musste ihm in seinem Versteck herausgefallen sein. Korbinian ging auf die Knie und suchte mit beiden Händen den Boden ab, bis er das Gerät gefunden hatte. Er schaltete es an.

Zum Glück hatte das Display keinen Schaden davongetragen. Im fahlen Schein erkannte er im hinteren Bereich des Verhaus einen hellen Schimmer, der sich bei näherer Betrachtung als eine Kunststoffkiste herausstellte. Er musste sie bei seiner Aktion vorhin unbemerkt nach hinten geschoben haben. »Privat«, stand in der gleichen säuberlichen Druckschrift wie auf den Ordnerrücken quer auf der Seite. Es machte nicht den Eindruck, als hätte jemand die Kiste bewusst versteckt. Eher so, als solle sie nur nicht zwischen den anderen untergehen.

Korbinian zog die Kiste aus dem schmalen Gang in die Mitte des Raums und öffnete sie. Fünf Ordner. Alte Dokumente, mit denen er auf den ersten Blick nicht viel anfangen konnte. Sie stammten aus der Zeit, als Sören Schulz noch ein Kind gewesen war. Erst der letzte Ordner, den er aus der Kiste zog, ließ ihn zufrieden nicken. Das war es, was er gesucht hatte. Korbinian blätterte, bis er das Logo einer bekannten Versicherungsgesellschaft fand. Und einen Namen.

Leise pfiff er durch die Zähne. Das änderte alles.

Kapitel 16

In Filmen sah es immer sehr unterhaltsam aus, wenn erwachsene Männer sich in sehr enge Räume quetschten, um sich zu verstecken oder sich wie er aus Notlagen zu befreien. Dabei war es absolut nicht lustig. Es gestaltete sich nicht nur schwierig, überhaupt ansatzweise in den Lastenaufzug zu gelangen, um dann die übrigen Körperteile nachzuholen, sondern war auch ausgesprochen schmerzhaft und langwierig. Eine Art lebendes Tetris. Die besondere Herausforderung bestand darin, am Ende auf den Knopf zu drücken, der sich natürlich außen am Schacht befand, ohne dabei in Gänze aus der winzigen Kabine zu kippen, und diverse Arme, Knie und Füße rechtzeitig wieder einzuziehen, bevor die Tür sich schloss. Gelang das nicht, blockierte der Aufzug, und das Spiel begann von vorn. Nach dem vierten Mal brachte Korbinian es endlich fertig, und der Lastenaufzug setzte sich in Bewegung.

Er fühlte sich wie eine Ölsardine. Sehr beengt und gut eingefettet. Die Aktion hatte ihn trotz der Kälte ins Schwitzen gebracht, war aber unumgänglich gewesen. Die Klappe zur Treppe hatte sich als solide, Scharniere und Riegel als stabile Wertarbeit erwiesen. Um Hilfe zu rufen kam nicht in Frage, also blieb ihm nur der Aufzug. Schließlich wollte er auf dem Dachboden weder erfrieren noch verhungern. Korbinian schwor sich, einen Yogakurs zu belegen, sobald er wieder in der Stadt war. Das konnte nicht schlimmer sein als Elisabeth von Petersens Meditationsexperimente, entspannte angeblich und förderte vor allem die Beweglichkeit, die ihm gerade in erheblichem Maße abging.

Der Aufzug rumpelte nach unten. Es dauerte eine gefühlte Ewigkeit. In der Kabine war es stockdunkel. Korbinian hätte gern sein Handy zum Leuchten genutzt, aber er hatte keine Chance, es aus der Tasche zu ziehen. Er hoffte inständig, niemand möge jemals etwas von dieser Aktion erfahren. Es wäre ihm zutiefst peinlich. Schließlich hielt der Aufzug an, die Tür öffnete sich. Korbinian blinzelte ins Tageslicht.

»Warum sitzt du im Lastenaufzug? Ist das nicht fürchterlich unbequem?« Merle beäugte ihn skeptisch. »Oder ist das irgend so ein Immobilienmaklerding?«

»Qualitiy Mismatches bei Onsite-Locations müssen wir permanent monitoren«, entgegnete Korbinian so würdevoll wie möglich und faltete sich aus dem Aufzug. Wenn du nicht weißt, was du sagen sollst, sag es auf Denglisch.

»Ja dann.« Merle zuckte mit den Schultern. »Ich hab nur das Rumpeln gehört und dachte schon, Thorsten hätte dich auf dem Speicher eingesperrt und du wärst nicht anders rausgekommen. Er war eben hier und hat uns nach dir gefragt, weil du ihm oben verloren gegangen bist.« Sie grinste, drehte sich mit Schwung auf dem Absatz um und stiefelte fröhlich pfeifend in Richtung des Probenraums. »Aber Monitoren ist ja was komplett anderes«, rief sie ihm über die Schulter hinweg zu.

Korbinian war für einen sehr kurzen Moment versucht, ihr die Zunge herauszustrecken, konnte sich aber gerade noch zügeln. Das fehlte noch, dass diese Göre ihn aus der Fassung brachte und auf ihr kindisches Niveau hinunterzog.

Entschlossen rückte er seine Kleidung gerade. Wenn Merle sich hier herumtrieb, waren die anderen Kids und Rike sicher auch nicht weit weg. Der Aussicht, ihr jetzt zu begegnen, hätte er sogar eine weitere Fahrt im Lastenaufzug vorgezogen. Damit es so weit gar nicht erst kommen konnte, schlich er zur Tür, öffnete sie leise und drückte sich durch den schmalen Spalt hinaus. Seinen Mantel musste er eben später abholen.

Soweit die geliehenen Stiefel es ermöglichten, joggte er gegen die Kälte an. Vor dem Haus des Bürgermeisters blieb er stehen. Er musste mit Quambusch sprechen.

»Was kann ich für Sie tun, Herr Löffelholz?« Rainer Quambusch öffnete ihm selbst die Tür und musterte ihn erstaunt. »So wie Sie aussehen, ist es etwas sehr Dringendes.« Er trat einen Schritt zur Seite.

Korbinian drängte sich an ihm vorbei in den Hausflur und steuerte ohne Umschweife Quambuschs Büro an. Der Bürgermeister folgte ihm.

»Nehmen Sie Platz, Herr Löffelholz.« Er zeigte auf den Besucherstuhl vor dem Schreibtisch, aber Korbinian schüttelte den Kopf und blieb stehen. Schweiß lief ihm den Rücken hinunter, und er spürte, wie seine Bronchien zu schmerzen begannen. Hoffentlich keine aufsteigende Erkältung.

»Mal angenommen«, begann er und pausierte kurz, bevor er weitersprach. »Mal angenommen, ich hätte etwas über Sören Schulz herausbekommen, das den Verdacht von mir ablenken und zum wahren Täter führen könnte. Was müsste ich dann machen?«

Quambusch ging zum Fenster und schaute hinaus. »Kommt darauf an.«

»Worauf?«

»Auf zwei Dinge.« Er ging zurück zu seinem Schreibtischstuhl und setzte sich. Erneut wies er auf den Besucherstuhl. Korbinian blieb stehen. »Jetzt seien Sie doch nicht so ungemütlich, Herr Löffelholz.«

»Auf welche zwei Dinge kommt es an?«

»Zum einen auf die Umstände, unter denen Sie diese Dinge herausgefunden hätten.«

»Inwiefern?«

»Illegal erhaltene Beweise gelten nicht vor Gericht.«

»Ich bin kein Polizist.«

»Das stimmt. Trotzdem würden Indizien oder Beweise, die Sie zum Beispiel unter Ausübung von Zwang von jemandem erhalten haben, nicht gelten. Oder wenn Sie irgendwo eingebrochen wären und die Beweise gestohlen hätten.« Quambusch lehnte sich in seinem Stuhl zurück und formte die Hände vor der Brust zu einer Merkel-Raute.

»Und das zweite?«

»Sie müssten sich fragen, ob die Polizei Sie als glaubwürdig einstuft.«

»Glaubwürdig?«

»Ja. Nehmen wir zum Beispiel an, Sie übermitteln der Polizei Beweise, die den Verdacht von Ihnen ablenken sollen, halten aber gleichzeitig Beweismaterial zurück, das Sie belasten könnte, und das kommt durch einen dummen Zufall ans Licht. Dann sind Sie in den Augen der Polizei natürlich nicht glaubwürdig, sondern eher noch verdächtiger.« Quambusch legte den Kopf schräg und sah Korbinian von unten herauf lauernd an.

»Wussten Sie, dass Sören Schulz ein Kind hatte?«, fragte Korbinian betont beiläufig.

Quambusch legte nachdenklich den Finger an den Mund, blickte aus dem Fenster, dann wieder zu Korbinian. »Nein. Das wusste ich nicht.« Er schwieg einen Moment. »Woher wissen Sie das?«

»Und dass dieses Kind Begünstigter seiner Lebensversicherung ist?«

»Ich wusste nicht mal, dass Sören eine Lebensversicherung abgeschlossen hatte.«

»Solange das Kind minderjährig ist, geht das Geld an den noch lebenden Elternteil beziehungsweise den Vormund.«

»Was unter entsprechenden Umständen ja auch sehr sinnvoll sein kann. Nicht jeder Teenager sollte ein Vermögen in die Hand bekommen.«

»Ich habe nichts von einem Teenager gesagt. Wieso denken Sie, dass es ein Teenager ist?«

»Ich denke gar nichts. Zumindest nicht in Bezug auf das Alter eines Kindes, das ich noch nicht einmal kenne.« Quambusch schob einen Kugelschreiber mit dem Zeigefinger über seine Schreibtischunterlage. »Was ich mich aber frage, ist, was Sie denken?«

»Ich denke, dass Sie genau wissen, von welchem Kind hier die Rede ist, Herr Quambusch.« Korbinian stützte sich mit beiden Händen auf der Schreibtischplatte ab und beugte sich zu Rainer Quambusch vor. »Ich denke, dass Sie auch von der Lebensversicherung gewusst haben. Zweihunderttausend Euro sind keine Kleinigkeit. Dafür kann man schon mal ungemütlich werden.«

Rainer Quambusch verzog das Gesicht zu einer Grimasse. »Wovon zur Hölle reden Sie?«

Korbinian richtete sich wieder auf. Kurz streifte ihn der Gedanke, dass er, wenn er unrecht hatte, nicht nur eine falsche Beschuldigung aussprach, sondern auch ohne gerechtfertigten Anlass das Leben einer ganzen Familie verändern würde. Er schloss für einen Moment die Augen, öffnete sie wieder.

»Niklas Quambusch«, sagte er leise.

»Was ist mit meinem Sohn?«

»Er ist der Begünstigte von Sören Schulz' Lebensversicherung.« Korbinian nahm das Foto aus seiner hinteren Hosentasche und legte es vor Quambusch auf den Schreibtisch. »Er ist nämlich sein Sohn. Und wenn man es erst weiß, ist die Ähnlichkeit der beiden nicht mehr zu übersehen.«

Quambusch beugte sich vor, griff nach dem Bild und betrachtete es nachdenklich, bevor er es wieder ablegte. »Ich weiß. Auch ich bin nicht blind.«

»Also habe ich recht.« Korbinian ballte die Fäuste.

Quambusch hob herausfordernd das Kinn. »Womit wollen Sie recht haben? Glauben Sie etwa, ich hätte Sören umgebracht? Weswegen sollte ich das tun?«

»Sie brauchen das Geld.« Korbinian wies auf die abgenutzten Möbel im Raum. »Allzu gut läuft Ihre Kanzlei nicht, oder? Die Aufwandsentschädigungen, die Sie als Ortsvorsteher eines so kleinen Ortes bekommen, machen den Braten sicher auch nicht fett. Da spülen ein paar kleinere Unterschlagungen ein willkommenes Sümmchen in die Kasse. Sie machen doch die Steuer für den Jugendtreff. Wie verlockend. Das Geld wird Ihnen auf dem Silbertablett präsentiert, Sie müssen nur zugreifen. Dummerweise hat Sören Schulz Sie dabei erwischt und zur Rede gestellt, und das fanden Sie gar nicht gut. Es kam zum Streit. Sie haben ihn erschlagen. Oder war das Ganze geplant, und Sie wollten ihn von vornherein umbringen, damit Sie die Lebensversicherung bekommen? So oder so. Praktischerweise kam dann zufällig ich ins Spiel und bot mich als perfekter Sündenbock an. Keine Erinnerung an den Abend, aber blutbefleckte Kleidung.

Besser konnte es doch gar nicht laufen.« Korbinian schlug mit der flachen Hand auf den Tisch, holte tief Luft und setzte sich schließlich doch auf den Besucherstuhl. »Jetzt müssen Sie mir nur noch eines erklären. Wie haben Sie das geschafft?«

»Wie habe ich was geschafft?«

»Mir alles in die Schuhe zu schieben?«

Rainer Quambusch warf den Kugelschreiber auf die Tischplatte. Er schlidderte bis an die Kante, kreiselte um die eigene Achse und drohte hinunterzustürzen, blieb aber schließlich liegen.

»Hören Sie, Herr Löffelholz. Ich verstehe Ihre verzweifelte Lage durchaus. Und auch, dass Sie zu ungewöhnlichen Maßnahmen greifen, um Ihre Haut zu retten. Aber das hier geht zu weit. Sie beschuldigen mich der Unterschlagung und des Mordes.« Quambusch sprang auf. Die kompakte Figur des Bürgermeisters bebte. »Zur Hölle, ich bin Ihr Anwalt. Ich bin auf Ihrer Seite.«

»Sie wussten, dass Niklas der Sohn von Sören Schulz ist? Woher?

»Ich weiß es schon lange, auch wenn meine Frau es mir nie gesagt hat. Doch es gibt Momente und Situationen im Verlauf einer Ehe, da macht man sich so seine Gedanken. Und dann sieht man es auf einmal, auch wenn andere es nicht sehen. Oder es nicht sehen wollen.« Rainer Quambusch atmete zischend aus. »Aber soll ich Ihnen mal etwas sagen, Herr Löffelholz? Es ist egal. Es ist mir egal, es ist den anderen im Dorf egal, und Ihnen sollte es auch egal sein. Niklas ist mein Sohn. Ich habe ihn als Neugeborenes in den Armen gehalten. Ich habe ihn großgezogen, ich liebe ihn, und ich werde ihn immer wie mein eigen Fleisch und Blut behandeln. Er wird einmal ein guter Jurist werden und die Kanzlei übernehmen. Wie sein Vater«, betonte er.

»Sie kennen Niklas nicht einmal richtig. Hören nicht zu, wenn er etwas sagt.«

»Ich wusste nicht, dass Sie jetzt auch noch in Sachen Erziehungsberatung geschult sind, Herr Löffelholz. Nur weil Sie ein paar Liedchen mit den Kindern trällern, sind Sie noch lange keine Supernanny. Selbst wenn, berechtigt es Sie nicht, sich hier so aufzuführen. Ich halte Ihnen Ihre besondere Situation zugute, aber jetzt ist es wirklich genug. Gehen Sie heim und beruhigen Sie sich.«

»Niklas will kein Jurist werden. Er will Musik studieren. Musik ist sein Leben.« Korbinian fühlte sich gerade um Jahrzehnte in der Zeit zurückversetzt. Die Wut und die Enttäuschung über seine eigenen verpassten Chancen gärten in ihm. Über seine Schwäche, als es darum ging, zu seinen Träumen zu stehen. Wie gut wäre es gewesen, wenn sich damals jemand für ihn eingesetzt hätte. »Niklas hat sich bei einem Musikgymnasium in der Stadt beworben und wird im Sommer dorthin wechseln.«

»Flausen. Alles kindische Flausen, die sie ihm im Jugendtreff in den Kopf gesetzt haben. Diese Rike Hansen und der Schulz. Das muss ein Ende haben.«

»Haben Sie ihn deshalb umgebracht?«

»Was?« Quambusch schüttelte beinahe bedauernd den Kopf. »Sie reden dummes Zeug, Herr Löffelholz. Nein. Ich habe ihn nicht umgebracht.« Er lachte bitter. »Ich habe noch nicht einmal daran gedacht, wenngleich ich mehr als nur einen Grund dazu gehabt hätte. Aber wenn es Ihnen hilft, die Sache schneller zu begreifen – ich habe ein Alibi für den Abend, an dem Sören Schulz umgekommen ist. Ich war bei Theo Brässgens und habe mit ihm die Renovierung meines Hauses besprochen.« Quambusch erhob sich, ging einen Schritt um seinen Schreibtisch herum und erstarrte. »Seit wann hörst du zu?« Seine Stimme klang eisig, aber Korbinian hörte die Unsicherheit darin.

Korbinian fuhr herum. Niklas stand, eine Hand auf der Türklinke, in der nur einen Spaltbreit geöffneten Tür. Das Gesicht bleich, der Mund wutverzerrt.

»Lange genug, um zu hören, was du von mir hältst.« Er schob die Tür weiter auf, ohne den Raum zu betreten. »Dass es dir egal ist, was ich mir für meine Zukunft wünsche.« Zorn ließ seine Stimme kippen. »Das sind keine Flausen, das ist das, was ich machen will. Was ich machen werde.« Mit einem Krachen stieß er die Tür gegen die Wand. »Meinst du wirklich, ich hätte Lust, mein Leben hier in diesem Kaff zu verbringen? Ich habe mich an der Schule angemeldet und werde sie auch besuchen. Mama unterstützt mich. Sie versteht mich.«

»Deine Mutter ...«, polterte Quambusch los, aber Niklas sagte an Korbinian gewandt: »Von Ihnen dachte ich das eigentlich auch. Ich habe Ihnen vertraut, und Sie haben nichts Besseres zu tun, als zu meinem Vater zu laufen und ihm das mit der Schule unter die Nase zu reiben. Vielen Dank auch.« Er drehte sich um und rannte davon. Korbinian hörte, wie er die Haustür aufriss. Eisige Winterluft strömte ins Zimmer.

»Sie gehen jetzt besser, Herr Löffelholz.« Quambusch ging in den Flur und wies zur Haustür. »Sie werden verstehen, dass ich Sie unter diesen Umständen nicht länger vertreten kann.«

Kapitel 17

Korbinian fror und schwitzte gleichzeitig. Der kurze Weg zwischen Quambuschs Haus und seiner Bleibe bereitete ihm mehr Mühe als alle anderen Wege, die er in den letzten Tagen gegangen war. Das Tauwetter hatte große Stücke aus den Schneewänden links und rechts des schmalen freien Wegstreifens gebrochen. Mehr als einmal stolperte er und rutschte aus, fiel hin und riss sich die Haut an den Händen an verharschten Eisbrocken auf. Hose und Pulli sogen sich mit Wasser voll und hingen schwer an ihm. Er zitterte, als er schließlich vor Elisabeths Haustür stand und anklopfte. Der Schlüssel, den sie ihm gegeben hatte, steckte in der Innentasche seines Mantels.

Im Inneren rührte sich nichts. Korbinian klopfte lauter und hämmerte, als sich weiterhin nichts tat, mit beiden Fäusten gegen die Tür. Er hustete, und seine Lungenflügel brannten. Er lehnte die Stirn gegen das Türblatt, atmete langsam gegen den Schmerz an, drehte sich mit dem Rücken zur Tür und sank langsam in die Hocke. Seine Zähne schlugen aufeinander. Auf der Suche nach etwas Wärme schlang er die Arme um sich.

In was war er hier hineingeraten? Noch vor vier Tagen hätte er sich die Situation, in der er jetzt steckte, in seinen schlimmsten Alpträumen nicht ausmalen können. Da war er ein angesehener Immobilienmakler gewesen, hatte alles gehabt, was er brauchte, und nichts, was seiner guten Laune Abbruch getan hätte. Erfolg, Geld, Auto, Frauen. Und nun? Auch wenn die ersten SMS seines Chefs eine Rückkehr in den alten Status verhießen, bedeutete das nichts. Die Welt außerhalb von Dünenbeck drehte sich weiter. Schnell und hart und ohne Rücksicht auf die Wetterlage oder sein persönliches Schicksal. Vermutlich hatte Valerie Guddat den Kunden inzwischen mit gebündeltem Charme und unter Einsatz aller ihrer Möglichkeiten wieder auf Spur gebracht und ihn aus dem Rennen geworfen. Damit hätte sich auch das Thema Geld erledigt. Ein kostspieliger Lebensstil erforderte stetigen finanziellen Nachschub. Sein teurer Wagen stand nutzlos in Elisabeths Garage, und über das Thema Frauen wollte er nicht einmal ansatzweise nachdenken. Sein Auftritt eben beim Bürgermeister würde Rike ebenso wenig gnädig stimmen wie die Tatsache, dass Niklas sich von ihm verraten fühlte. Wie viel hatte der Junge mitbekommen? Er hatte kein Wort darüber verloren, dass Rainer Quambusch nicht sein Vater war. Und auch nichts darüber, dass Korbinian den Anwalt verdächtigte, Sören Schulz umgebracht zu haben.

Wieder musste Korbinian husten. Diesmal krampften seine Lungen bis unter die letzten Rippenbögen. Er stöhnte. Eine Lungenentzündung war genau das, was ihm jetzt noch fehlte. Der krönende Abschluss. Erschöpft lehnte er sich zurück und schloss die Augen. Hoffentlich war ihm wenigstens ein schneller Tod vergönnt. Irgendwo hatte er mal gelesen, dass Erfrieren ein gnädiger Tod sei. Die Kälte verwirrte die Sinne so, dass man dachte, es sei heiß, und alle Kleidung von sich warf. Viel wäre das in seinem Fall ja nicht mehr.

»Willst du vor meiner Haustür einen Kältestreik veranstalten?« Elisabeth war unbemerkt an ihn herangetreten. Sie stemmte beide Hände in die Hüften und betrachtete ihn von oben herab. Carreras saß zu ihren Füßen und betrachtete Korbinian aufmerksam. Der Hund sah aus, als grinste er. »Wo ist dein Schlüssel?«

»Im Mantel.«

»Wo ist dein Mantel?«

»Im Jugendtreff.«

»Warum hast du ihn dort gelassen?«

»Lange Geschichte. Ich sterbe.« Korbinian bekam kaum die Zähne auseinander.

»Eher nicht. Du bist noch nicht so weit. Allerdings hast du gute Chancen, wenn du weiter hier sitzen bleibst. Aber glaub ja nicht, dass ich dich dann wegräume. Ich bin eine alte Frau, und du bist mir viel zu schwer. Also steh auf und komm rein, bevor du wirklich noch Schaden nimmst und ich mir den Rücken ruinieren muss.«

»Ich bin krank.«

Elisabeth zog einen Handschuh aus, beugte sich vor und legte ihm prüfend die Finger an die Stirn. »PVC – Pestilentia virorum communis«, befand sie und richtete sich wieder auf.

»Ich sag ja, ich sterbe«, hustete Korbinian.

»Gemeine Männergrippe. Du wirst es überleben.« Sie schloss die Haustür auf, öffnete sie, und Korbinian kippte rücklings ins Haus. Carreras sprang begeistert um ihn herum und leckte sein Gesicht ab. Elisabeth zog ihren Mantel aus und hängte ihn an die Garderobe. »Was ist jetzt? Ich dachte, du wolltest dem Kältetod entkommen? Dann solltest du ganz ins Haus krabbeln und die Tür hinter dir schließen, weil wir nämlich sonst alle erfrieren. Du und ich und der Hund. Das wäre unschön.« Sie zog ihre Mütze vom Kopf, wickelte den Schal ab und legte beides auf die Hutablage. »Komm schon«, forderte sie ihn vehement auf, bevor sie aus ihren Stiefeln stieg.

Korbinian stöhnte. »Es geht mir wirklich nicht gut.«

»Das denke ich mir. Ich habe gerade Rike getroffen. Ich an deiner Stelle hätte auch Probleme mit mir.«

»Was hat sie gesagt?« Mühsam befreite sich Korbinian von dem eskalierenden Hund, rappelte sich hoch und drückte die Haustür zu. Obwohl kalte Luft in den Flur geströmt war, prickelte und biss die Wärme auf seiner Haut wie feine Nadelstiche.

»Möchtest du die Kurz- oder die Langversion?«

»Schnell bitte.« Er musste aus den nassen Kleidern raus.

»Nun, so wie sie es sieht, hast du ihr Ilunga ausgereizt. Was ich verstehen kann.«

»Ihr was?« Korbinian verspürte absolut keine Lust auf Elisabeths seltsame Glücksworte. Irgendwann war mal Schluss mit lustig.

»Die Bereitschaft, ein erstes Mal zu vergeben, auch ein zweites Mal, aber kein drittes Mal. Ilunga. Das ist Tschiluba, eine Bantusprache aus dem südöstlichen Kongo, und –«

»Danke, Elisabeth. Danke. Ich glaube, es –«

»Man könnte auch sagen, du hast ausgeschissen bei ihr. Was

verständlich ist. So benimmt man sich einfach nicht«, unterbrach sie ihn und ging in die Küche. »Man möchte meinen, dich habe jeglicher Verstand verlassen. Halt. Nicht dein Verstand. Den hast du vermutlich noch, um an dich selbst zu denken. Viel mehr gibt er allerdings nicht her.« Er hörte sie herumkramen. »Was dir abhandengekommen ist, ist etwas ganz anderes. Dein Herz und deine Gefühle. Anders lässt es sich wirklich nicht erklären.« Ihr Kopf tauchte in der offenen Küchentür auf. »Möchtest du auch einen Ingwertee?«, fragte sie beiläufig. »Ich mache Zitrone rein, das ist gut gegen deine kleine Erkältung.«

Statt einer Antwort schleppte Korbinian sich die Treppe hinauf, an seinem Zimmer vorbei ins Badezimmer. Noch im Gehen streifte er den Pulli und die Hose ab. In seinen Lungen rasselte es verdächtig. Von wegen Männergrippe. Er war ernsthaft krank. Wie konnte Elisabeth nur Scherze darüber machen? Wie konnte sie nur so hart zu ihm sein? So mitleidlos?

Eine heiße Dusche würde hoffentlich helfen, die Kälte aus seinem Körper zu vertreiben. Der Vorstoß bei Quambusch hatte sich als Reinfall auf ganzer Linie herausgestellt. Dabei war er sich so sicher gewesen. Als hintergangener Ehemann und Kuckucksvater hatte der Anwalt Gründe genug, Sören Schulz zu hassen. Dazu kam seine nicht zu übersehende finanzielle Schieflage. Doch er hatte anscheinend ein Alibi, und auch sein Verhalten hatte nicht darauf hingedeutet, dass er ihm etwas vormachte. Korbinian drehte den Wasserhahn auf und stieg in die Dusche. Das warme Wasser brannte auf seiner Haut, doch er spürte, wie sich die Verspannungen in seinen Muskeln lösten.

Wenn aber nicht Quambusch der Täter war, wer dann? Korbinian schloss die Augen und lehnte die Stirn gegen die kühlen Kacheln. Das Wasser floss in Strömen über seinen Rücken, spülte die Kälte und alles andere ab. Lange stand er so da. Leerte seinen Kopf, verbannte alle Gedanken. Schließlich stieg er aus der Dusche, trocknete sich ab und ging in sein Zimmer.

Elisabeth hatte ihm erneut frische Kleidung bereitgelegt. Er strich über den lilafarbenen Strickpullover und die graue Jogginghose, die beide vor vielen Jahren einmal bessere Zeiten erlebt hatten, und zog sie an. Wenn nicht Quambusch, wer dann? Er musste es sich endlich eingestehen. Alles sprach gegen ihn selbst. Hatte er Quambusch in seinem Rausch unwissentlich einen Gefallen getan? War ihm zuvorgekommen und hatte unwissentlich die Drecksarbeit für ihn erledigt?

»Besser?« Elisabeth stand in der geöffneten Tür und klopfte mit einer Hand symbolisch gegen den Türrahmen. In der anderen hielt sie eine dampfende Teetasse. Korbinian nickte, ging zu ihr und nahm den Becher entgegen.

»Danke.« Er trank einen Schluck, schmeckte Ingwer, Zitrone und Zimt. Elisabeth ging an ihm vorbei und setzte sich auf seine Bettkannte. Sie klopfte mit der Hand auf die Stelle neben sich. Er folgte der Aufforderung und stellte die Tasse vor sich auf dem Boden ab.

Schweigend saßen sie eine Weile nebeneinander.

»Wollten wir nicht reden? Wegen Rike und Niklas?« Korbinian stützte beide Ellbogen auf die Knie und legte sein Gesicht in die Hände. »Auch wenn ich sicher bin, dass du bereits alles weißt, was ich dazu sagen könnte.«

Elisabeth erwiderte nichts.

»Dass es keine Glanzleistung von mir war?«

Elisabeth legte ihre Hand auf seinen Rücken. Korbinian presste die Handballen auf seine Augen.

»Ich habe auf ganzer Linie versagt. Damit meine ich nicht nur das mit Rike. Es hat schon vorher angefangen. Vielleicht ist es ja genau das, was ich verdient habe. Du hast absolut recht. Dieser ganze Mist ist passiert, weil ich ständig nur an mich gedacht habe. Meinen Erfolg, mein Geld, meinen Spaß. Egal wie es den anderen dabei geht. Hauptsache, ich bekomme das größte Stück vom Kuchen.«

Er rieb sich die Augen, richtete sich wieder auf. »Ich bin zu Quambusch gegangen und habe ihn mit meiner Theorie konfrontiert, dass seine Frau ihm ein Kuckuckskind untergeschoben hat. Ohne Rücksicht auf die Folgen. Diese Nachricht kann seine ganze Familie zerstören. Einzig, um meinen Arsch zu retten.« Er griff nach der Tasse, trank aber nicht, sondern drehte sie zwischen den Fingern hin und her. »Niklas hat mir vertraut. Doch ich posaune seine Geheimnisse heraus, kaum dass sich die Gelegenheit dazu ergibt.« Er trank einen Schluck. »Wieder habe ich nur an mich gedacht. Wie wütend und wie traurig ich als Junge war, als mein Traum platzte, weil mir niemand geholfen hat.«

Elisabeth schob ihre Hand auf seine Schulter, stützte sich ab und stand auf. Wortlos ging sie aus dem Raum. Korbinian hörte, wie sie eine andere Tür auf der Etage öffnete, das Zimmer betrat und eine knarzende Schublade aufzog.

Recht hatte sie, sich ebenfalls von ihm abzuwenden. Auch ihr gegenüber hatte er sich keinen Deut besser verhalten. Noch nicht einmal ihren allerkleinsten Weihnachtsmarkt hatte er mit ihr fertig gebaut. Dabei standen alle Bücher, die sie verschenken wollte, in Kartons bereit. Genau wie die bunten Zettel mit den Glücksworten, die Elisabeth mit der Hand geschrieben und sorgfältig zusammengefaltet hatte.

Korbinian stand auf und trat ans Fenster. Einsamkeit umhüllte ihn.

»Ich vertraue dir«, sagte Elisabeth leise. Korbinian drehte sich zu ihr um. Sie stand wieder auf der Schwelle, doch diesmal hielt sie statt der dampfenden Teetasse einen abgenutzten braunen Lederkoffer in der Hand.

In Korbinian wurden Kindheitserinnerungen wach. So einen Koffer hatte er von seiner Großmutter geschenkt bekommen, als er das erste Mal mit ihr verreist war. Es passten gerade mal Sachen für zwei Tage hinein. Sein Stofftier musste daheimbleiben, weil er Angst hatte, es auf der Zugfahrt zu verlieren. Nach der Reise hatte er sich sehr erwachsen gefühlt.

Elisabeth kam auf ihn zu, streckte ihm den Koffer entgegen. Sie war sehr blass, auf ihrer Stirn stand Schweiß. »Nimm das.« Ihr Atem kam stoßweise, als ob sie gerannt wäre.

Korbinian runzelte die Stirn. »Geht es dir nicht gut, Elisabeth?« Er ging zu ihr, nahm ihr den Koffer ab und stellte ihn auf den Boden neben dem Bett.

»Alles okay.« Sie presste ihre flache Hand gegen ihre Brust.

»Mir ist nur etwas schwindelig.« Sie lächelte. »Es geht gleich wieder.«

»So siehst du aber ganz und gar nicht aus.« Korbinian fasste ihren Arm und stützte sie. »Setz dich bitte hin.«

»Darin«, Elisabeth zeigte auf den Koffer, »ist Geld. Mein Erspartes. Ich möchte, dass du es gewinnbringend für mich anlegst.«

»Aber ich bin kein –«

»Kein Aber, Korbinian Löffelholz. Dir wird schon was einfallen.« Sie rang wieder nach Luft. »Ich vertraue dir. Du wirst mich nicht enttäuschen.«

Korbinian stand vor ihr und beobachtete sie. Was er sah, gefiel ihm ganz und gar nicht. Die Lippen der alten Dame schimmerten bläulich, ihr Atmen kam immer stakkatoartiger.

»Wir reden später darüber. Natürlich kümmere ich mich für dich darum.« Er beugte sich zu ihr.

Elisabeth sah ihn an. Sie hob ihre Hand, legte sie auf seine Wange und strich sanft darüber. Dann schloss sie die Augen. Langsam sackte sie zur Seite weg. Korbinian packte ihre Schulter, hielt sie fest, rüttelte sie.

»Elisabeth?« Carreras kam, bellte laut und leckte unruhig über Elisabeths schlaffe Hand. Keine Reaktion. Korbinian umfasste ihr Kinn, hob es hoch, klopfte leicht darauf. »Elisabeth!«

Behutsam legte er sie auf das Bett, hastete zum Fenster, riss es auf. Kalte Luft strömte ins Zimmer. Sauerstoff. Elisabeths Brustkorb zitterte. Eine Sekunde lang stand Korbinian starr vor Schreck. Elisabeth benötigte dringend einen Arzt. Er griff nach seinem Handy, warf es nach einem kurzen Blick auf die Empfangsbalken wütend in die Ecke. Erneut beugte er sich über sie. Elisabeths Haut schimmerte transparent, die Lippen blau. Hilflos sah er sie an, verfluchte jede Ausrede, die er in den letzten Jahren gefunden hatte, um seine Kenntnisse über Erste Hilfe nicht wieder auffrischen zu müssen. Er wusste nicht, was zu tun war. Er konnte nichts tun. Außer Hilfe holen.

Korbinian eilte aus dem Zimmer. Carreras folgte ihm, lief dann aber wieder zu Elisabeth zurück. Korbinian hustete, und seine Bronchien protestierten, aber er achtete nicht darauf. Das

Festnetz. Er wählte die Notrufnummer, lauschte, hörte aber nur das Rauschen der toten Leitung.

»Verdammt!« Er knallte das Telefon auf den Tisch. Elisabeth brauchte professionelle Hilfe. Sehr schnell. Jetzt.

Er stolperte zur Tür, riss im Laufen einen Mantel vom Haken und sprang in die Stiefel. Wen konnte er fragen? Was sollte er tun? Einen Arzt gab es in dem winzigen Dorf nicht, das wusste er aus dem Essay zur Villa. Fieberhaft überlegte er. Etwas regte sich in seiner Erinnerung. Was hatte Rike gesagt? Klaus und Dörte Hagenbeck. Er Briefträger und der Mann für den Strom, und sie, Dörte, die semiprofessionelle Bäckerin, arbeitete im Hauptberuf als Krankenschwester.

Korbinian rannte los. Er achtete nicht auf den Weg, rutschte zweimal aus, ratschte sich die Haut an scharfen Eiskanten auf. Vor der Haustür der Hagenbecks hielt er sich keuchend am Briefkasten fest, während er mit der freien Hand abwechselnd gegen die Haustür hämmerte und Sturm klingelte.

Klaus Hagenbeck öffnete die Tür.

»Ist Ihre Frau da?«, spuckte Korbinian ihm entgegen, noch bevor Hagenbeck etwas sagen konnte. »Sie muss mitkommen. Schnell. Elisabeth ist kollabiert.«

Korbinian wusste nicht, wie viel Zeit vergangen war, als sie schließlich wieder vor Elisabeths Haus ankamen. Für sein Empfinden hatte es eine Ewigkeit gedauert, bis Dörte Hagenbeck sich etwas übergeworfen hatte und in ihre Stiefel gestiegen war. Den Rückweg über hatte er ihr zu erklären versucht, was passiert war, wie Elisabeths Symptome waren.

Die Tür stand offen, im Haus herrschte Stille.

»Elisabeth?« Korbinian stürmte die Treppe hinauf, die wenigen Schritte durch den Flur und in sein Zimmer. »Elisabeth!«

Sie lag auf seinem Bett, wie er sie zurückgelassen hatte. Carreras zusammengerollt an ihrer Seite, seinen Kopf auf ihrem Bauch. Der Hund schaute zu Korbinian auf. Elisabeth von Petersen atmete nicht mehr. Elisabeth von Petersen war tot.

Kapitel 18

Rike war gekommen, hatte sich mit Dörte Hagenbeck um Elisabeth gekümmert und war wieder fortgegangen. Sie hatten nicht miteinander gesprochen. Schweigen. Stille. Umarmungen zur Begrüßung und zum Abschied. Kurz. Wie Fremde, die einander Beileid bezeugten, ohne an die Gefühle des anderen rühren zu wollen. Rike hatte geweint. Korbinian konnte es nicht.

Elisabeths Leichnam ruhte aufgebahrt in ihrem Zimmer, in ihrem Bett. Sie hatten das Fenster geöffnet und die eisige Luft hineingelassen. Niemand wollte daran denken, was zu tun war, falls sie noch viel länger von der Außenwelt abgeschottet wären.

Korbinian musste Carreras von der Schlafzimmertür wegziehen. Der Hund kratzte und jaulte, sprang immer wieder an die Klinke, wollte zu Elisabeth, die ihm in den letzten Tagen ein neues Zuhause gegeben hatte.

In der Küche lag die Ingwerknolle auf der Spüle, das Messer auf dem Schneidebrett, eine ausgepresste Zitronenhälfte daneben. Korbinian räumte alles weg, warf die Schalen in den Müll, packte den Ingwer zurück in die offene Dose und stellte ihn in den Kühlschrank. Er fütterte den Hund, ging mit ihm hinaus, ließ ihn ohne Leine laufen. Carreras wich nicht von seiner Seite, gehorchte aufs Wort, gab keinen Laut von sich. Sein warmer Hundeatem dampfte kleine Wolken in die Kälte. Die Temperatur näherte sich wieder den zweistelligen Minusgraden.

Elisabeth hatte nicht nur Carreras auf ihre ganz eigene Art ein neues Zuhause gegeben. Unspektakulär. Selbstverständlich. Ohne viel Aufhebens hatte sie auch ihm, Korbinian, zur Seite gestanden. Sie hatte der Polizei nichts von der blutbefleckten Kleidung erzählt. Hatte ihn geschützt und bewahrt. Vor dem in ihren Augen allzu schnellen Zugriff der Polizei und, wie ihm immer mehr klar wurde, vor sich selbst. Er erinnerte sich an die allerersten Worte, die sie an ihn gerichtet hatte, als er bei seiner Ankunft im Ort die Villa nicht fand. »Sie haben ja komplett die

Orientierung verloren und wissen nicht, wo es langgeht. Ich werde Ihnen helfen.« Sie hatte Wort gehalten.

Er erreichte den Ortsrand, drehte um und ging zurück. Vor dem Haus blieb er stehen. Carreras rührte sich nicht von seiner Seite, schaute zu ihm hoch und winselte leise. Korbinian ging an der Garage vorbei bis zu dem an die Seite des Hauses angrenzenden kleinen Hof, in dem, der Straße zugewandt, die einzige Bude des kleinsten Weihnachtsmarktes stand. Das Dach über den Querbalken fehlte nach wie vor. Er hatte versprochen, ihr zu helfen, und sie immer wieder vertröstet.

Korbinian ging in den Schuppen und sah sich um. An der Wand lehnten einige Bretter und eine Rolle Dachpappe neben dem Werkzeugkoffer und einer Leiter. Er trug alles nach draußen, stellte die Leiter auf und stopfte sich eine Hand voll Nägel in die Hosentasche. Carreras ließ sich unter einem Vorsprung nieder und beobachtete ihn.

Es dauerte, bis er alle Bretter festgenagelt, die Dachpappe zugeschnitten und das Dach damit verkleidet hatte. Die Kälte machte seine Finger steif und brannte auf seiner Haut. Er spürte den Schmerz und hieß ihn willkommen. Als der Stand fertig war, trug Korbinian den Werkzeugkoffer und die Leiter zurück in die Scheune und schloss beim Hinausgehen leise die Tür.

Im Haus schnitt er sich in der immer dunkler werdenden Küche eine Scheibe Brot ab, strich Butter darauf, belegte sie mit Käse und rührte das Brot nicht an, bis die Ecken des Käses sich aufzurollen begannen. Dann warf er es Carreras hin, der es mit einem Happs verschlang.

In der Teekanne schwappte ein kalter Rest Ingwertee. Korbinian schüttete ihn in eine Tasse, die er von der Spüle nahm, und trank ihn aus. Er schmeckte scharf. Am Küchentisch blieb er sitzen, die Arme auf der Tischplatte ausgestreckt, den Blick verloren in die Dämmerung richtend. Elisabeth von Petersen war tot. Das Haus so still. Er fühlte nichts. Leer. Stumpf. Keine Tränen. Seine Schotten hielten dicht, und seine Selbstbeherrschung stand. Wie schon so oft in seinem Leben. Haltung. Keine Schwäche. Selbstbeherrschung bis ins tiefste Innere. Aber diesmal wollte er etwas fühlen. Wollte alles zulassen. Auch den Schatten. Mit einem wütenden Schrei wischte er mit den Armen alles vom Tisch. Die Tasse zersprang klirrend, die Blumenvase kippte um, Zeitungen segelten zu Boden. Ein Notizbuch glitt aus dem Stapel. Korbinian bückte sich, hob es auf. Jede Bewegung schmerzte. Er erhob sich langsam, schaltete das Licht ein und schloss geblendet die Augen.

Elisabeths Notizbuch glänzte im Schein der Lampe in strahlendem Sonnengelb. Korbinian blieb neben dem Küchentisch stehen, streckte einen Finger nach dem Buch aus und öffnete es behutsam. Elisabeths sorgfältige Handschrift bedeckte die Seiten. Hier sammelte sie ihre Glücksworte.

Auf der letzten Seite stand nur ein Eintrag.

Morkkis. Aus dem Finnischen. Ein moralischer oder psychologischer Kater, die nachträgliche Verlegenheit oder Scham über betrunkenes Verhalten oder die Befürchtung und Verwirrung darüber, was jemand in betrunkenem Zustand getan hat.

Korbinian las es zwei Mal. Beim dritten Lesen weinte er.

Kapitel 19

Du liegst entspannt und schwer.

Es würde auch dieses Mal nicht klappen.

Du fühlst deinen Körper intensiv und ganz bewusst.

Warum sollte es? Er war einfach nicht der Typ dafür.

Du fühlst dich ruhig. Deine Muskeln sind gelöst und schwer.

Aber er wollte es versuchen. Mit mehr Ernst bei der Sache sein. Elisabeth zu Ehren.

Du lässt los.

Seine Schulterblätter schmerzten.

Lass dich fallen.

Bis wohin reichten seine Erinnerungen? Er war gegangen. Zu einem Haus. Seine Hand auf einer Klinke.

Du atmest ruhig und gleichmäßig.

Da war Licht hinter einem der Fenster der Villa gewesen. Die Villa. Er war zu der Villa gegangen. Um was zu tun?

Du bist schwer und entspannt.

Er hatte noch einmal mit Sören Schulz reden wollen. Von Mann zu Mann. Ganz vernünftig.

Dein Gesicht ist locker und gelöst, dein Unterkiefer entspannt.

Er musste das doch einsehen. Das Haus gehörte nun mal nicht ihm.

Lass los. Lass dich fallen.

Seine Hand auf der Klinke.

Deine Bauchdecke hebt und senkt sich mit jedem Atemzug.

Seine Hand auf der Klinke.

Du atmest tief und langsam.

Seine Hand auf der Klinke. Licht hinter dem Fenster. Laute Stimmen.

Dein Körper lässt mit jedem Atemzug mehr los.

Stimmen. Er konnte sie hören. Worüber sprachen sie?

Du bist ruhig und ent…

Harsches Quietschen schrillte in sein Ohr. Korbinian riss die Augen auf. Aus einem Reflex heraus drückte er die Stopptaste von Elisabeths altem Kassettenrekorder. Das Quietschen verstummte. Er richtete sich benommen auf, versuchte, seinen letzten Gedanken zu fassen. Stimmen. Da waren Stimmen gewesen, und er hatte gehört, worüber sie geredet hatten. Korbinian hatte das Gefühl, ganz kurz vor dem Ziel von einer dicken Glaswand gestoppt zu werden. Er wusste, dahinter ging es weiter, konnte den Weg sehen, aber der durchscheinende Wall hielt ihn ab. Er drückte eine andere Taste, öffnete den Rekorder und nahm die Kassette heraus. Ein langer Streifen Tonband wickelte sich aus der Kassette. Bandsalat. Er beute sich über den Rekorder, versuchte, den Knoten behutsam aus der Tonspur zu lösen, ohne Erfolg. Er zog fester daran. Das Band gab ein Stück nach, dann riss es ab. Korbinian fluchte. Diese Kassette war hin. »Traumreise«, stand in Elisabeths schwungvoller Handschrift darauf. Er stand auf und warf sie in den Mülleimer.

Mit hängenden Schultern und Armen verharrte er im Halbdunkel seines Zimmers. Die Beschwörungen hatten Wirkung gezeigt. Er war einen Schritt vorangekommen. Einen sehr kleinen Schritt. Stimmen. Da waren Stimmen gewesen. Nicht nur eine, sondern mehrere. Zwei. Drei? Also musste jemand bei Sören Schulz gewesen sein. Korbinian starrte in die Dunkelheit, suchte nach weiteren Erinnerungsfetzen. Aber wie schon so oft spürte er nur die Leere in seinen Gedanken.

Er ging zur Tür, öffnete sie. Der Hausflur lag ebenfalls in stiller Dunkelheit. Niemand hatte die Lichter angeschaltet. Niemand wuselte im Erdgeschoss herum. Das Haus blieb stumm. Nach einer Weile hörte er, wie Carreras sich im Erdgeschoss ächzend von seiner Decke erhob und mit kratzenden Krallen zum Treppenabsatz ging. Korbinian stand in der geöffneten Tür seines Zimmers. Hinter einer anderen Tür lag Elisabeth bei geöffnetem Fenster auf ihrem Bett. Korbinian verharrte unschlüssig. Er hatte vorher noch nie einen toten Menschen gesehen. Er fürchtete sich. Eine völlig irrationale Angst, das war ihm durchaus bewusst, aber er konnte sie nicht leugnen. Dieses enge Gefühl in der Brust. Die Beklommenheit. Er schloss kurz die Augen, gab sich einen Ruck und ging zu Elisabeths Zimmer. Ein kalter Luftzug wehte unter der Tür hindurch. Er schob sie auf und trat ein.

Durch das geöffnete Fenster tanzten Schneeflocken ins Zimmer. Sie schwebten in der Luft, reflektierten das spärliche Licht des Mondes und sanken zu Boden. Auf der Fensterbank lag eine Schneeschicht; je weiter entfernt vom Fenster, desto dünner wurde sie. Elisabeths Gesicht berührten die Flocken nur kurz. Eine flüchtige Decke aus kristallenem Weiß, dann schmolzen sie. Etwas Wärme musste wohl noch in ihr sein. Korbinian wusste nicht, wie schnell ein Leichnam auskühlte, und er wollte auch nicht darüber nachdenken. Vielleicht war es ihre Warmherzigkeit, die über den Tod hinausstrahlte.

Elisabeths Gesicht wirkte schmaler, noch zarter als im Leben. Ihr Lächeln schwebte wie eine Ahnung über ihren Zügen. Korbinian sah Falten um ihren Mund und ihre Augen, die er vorher nicht wahrgenommen hatte. Ihr Kopf lag zur Seite geneigt. Ihre Hände ruhten auf der leichten Decke, die die Frauen über ihrem Körper ausgebreitet hatten. Korbinian ging die wenigen Schritte zum Bett. Er streckte seine Hand in Richtung ihrer Hände aus, hielt inne und zog sie wieder zurück.

Er kannte diese Frau erst seit vier Tagen. Hatte er überhaupt das Recht auf so einen intimen Moment mit ihr? Durfte er sie so sehen? Er spürte, wie Tränen in seinen Augen brannten. Er blieb still, wischte die Tränen nicht fort, die über seine Wangen liefen. Ein seltsames Gefühl. Ungewohnt, fremd. Und doch vollkommen richtig.

»Ich bin noch gar nicht dazu gekommen, mich bei dir zu bedanken«, sagte er laut in die kalte Stille hinein und verstummte. Ihre Stimme hallte in seinen Gedanken nach. Er sah sie vor sich, wie sie ihn musterte und so etwas sagte wie: »Na, dann hast du ja gerade noch die Kurve bekommen. Das hier ist jetzt die wirklich allerletzte Gelegenheit dazu.« Er grinste schwach, obwohl es ihm die Kehle zuschnürte.

»Du hast recht. Also danke.«
»Wofür eigentlich?«
»Wofür was?«
»Wofür das Danke?«
»Du hast mich bei dir aufgenommen, mir geholfen und zu mir gehalten. Dafür.«
»Das war doch selbstverständlich.«
»Nicht für jeden.«
»Der Hund brauchte sehr dringend Hilfe. Ich musste mich um ihn kümmern. Du warst nur das Anhängsel.«
»Du hast an mich geglaubt.«
»Stimmt. Das habe ich. In dir steckt ein guter Mensch. Auch wenn du bisher erfolgreich daran gearbeitet hast, das zu verbergen. Beides wirst du jetzt selbst übernehmen müssen.«
»Beides?«
»Carreras und dich selbst. Schaffst du das?«
»Ich werde es versuchen.«
»Versprich es mir.«
»Ja.«
Korbinian trat zum Kopfende des Bettes, beugte sich zu Elisabeth hinunter und gab ihr einen Kuss auf die Stirn.
»Ich verspreche es.« Er drehte sich um und ging zur Tür.
»Warte«, tönte Elisabeths Stimme in seinem Kopf. »Was hast du als Nächstes vor?«
»Ich gehe jetzt den Weg noch einmal ab. So, wie ich ihn an dem Abend gegangen bin«, sagte er, ohne sich umzuwenden. »Aber ich hätte da noch eine Bitte.«
»Ja?«
»Könntest du bitte aufhören, in meinem Kopf mit mir zu sprechen? Die Situation ist eh schon schwierig genug, da muss ich nicht auch noch mit einer Toten reden.«
»Ach was, ich hatte es schon immer im Gefühl, dass man diese Sache mit dem Tod und dem Leben nicht ganz so ernst nehmen sollte.«
»Elisabeth!«, sagte er energisch und wartete auf eine Antwort. Aber es kam keine. Korbinian verließ das Zimmer, ging

zur Garderobe und zog sich an. Carreras trottete schwanzwedelnd auf ihn zu.

Er griff nach der improvisierten Leine. Den ersten Teil des Versprechens konnte er sofort einlösen.

»Komm, mein Junge. Hilf mir, endlich an mich selbst zu glauben.«

Es gab zwei Unterschiede zu dem Abend zwei Tage zuvor: Carreras lag auf seinen Füßen, und er hatte definitiv nicht vor, sich heillos zu betrinken. Ansonsten war alles gleich. Zu Korbinians großem Erstaunen hatte die Pizzeria trotz der späten Stunde noch geöffnet gehabt. Wobei »geöffnet« der falsche Ausdruck war. Der Eingang zum Gastraum war ganz nach Dünenbecker Tradition nicht verschlossen gewesen. Das Licht hatte gebrannt, aber alle Stühle hingen umgedreht auf den Tischen. Der Wirt stand hinter der Theke und zählte die Einnahmen des Tages, wobei sein zufriedenes Gesicht darauf schließen ließ, dass die Dünenbecker umso mehr Essen liefern ließen, je länger ihre Abgeschiedenheit dauerte.

»Kommen Sie rein, kommen Sie rein«, rief er Korbinian zu und wedelte einladend mit beiden Händen.

»Sie haben doch sicher Sperrstunde. Ich möchte nicht stören.« Korbinian drehte sich auf den Stufen zur Eingangstür um und wollte die Tür schließen.

»Ach was. So etwas wie Sperrstunde gibt es bei uns nicht. Die Menschen sind immer hungrig, und ich bin Koch.« Der Wirt kam hinter der Theke hervor, schritt durch den Gastraum zur Eingangstür und hielt sie schwungvoll auf. »Mein Haus ist dein Haus, wie der Italiener sagt.« Er lachte. »Oder wie ich es sage: Mein Essen ist dein Essen.«

Er beugte sich zu Carreras hinunter. »Für dich finden wir auch noch einen Knochen.« Er richtete sich wieder auf und sah Korbinian um Zustimmung heischend an.

Eigentlich hatte Korbinian nicht vorgehabt, etwas zu essen, weil es ihm nicht richtig erschien, sich im Angesicht des Todes den Bauch vollzuschlagen. Doch der Duft nach Rosmarin, Oregano und Thymian, der im Gastraum hing, hatte seinen Magen zum Knurren gebracht.

Fünfzehn Minuten später saß er auf demselben Stuhl, an demselben Tisch, und der Wirt hatte ihm das gleiche Essen und den gleichen Wein aufgetischt. Vorsichtig nippte Korbinian daran, während Carreras glücklich einen Knochen zerlegte, der gut zur Hüfte eines Dinosauriers gepasst hätte. Korbinians Erinnerung an die Qualität der Kochkünste des Wirtes hatte ihn nicht getäuscht. Es schmeckte hervorragend. Trotzdem winkte er ab, als der Wirt ihm ein zweites Glas Wein einschenken wollte.

»Erinnern Sie sich an mich?«, fragte er den Wirt, als dieser das anstelle des Alkohols bestellte Glas Wasser vor ihm abstellte.

»Was für eine Frage.« Der Wirt hob beide Hände zu einer den Gastraum umfassenden Geste. »Sie haben Seltenheitswert. Die meisten meiner Gäste rufen hier an, bestellen und kommen die Sachen dann abholen. Nur im Sommer ist mein Geschäft voll. Da kommen die Touristen mit den Fahrrädern und machen bei mir Mittag im Biergarten.« Er straffte Rücken und Schultern. »Meine Pizzeria steht als Geheimtipp in einigen Reiseführern. ›Morbider Charme und hervorragendes Essen‹, schreiben sie da über mich und mein Restaurant. Das ist auch der Grund, warum ich das Schild draußen über der Tür nicht repariere.« Er grinste und strich sich links und rechts über einen nicht vorhandenen Schnurrbart. »Die Hütte ist dann immer voll. Aber im Winter?« Er zuckte mit den Schultern. »Da freue ich mich über jeden Gast, der hier einkehrt.« Er hielt noch einmal fragend die Weinflasche hoch, aber Korbinian wehrte entschlossen ab. »Ich denke, das beantwortet Ihre Frage.«

»Wissen Sie noch, was ich getan habe?«

Der Wirt presste die Lippen fest zusammen. Er nahm sich einen der Stühle, setzte sich neben Korbinian und wischte beiläufig mit einem Geschirrtuch über eine Ecke des Tisches.

»Die Polizei war hier und hat mich das Gleiche gefragt. Stecken Sie in Schwierigkeiten? Wegen Sören?«

»Die einen sagen so, die anderen so.« Korbinian schnaubte verdrossen.

»Vladimir Kovaćević«, sagte der Wirt und reichte Korbinian die Hand. »Istrien, bevor Sie fragen. Aber meine Großmutter war Sizilianerin. Deswegen liegt mir die italienische Küche mehr am Herzen.« Er griff nach einem der Weingläser, die in der Mitte des Tisches mit der Öffnung nach unten auf dem Tisch standen, und goss sich einen Schluck Rotwein ein.

»Was haben Sie denn den Polizisten erzählt?«

»Nur das Nötigste. Mit einer sizilianischen Nonna lieben Sie Ihr Busiati cu l'agghia pistata deutlich mehr als die Polizei.«

»Das heißt?« Korbinian trank einen Schluck Wasser und wartete schweigend, bis Kovaćević weitersprach.

»Sie waren hier, haben gegessen und getrunken. Dann sind Sie wieder gegangen.«

»Und was haben Sie der Polizei nicht gesagt?«

»Dass Sie wesentlich mehr getrunken als gegessen haben. Und dass Sie vor sich hin geschimpft haben.«

»Was habe ich denn gesagt?«

»Es waren eine Menge Namen im Spiel. Einen Siebelsbacher bezeichneten Sie als aalglatt, einen Hubertus als senil und eine Valeria oder Valentina als blondes Gift.«

»Valerie«, korrigierte Korbinian automatisch. »Aber blondes Gift stimmt.« Er stocherte mit der Gabel in den letzten Resten seiner Mahlzeit herum. »Habe ich Sören Schulz auch erwähnt?«

»Ja.« Kovaćević trank sein Glas mit wenigen Schlucken aus. »Haben Sie.« Er stand auf, ging hinter die Theke und griff nach einer Flasche goldig schimmernden Grappas. Mit einer Hand fischte er zwei kleine bauchige Gläser aus dem Regal und füllte sie zur Hälfte. Langsam kam er zum Tisch zurück, die Gläser an den Stielen zwischen den Fingern einer Hand haltend, während er sich mit der anderen, in der er die Flasche hielt, am Kopf kratzte. »Wenn ich das der Polizei gesagt hätte, hätten die Sie sofort mitgenommen.« Er hielt Korbinian eins der Gläser entgegen und nickte kurz. »Trinken Sie.«

Korbinian gab sich geschlagen. So oder so würde er den Schnaps gleich vermutlich brauchen können. Er nahm das Glas und leerte es in einem Zug.

»Sie haben so etwas gesagt wie, niemand solle es wagen, sich Ihnen in den Weg zu stellen. Sie würden sich von nichts und niemandem mehr aufhalten lassen«, sagte Kovaćević, trank sein Glas ebenfalls aus und fuhr dann fort: »›Dafür gehe ich auch über Leichen!‹ war ihr Schlusswort, bevor Sie mit dem Kopf auf dem Tisch eingeschlafen sind.«

»Das habe ich gesagt?« Korbinian starrte ihn fassungslos an.

Kovaćević nickte.

»Und Sie sagen so etwas nicht der Polizei?«

Kovaćević schüttelte den Kopf.

»Warum nicht? Sie kennen mich doch gar nicht?«

»Weil ich schon sehr lange Wirt bin. Sie waren betrunken. Sehr betrunken. Und da redet man eine Menge Unsinn, an den man sich am nächsten Tag nicht mehr erinnern kann.« Er klopfte mit den Fingern auf die Tischplatte. »Man sollte immer erst mit dem Betroffenen reden, bevor man Dinge, die die Sache verkomplizieren, den falschen Leuten erzählt.«

»So etwas Ähnliches hat Elisabeth auch gesagt«, erinnerte sich Korbinian.

»Ja. Das passt zu ihr. Wie geht es der alten Lady?«

»Sie ist tot«, sagte Korbinian leise und spürte, wie ihm wieder die Kehle eng wurde. »Sie ist heute Nachmittag gestorben.«

Kovaćević griff nach dem Grappa, füllte die Gläser und hob seines, ohne zu trinken. Seine Stimme klang belegt, als er sprach. »Was ist passiert?«

»Ich weiß es nicht genau. Dörte Hagenbeck meinte, es sei ihr Herz gewesen.«

Kovaćević senkte den Kopf. »Als ich vor Jahren nach Dünenbeck kam, war sie es, die sich als Erste um mich gekümmert hat. Die mir geholfen hat, hier Fuß zu fassen, obwohl das nicht so leicht war. Es hat sie nicht gekümmert, was andere dachten. Sie war wunderbar. Total verrückt, aber wunderbar.« Er schaute Korbinian in die Augen. »Auf Elisabeth.«

Drei Grappas und diverse Rotweinschlucke später gab es nur noch einen Unterschied zu Korbinians erstem Abend in der Pizzeria: Carreras Anwesenheit. Ansonsten näherte sich sein Zustand bedrohlich dem an, was er eigentlich zu vermeiden versucht hatte. Volltrunkenheit.

Korbinian versuchte, einen klaren Gedanken zu fassen. Er war hierhergekommen, um sich zu erinnern, wie der Abend vor zwei Tagen abgelaufen war.

»Bring mir bitte einen extrastarken Espresso«, bat er Kovaćević, der seinerseits einige Mühe hatte, den Weg zur Theke in gerader Linie zu absolvieren, es aber schließlich schaffte, zurückkehrte und einen heißen Wachmacher vor ihm abstellte. Korbinian trank ihn in einem Zug aus und stand auf. Er bedankte sich bei Kovaćević und versprach wiederzukommen. Es dauerte eine Weile, bis er Carreras davon überzeugen konnte, sich von dem Dinosaurierknochen zu trennen, aber schließlich standen beide wieder auf der Straße. Korbinian wandte sich in Richtung der Villa, langsam ging er durch den Schnee, in dem die Dorfbewohner breite Trampelpfade hinterlassen hatten. Die kalte Winterluft tat ihm gut. Allem Anschein nach hatte sein Alkoholpegel doch nicht die vorgestrige Höhe erreicht. Sehr gut. Er ging die Einfahrt zur Villa hinauf. Das Gebäude lag im Dunkeln. Alle Fenster waren schwarz. Nur in der Einfahrt verteilte eine niedrige Stele gelbliches Licht.

Korbinian ging bis zur Tür, Carreras folgte ihm. Die Klinke blinkte schwach im Schein der Stele. Bis hierhin erinnerte er sich. Korbinian legte seine Hand auf die Klinke. Schloss die Augen. Die Stimmen. Laute Stimmen. Sie hatten aufgeregt geklungen. Ein Streit? Wie viele waren es gewesen? Zwei? Drei? Wirres Summen tönte in seinem Kopf, und er wusste nicht, ob es seiner Erinnerung entsprang oder dem Rotwein und den Grappas des heutigen Tages zu verdanken war. Seine Hand lag still auf der Klinke. Was, wenn der Hausmeister die Tür verschlossen hatte? Es wäre ihm nach den Ereignissen der letzten Tage nicht zu verübeln. Ganz im Gegenteil. Korbinian drückte die Klinke nach unten. Die Tür gab nach. Sie war offen. Thorsten Baumgartner glaubte also weiterhin an das Gute im Menschen. Oder er hatte es schlicht vergessen.

Korbinian betrat den Hausflur. Auch hier war alles dunkel.

An seinem ersten Abend war der Flur erleuchtet gewesen, da war er sich mit einem Mal sicher. Was noch? Denk nach, Korbinian, denk nach! Carreras blieb neben ihm stehen, setzte sich. Er spürte den warmen Hundekörper an seinem Bein. Schloss die Augen. Die Stimmen. Behutsam näherte er sich der Tür zu Sören Schulz' Büro. Die Stimmen wurden lauter. Er lauschte. Es waren zwei. Die eines Mannes. Ein sonorer Bass. Sören Schulz. Er klang aufgeregt. Immer noch verstand Korbinian nicht, was er sagte. Die Antwort kam definitiv von einer Frau. Schnell und präzise. Zornig. Tief und etwas rauchig. Korbinian riss die Augen auf und starrte in die Dunkelheit.

Er kannte diese Stimme.

Kapitel 20

»Du bist ein arabischer Hirte, kein Gefolgsmann des römischen Kaisers, Ben. Also leg dir das Tuch um die Schultern wie einen Umhang und knote es nicht über der Schulter zusammen.«

Korbinian hörte Rikes Stimme durch die geschlossene Tür zum Probenraum. Laut und klar. Tief und etwas rauchig. Die wenigen Stunden Schlaf hatten die Sache nicht besser gemacht. Auch wenn es ihm nicht gefiel. Es war eindeutig Rikes markante Stimme gewesen, an die er sich erinnerte. Konnte das wirklich sein? War sie bei Sören Schulz gewesen, kurz bevor er starb? *Als* er starb? Hatte sie ihn die ganze Zeit nur in Sicherheit gewiegt? Ihm etwas vorgemacht, um sich selbst zu schützen?

Sie hatte die gefälschten Belege in der Buchhaltung entdeckt. Wie wahrscheinlich war das? Oder hatte sie die Unterschlagungen nicht entlarvt, sondern selbst begangen? Es wäre ein Leichtes, die ganze Sache nun dem toten Sören in die Schuhe zu schieben. Rike war es auch gewesen, die ihm geraten hatte, herauszufinden, wer der Begünstigte der Lebensversicherung war. Weil sie es schon gewusst hatte? Weil das ihre Version der Umstände untermauern würde? Woher war der unerwartete Sinneswandel gekommen, nachdem sie ihn zuerst vehement als unerwünschten Eindringling abgelehnt hatte? War der Deal, den Elisabeth ihnen beiden vorgeschlagen hatte, für sie etwa nicht mehr gewesen als eine Möglichkeit, ihn zu überwachen? Die sie spontan ergriffen hatte, um Kontrolle über seine Schritte zu haben? Um ihn in eine Richtung zu lenken, die jeden Verdacht von ihr abwälzen würde? Und hatte sie nicht selbst gesagt, sie hätte viel mehr Gründe, Sören Schulz umzubringen, als er?

Mehr als einmal hatte sie ihm versichert, sie glaube nicht, dass er der Mörder sei. Womöglich stützte sich ihre felsenfeste Überzeugung aber nicht auf ihr Vertrauen in ihn, sondern auf ihr unumstößliches Wissen um den wahren Täter. Weil sie selbst es gewesen war?

Korbinian schnappte nach Luft. Hatten seine Zweifel, seine Hilflosigkeit und, ja, auch seine Angst, ihn so blind werden lassen, dass Rike sich ihm als Strohhalm präsentieren konnte, nach dem er blind gegriffen hatte?

»Oh, hi!« Merle verharrte in der halb geöffneten Tür und musterte ihn von oben bis unten. »Du siehst ja scheiße aus. Alles klar bei dir? Rike hat gar nichts davon gesagt, dass du heute kommst.« Sie stieß die Tür ganz auf, kam auf Korbinian zu und bückte sich hinab, um Carreras ausgiebig zu kraulen.

»Sie weiß nicht, dass ich hier bin, und ich fände es auch gut, wenn sie das nicht …«

»Rike«, brüllte Merle laut über ihre Schulter hinweg. »Wir haben Unterstützung. Korbinian ist wieder aufgelaufen.«

Das Stimmengewirr im Probenraum wurde leiser. Korbinian hörte sich nähernde Schritte. Er packte Carreras am Halsband, machte kehrt und ging in Richtung Ausgang. Der Hund sträubte sich, stemmte alle vier Pfoten auf den Boden.

»Ist das deine übliche Art, schwierigen Situationen aus dem Weg zu gehen? Weglaufen?«

Korbinian blieb stehen. Sofort löste sich Carreras aus seinem Griff und rannte schwanzwedelnd an Rike vorbei zu Merle zurück.

»Ich laufe nicht weg.«

»Nach Kommen sieht das aber auch nicht gerade aus.«

»Es ist egal, wie es aussieht.« Korbinian wandte sich ihr zu. Rike lehnte in der gleichen Haltung im Türrahmen wie gestern bei ihrem morgendlichen Gespräch. Nur trug sie jetzt keinen Bademantel und keinen Handtuchturban, sondern Jeans und einen Schlabberpulli. Hinter ihr presste sich Karin Baumgartner an die Wand und spähte um die Ecke. Sie starrte Korbinian mit weit aufgerissenen Augen an.

»Er ist von ganz oben zu uns gekommen«, flüsterte sie heiser. »Von ganz oben. Mit dem Lastenaufzug. Ich habe es gesehen. Er ist ein Geschenk für uns alle.« Sie packte Rikes Oberarm fest mit beiden Händen. »Verstehst du, Rike?« Sie lehnte ihre Stirn an Rikes Schulter.

Merle seufzte genervt und verdrehte die Augen in Richtung Karin Baumgartner.

»Lass sie, Merle.« Rike löste behutsam die Umklammerung, strich der Schwester des Hausmeisters über die Wange und lächelte. »Keine Sorge, Karin. Alles ist gut.« Sie führte sie zu einem Stuhl, sorgte dafür, dass sie sich setzte, und kehrte dann zu Korbinian zurück. Ihr milder Gesichtsausdruck verschwand im gleichen Maß, wie ihre Augenbraue nach oben wanderte.

Korbinian winkte ab. »Ich musste hier die Richtigkeit einer Erinnerung überprüfen. Das habe ich getan. Jetzt kann ich gehen.«

»Wolltest du nachschauen, ob das, was wir hier aufführen, wirklich so eine Provinzposse ist?«

»Hat er das gesagt?« Merle blickte ihn mit großen Augen an. »Findest du es so doof, was wir hier machen?« Ihre Mundwinkel sanken nach unten. »Ich dachte, es gefällt dir.« Sie blinzelte kurz. Korbinian sah ihr die Enttäuschung an. Dann schüttelte sie den Kopf und rannte in den Probenraum.

»Diese Bemerkung tut mir leid. Ich habe es nicht so gemeint und wollte die Kinder bestimmt nicht verletzen.« Korbinian senkte den Kopf. »Ich müsste mich auch bei dir dafür entschuldigen.«

»Aber?«

»Aber was?«

»Du sagtest, du müsstest dich dafür entschuldigen, tust es aber nicht. Es würde vielleicht Dinge zwischen uns klären.«

»Es gibt Wichtigeres zwischen uns beiden zu klären, Rike.« Korbinian beobachtete ihre Reaktion. Sie betrachtete ihn aufmerksam, schien auf weitere Erklärungen zu warten.

»Ich kann mich jetzt an mehr erinnern.«

»Das ist gut.«

»Ich kann mich erinnern, hier hereingekommen zu sein.« Er zeigte auf die Eingangstür und dann auf den Weg, den er an dem Abend gegangen war und an den er sich gestern Nacht erinnert hatte. »Als ich vor Sören Schulz' Bürotür stand, habe ich Stimmen gehört. Die eines Mannes und die einer Frau.«

Er erwiderte Rikes intensiven Blick, konnte aber nicht erkennen, ob seine Worte sie nervös machten. Entweder war sie eiskalt, oder sie war unschuldig, und seine Erinnerungen gaukelten ihm etwas vor. Elisabeth hatte Rike keine Sekunde lang misstraut. Korbinian war hin- und hergerissen zwischen seinem Wunsch, Elisabeths Urteil absolut vertrauen zu können, und den Fakten, wie sie sich ihm darstellten. Gleich würde er es wissen.

»Hast du sie erkannt?«

Er nickte. »Der Mann war Sören Schulz.«

»Und die Frau?«

»Es war deine Stimme.« Korbinian presste die Kiefer aufeinander.

»Meine Stimme?«, fragte Rike mit einer Überraschung im Tonfall, die ihm so echt erschien, dass er versucht war, alles zurückzunehmen und auf seine Einbildung zu schieben. »Konntest du verstehen, was ich gesagt habe?«

»Nein.«

»Aber du bist dir sicher?« Sie stieß sich vom Türrahmen ab und kam langsam auf ihn zu. Dicht vor ihm blieb sie stehen, neigte den Kopf und strich sich eine ihrer roten Strähnen hinter das Ohr. »Was schließt du denn daraus, Korbinian?«

»Ich habe darüber nachgedacht. Unter diesem Aspekt betrachtet, macht vieles vom dem, was passiert ist, Sinn.«

»Sinn in welcher Hinsicht?«

»Dein Verhalten mir gegenüber. Welchen anderen Grund solltest du haben, dich so intensiv mit mir abzugeben, als von dir als Täterin abzulenken?«

Rike sog scharf die Luft ein. Sie wich von ihm zurück, öffnete den Mund, als wollte sie etwas sagen, und schloss ihn wieder. Hinter ihr sah Korbinian die Jugendlichen stehen, mit erschrockenen, blassen Gesichtern.

»Unser Deal, die Unterschlagungen, die Lebensversicherung. Das wirkt auf einmal alles sehr schlüssig.« Korbinian straffte die Schultern. Er musste sich konzentrieren.

»Du traust mir zu, einen Menschen zu töten?«, fragte Rike.

Er zögerte.

»Du kannst anscheinend wirklich niemandem vertrauen, Korbinian. Das ist dein Problem. Du hast Angst, dich auf jemanden einzulassen, die Kontrolle zu verlieren, verletzt zu werden.«

»Was hat das mit Sören Schulz' Tod zu tun?«

»Nichts.« Rike lächelte schmal. »Und alles.« Sie drehte sich kurz zu den Jugendlichen um, und Korbinian hatte den Eindruck, dass sie überlegte, ob sie sie in den Probenraum zurückschicken und das Gespräch unter vier Augen fortführen sollte. Sie entschied sich offenbar dagegen. »Ich habe dir geholfen, weil ich dir nicht zutraue, einen Menschen umgebracht zu haben. Weil ich das Gute in dir sehe, genau wie Elisabeth es getan hat. Wenn du jetzt vor mir stehst und mich verdächtigst, etwas mit Sörens Tod zu tun zu haben, offenbarst du mir deine Art, zu denken. Welche Hinterlist du für möglich hältst. Welchen Betrug, welchen Vertrauensbruch. Das geht nur, wenn man solche Sachen schon einmal selbst erlebt hat. Wenn man sich nicht mehr vorstellen kann, von irgendjemandem um seiner selbst willen geliebt zu werden.«

Rike streckte ihre Hand aus und strich über seinen Arm. »Ich wollte mit dir zusammen sein, weil ich dich mag, Korbinian. Aber dich zu lieben ist wohl die schlechteste Art, dir nahe zu sein.« Sie ließ die Hand sinken, drehte sich um und ging zu den Jugendlichen zurück. Bevor sie die Tür schloss, drehte sie sich noch einmal zu ihm um. »Du hast recht. Wahrscheinlich war es wirklich meine Stimme, die du an dem Abend gehört hast. Aber ich war nicht dort.«

»Wie kann dann …?«

»Der Anrufbeantworter. Ich hatte Sören etwas aufs Band gesprochen. Die Polizei weiß das. Vermutlich hat er ihn gerade abgehört, als du dazukamst. Ich hatte nicht mehr daran gedacht, weil es für mich aus der Welt war. Aber du hättest mich nach einer Erklärung fragen können, bevor du mich verurteilst.« Rike hob das Kinn. »Gleich kommen ein paar Eltern, um sich die Probe anzusehen. Ich muss weitermachen.« Sie nickte knapp und drückte die Tür ins Schloss.

Carreras ging langsam darauf zu, blieb davor stehen und schaute zu Korbinian.

»Nein«, sagte Korbinian. »Komm. Wir gehen.«

Carreras setzte sich vor die Tür.

»Es ist wirklich besser, wenn wir gehen.« Der Anrufbeantworter. So einfach. Aber konnte das stimmen? Laut Rike wusste die Polizei davon. Der Inhalt hatte also keine Bedeutung. Korbinian hatte nicht verstanden, was gesprochen worden war, nur Rikes Stimme erkannt und seine Schlüsse daraus gezogen. Aber irgendetwas störte ihn immer noch. Ein vages Gefühl, ein Umriss hinter Nebelschwaden.

Carreras legte sich mit einem tiefen Seufzer hin, rollte sich auf die Seite und schloss die Augen.

»Was wird das?« Eine Art Platzstreik? Ein Hunde-Sit-in?« Korbinian fluchte leise, ging zu Carreras und bückte sich, um das Halsband zu greifen und den Hund zum Mitkommen zu animieren. Aus dem Inneren des Probenraums drangen gedämpft die Stimmen der Jugendlichen durch die geschlossene Tür.

»Was ist, wenn er es doch war? Wenn er ein Mörder ist?« Fynn.

»Rike, wenn er dir was will, dann helfen wir dir alle.« Ben.

»Wir hätten ihm gar nicht erst trauen dürfen.« Lara.

»Mein Reden.« Wieder Ben.

»Immerhin ist er hier, um uns unsere Villa zu stehlen. Das dürfen wir nicht vergessen.« Wieder Fynn, diesmal mit einem drohenden Unterton.

»Ich fand ihn eigentlich ganz cool. Er hat mir echt was beigebracht.« Merle sprach leiser als die anderen. Trotzdem konnte Korbinian sie gut verstehen. Sie musste ganz in Nähe der Tür stehen. »Wenn er bei allem hier nur so getan hat, ist das ganz schön krass.«

»Nur weil er mich zu Unrecht verdächtigt hat, bedeutet das nicht automatisch, dass er der Täter ist«, hörte Korbinian Rike ruhig sagen. Sie hatte sich wirklich unter Kontrolle. »Überlegt doch mal, was ihr in seiner Situation machen würdet.«

»Ich würde alles tun, um mich aus der Sache rauszuhauen.« Korbinian sah Ben förmlich vor sich, wie er die Fäuste ballte.

»Aber es ist voll assi, wenn du es warst und dann jemand anderen dafür büßen lassen willst«, warf Paula so leise ein, dass Korbinian Mühe hatte, sie zu verstehen.

»Im Grunde tut er mir leid.« Amelie sprach ebenfalls leise, aber sehr deutlich. »Denkt doch mal nach. Er kommt hierher und kennt nur die Art, wie die Leute in seiner Firma und in der Stadt miteinander umgehen. Ich glaube, er hat noch nicht einmal richtige Freunde. Also solche, die zu ihm halten, egal was er für einen Mist baut. Er hat jedenfalls nie von jemandem erzählt. Ich glaube, er ist ganz fürchterlich allein. Er weiß vielleicht gar nicht, wie man ein Freund ist.«

Korbinian schloss die Augen. Was Amelie da hinter der verschlossenen Tür über ihn sagte, traf ihn tief in seinem Innersten. »Er weiß gar nicht, wie man ein Freund ist. Er ist ganz fürchterlich allein.« Ja. Er war allein. Ganz fürchterlich. Bisher war ihm das nie aufgefallen, im Gegenteil, er hatte es als Freiheit empfunden, sich nach nichts und niemandem richten zu müssen. Keine Rücksichtnahme, keine Einschränkungen seiner Wünsche und Bedürfnisse. Wenn jeder an sich selbst dachte, war für jeden gesorgt. Diesen Uraltspruch hätte er sich als Gedenkspruch auf eine Holzscheibe brennen und über seine Wohnungstür hängen können. Natürlich nur metaphorisch gesprochen. So ein Kitsch käme ihm niemals ins Haus. Aber genau so hatte er die letzten Jahrzehnte gelebt, mit dem Ergebnis, jetzt hier zu stehen. Draußen vor der Tür. Genauso metaphorisch. Genauso wahr. Genauso schmerzhaft. Allein. Furchtbar. Allein.

Carreras winselte und drückte sich an seine Beine. Korbinian beugte sich zu ihm hinunter, streichelte den Kopf des Hundes. Eine Träne tropfte von innen auf sein Brillenglas. Seine Sicht verschwamm. Er kniete sich neben das Tier und wühlte sein Gesicht in das weiche Fell. Carreras leckte ihm über die Wange, drehte den Kopf zur Tür und bellte auffordernd.

Korbinian blinzelte und stand auf. Er nahm die Brille ab, wischte über seine Augen und legte eine Hand auf die Klinke.

Er wollte nicht mehr allein sein. Und er wollte lernen, wie man ein guter Freund sein konnte.

Rike und die Jugendlichen saßen um den Tisch herum, auf dem sich das übliche Chaos türmte, zu dem sich jetzt noch Stoffe, Hüte und vollständige Kostüme gesellt hatten. Als er eintrat, verstummten alle und sahen ihn an. Eine Weile passierte nichts. Dann gab sich Korbinian einen Ruck und ging zum Tisch. Er nahm sich einen der letzten freien Stühle und setzte sich.

»Ich«, begann er, stockte und stotterte heftig. Das hier war schwieriger als eine Präsentation vor dem Vorstand eines börsennotierten Unternehmens. »Also.« Er hustete rau. Merle schob ihm ein Glas Wasser hin und nickte auffordernd, ohne etwas zu sagen. »Ich muss, nein, ich will mich bei euch entschuldigen. Bei dir entschuldigen, Rike.« Er griff nach dem Wasserglas, trank und stellte es langsam wieder ab. »Eben, als ich da draußen vor dem Probenraum stand, habe ich gehört, was ihr über mich gesagt habt.«

»Ja, ja, der Lauscher an der …«, ließ Ben feixend vernehmen, wurde aber von Merle und Amelie niedergezischt.

»Lass ihn reden!«

Korbinian lachte leise. »Es stimmt ja, was Ben sagt. Ich habe meine eigene Schande gehört. Aber die Schande ist schlicht die Wahrheit. Die traurige Wahrheit. Ich habe keine Freunde. Jedenfalls nicht da, wo ich wohne. Nirgendwo. Und das Schlimmste an der Sache ist, dass ich das gut fand. Bis ich hierhergeschickt wurde. Jetzt weiß ich, was es bedeutet, einen Freund zu haben. Weil ihr, Rike und vor allem Elisabeth mir gezeigt habt, was das heißt. Aber das reichte allem Anschein nach nicht. Ich habe es gründlich verbockt. Wie es aussieht, kann ich das nicht, das mit der Freundschaft. Womöglich habe ich es verlernt. Oder ich konnte es nie.« Korbinian stand auf und schob den Stuhl unter den Tisch. »Wie dem auch sei. Ich danke euch, dass ihr mir zugehört habt. Das ihr es mir gezeigt habt.« Er ging zur Tür, drehte sich noch einmal um und lächelte Rike und die Jugendlichen an, bevor er den Raum verließ.

Im Hausflur blieb er stehen. Eines wusste er nun. Er würde diesen Auftrag nicht ausführen, egal welche Konsequenzen das für ihn nach sich ziehen würde. Er konnte nicht dazu beitragen, dass diesen Kindern ein so wichtiger Teil ihres Lebens einfach weggenommen wurde.

»Warte.« Rikes Stimme.

Korbinian blieb stehen. Er fühlte ihre Hand in seiner. Sie zog ihn zurück in den Probenraum und an den Tisch.

»Setz dich.«

Korbinian blieb unschlüssig stehen. Merle grinste ihn an, Ben verschränkte die Arme vor der Brust. Die anderen erwiderten seinen Blick mit freundlicher Neugierde. Nur Niklas hatte den Kopf abgewandt. Er starrte aus dem Fenster, zeigte keine Regung. Da gab es noch etwas zu klären. Korbinian ging um den Tisch herum zu dem Jungen. »Ich war ein Dummkopf«, sagte er und streckte Niklas seine Hand entgegen.

»Nein.« Niklas wandte ihm das Gesicht zu und starrte ihn wütend an. »Du warst kein Dummkopf. Du warst ein Arschloch. Hast du eine Ahnung, was danach bei uns los war?«

Korbinian ließ seine Hand sinken. Hatte der Junge letztlich doch noch erfahren, dass Schulz sein Vater war?

»Mein Vater ist komplett ausgerastet wegen dem Musikinternat. Meine Eltern reden seitdem nicht mehr miteinander. Nur noch Hölle bei uns zu Hause.«

Korbinian nickte. Für Niklas war Quambusch immer noch sein Vater, und er hatte nicht das Recht, sich in diese Sache einzumischen.

»Wenn ich dir damit helfen kann, rede ich noch mal mit deinem Vater«, bot Korbinian an, doch Niklas schüttelte den Kopf. »Meinst du denn, du kannst es aushalten, wenn ich hierbleibe?«

Niklas musterte ihn abschätzig von oben bis unten. Er löste die verkrampften Arme und legte seine Hände auf die Knie. »Du bist ein Arschloch, aber du hast Ahnung von Musik. Ich kann etwas lernen von dir.« Er machte eine Pause und ergänzte: »Bis ich jemand Besseres finde.«

»Ich werde mir Mühe geben«, versprach Korbinian und suchte Rikes Blick. Die nickte.

»Gut. Dann haben wir das fürs Erste geklärt und können hier weitermachen«, sagte sie und griff nach einer der Stoffbahnen auf dem Tisch. Sie knüllte sie zusammen und warf sie in Bens Richtung. »Hirte. Nicht Caligula! Denk dran, Ben.«

Eine Stunde später saßen eine Reihe Mütter und Väter gelöst auf den hinteren Stuhlreihen und machten einen zufriedenen Eindruck. Ob sie stolz auf die Leistung ihrer Sprösslinge oder einfach nur froh waren, der durch den Schnee erzwungenen Untätigkeit zu entkommen, konnte Korbinian nicht beurteilen.

Die Jugendlichen hatten alle Szenen bis auf die große Kussszene einmal durchgespielt. Von Merles und Niklas' ursprünglicher Scheu war nichts mehr zu bemerken. Sie sangen hervorragend, und jedes ihrer Gefühle schien so echt zu sein, dass Korbinian sich zwischendurch fragte, ob sie sie überhaupt noch spielten. Er schloss die Augen, lauschte auf die beiden Stimmen, genoss die Musik. Er spürte die Harmonie, den Frieden und die Zuneigung zwischen den beiden, ohne hinsehen zu müssen.

Rikes Stimme auf dem Anrufbeantworter. Sie hatte nicht aggressiv geklungen. Eher aufgeregt, engagiert. Als wollte sie Sören Schulz von etwas begeistern, ihn überzeugen. Und es passte nicht zu der Körpersprache der Frau, die er neben ihm hatte stehen sehen.

Korbinian riss die Augen auf, setzte sich aufrecht hin. Er hatte in der Nacht eine Frau in dem Zimmer gesehen. Er hatte die Tür des Büros geöffnet und Schulz sowie eine weitere Person erblickt. Eine Frau. Aber nicht Rike. Er sprang auf.

Der Gesang auf der Bühne und die Musik brachen ab. Das Schlagzeug echote einige Schläge hinterher.

»Nicht gut?« Merle sprach als Erste.

»Was?« Korbinian schaute verwirrt.

»Waren wir nicht gut genug für deine hohen Ansprüche?«

»Doch. Ihr seid klasse. Mir ist etwas eingefallen.« Er schob den Stuhl zur Seite und rannte aus dem Probenraum, über den

Flur bis zu Sören Schulz' Büro. Vor der immer noch versiegelten Tür blieb er stehen, legte die Hand auf die Klinke und verharrte.

Er hörte Schritte hinter sich. Rike war ihm gefolgt.

»Da war eine Frau. Deine Stimme. Aber eine andere Frau. Größer. Andere Haare. Andere Figur.«

»Kennst du sie?«

»Nein.« Er schwieg, biss sich auf die Lippen. »Doch. Ich habe sie schon mal gesehen. Nur wo?« Er versuchte, sich zu konzentrieren.«

»Hier im Ort?«

»Nein.« In Gedanken ging er die Menschen durch, mit denen er Kontakt gehabt hatte. Elisabeth, die Polizisten, Quambusch, Klaus und Dörte Hagenbeck, Hanswerner Mülders. Keine Frau dabei, die seiner Erinnerung entsprach. Und doch. Irgendwo hatte er sie gesehen.

Die Haustür wurde geöffnet. Eine mit Mütze und Schal vermummte Gestalt betrat den Hausflur. »Bin ich zu spät? Ich habe komplett die Zeit vergessen.«

Die Gestalt wickelte den Schal ab und zog die Mütze vom Kopf. Korbinian starrte sie an.

»Sie sind …« Er verstummte. »Sie habe ich an dem Abend in Sören Schulz' Büro gesehen.«

Kapitel 21

»Sabine?«

»Hallo, Rike. Bin ich zu spät?« Die Frau schüttelte ihre Haare, die sie unter der Mütze zusammengefasst hatte, knöpfte hastig ihren Mantel auf und nickte Korbinian mit einem freundlichen Lächeln zu. »Entschuldigen Sie bitte, ich habe nicht verstanden, was Sie gerade zu mir gesagt haben.« Sie hob zur Erklärung die Mütze hoch.

Korbinian betrachtete sie. Jetzt wusste er, woher er die Frau, an die er sich erinnerte, kannte. Er hatte sie auf einem Foto gesehen. Schon da war ihm ihre markante Erscheinung aufgefallen. Ihre dunklen Haare, das strahlende, breite Lächeln. Das Foto hatte auf Rainer Quambuschs Schreibtisch gestandene. Eines dieser typischen Familienbilder. Aufgenommen an einem sonnigen Tag bei übermütiger Laune, die Stimmung professionell eingefangen. Die Frau auf dem Foto war Sabine Quambusch. Niklas' Mutter. Die Wahrscheinlichkeit, dass ihn seine Erinnerung nicht trog, war hoch. Sabine Quambusch hatte allen Grund gehabt, mit Sören Schulz zu sprechen. Und es gab sicher auch mehr als einen Grund, weswegen sie sich mit ihm hätte streiten können. Aber hatte sie auch einen Grund gehabt, ihn umzubringen?

»Ich erinnere mich an Sie. Sie waren an dem Abend, als Sören Schulz zu Tode kam, bei ihm im Büro«, sagte Korbinian ruhig.

Das freundliche Lächeln der Frau erstarb. »Bitte?«

»Meine Erinnerungen kehren zurück. Ich bin durch die Haustür rein, den Flur entlang und dann zu dieser Tür.« Korbinian zeigte auf Schulz' Bürotür. »Ich hörte Stimmen und habe die Tür geöffnet. Da standen Sie mit Sören Schulz und haben sich gestritten.«

Rike trat auf Sabine Quambusch zu und legte ihr einen Arm um die Schulter. »Sabine, wir wissen, dass Niklas nicht Rainers, sondern Sörens Sohn ist.« Sie machte eine kurze Pause, bevor sie weitersprach. »Hast du etwas mit Sörens Tod zu tun?«

Sabine Quambusch presste die Lippen aufeinander, vermied den Blickkontakt. Unvermittelt fokussierte sie etwas hinter Korbinian. Ihre Augen wurden groß. Sie streckte die Hand aus. »Niklas«, murmelte sie und ging an Korbinian vorbei auf ihren Sohn zu.

Korbinian drehte sich um und erkannte, dass der Junge diesmal alles mitbekommen hatte. Und dass diese Tatsache wirklich neu für ihn war. Niklas' Gesicht war aschfahl. Seine Mutter wollte ihn in den Arm nehmen, aber er schüttelte ihre Berührung ab.

»Lass mich dir erklären …«, begann sie leise.

»Was gibt es da zu erklären?«, schrie Niklas, und seine Stimme überschlug sich. Korbinian spürte die Wut in den Worten des Jungen, den Zorn und auch die Hilflosigkeit. »Sören war mein Vater? Echt jetzt? Klasse, dass ich das auch mal erfahre. Wann wolltet ihr mir das denn sagen? Wenn ich erwachsen bin?«

»Niklas, wir wollten nicht …«, setzte Sabine Quambusch an, aber ihr Sohn unterbrach sie brüsk.

»Ihr wolltet mir das gar nicht sagen?« Er lachte übertrieben. »Klar, warum solltet ihr auch? Es ist ja nur mein Leben. Da muss ich ja nicht so genau Bescheid wissen. Da macht es auch nichts, dass Pap…«, er korrigierte sich, »dass Rainer mich davon abhalten will, das zu werden, was ist werden will.«

»Dein Vater will nur das Beste für dich, Niklas.« Sabine Quambusch versuchte erneut, ihren Sohn in die Arme zu nehmen, aber der wehrte sich und stieß sie weg. Er schlug sich mit der geballten Faust an die Schläfe. »Wie bescheuert war ich denn? Ich dachte, dass Sören mir so viel hilft, weil ich wirklich Talent habe. Dabei war das gar nicht so. Der musste das ja machen, weil ich sein Sohn bin.« Niklas kicherte wild und schaute zu Rike hinüber. »Du wusstest bestimmt Bescheid, richtig? Alle wissen Bescheid, nur ich nicht. Ich bin der Blöde, den man schön dumm hält. Der kleine Junge, dem man nichts sagen kann. Der nichts wissen darf. Dem man was vormacht, damit er brav bleibt.« Er stöhnte auf. »Aber das ist jetzt vorbei. Ein für alle Mal vorbei. Sobald dieser Scheißschnee geschmolzen ist, bin ich weg.«

»Niklas, jetzt hör mir zu.« Sabine Quambusch klang laut und streng. Korbinian hörte ihr Ringen um Beherrschung. »Du wirst nirgendwohin gehen, solange dein Vater und ich es dir nicht erlauben.«

»Mein Vater ist tot. Schon vergessen?«, schrie Niklas. Wieder ballte er die Fäuste. »Und du hast mir nichts mehr zu sagen. Du hast mich belogen. Dein Mann hat mich belogen.« Er versteifte sich. »Und dann regt er sich auf, wenn ich ihm etwas verheimliche.«

»Papa hat nicht –«

»Nenn ihn nicht Papa. Denn das ist er nicht. Das müsstest du doch am allerbesten wissen.« Niklas warf sich herum, rannte zur Haustür, riss sie auf und knallte sie im Hinauslaufen hinter sich zu.

Die drei Erwachsenen starrten ihm hinterher. Es dauerte einen Moment, bis Sabine Quambusch die Fassung wiedererlangte. Wütend ging sie auf Korbinian los. »Wie kommen Sie dazu, meinen Sohn so durcheinanderzubringen?«

»Das war nicht meine Absicht, und es tut mir leid für Niklas. Aber«, Korbinian atmete tief ein und wieder aus, »darum geht es jetzt nicht. Es gibt Wichtigeres.«

»Wichtiger? Was kann es Wichtigeres geben als meinen Sohn?«, fauchte Sabine Quambusch.«

»Mord.« Korbinian sagte es sehr leise, und das Wort hallte in der Stille, die daraufhin eintrat, nach. »Ich erinnere mich daran, Sie kurz vor seinem Tod in Schulz' Büro gesehen zu haben. Das macht Sie verdächtig, ihn umgebracht zu haben. Da rückt Niklas vorerst an die zweite Stelle.«

»Nein. Das tut er nicht. Es geht sehr wohl um ihn.« Sabine Quambusch verlor alle Energie. Sie schwankte und stützte sich an der Wand ab. »Darum ging es immer zwischen Sören und mir.«

»Und weil Sie sich wegen des Jungen gestritten haben, haben Sie Sören umgebracht.«

»Was? Nein!« Sabine Quambusch sah ihn entsetzt an. »Sie waren doch viel zu betrunken, um eine vernünftige Aussage zustande zu bringen, geschweige denn irgendwas von dem zu erkennen, was Sie auf einmal gesehen haben wollen.«

»Seine Erinnerungen kommen langsam wieder. Und sie stimmen bisher alle«, mischte Rike sich in das Gespräch ein.

»Woher wissen Sie, dass ich betrunken war?«

»Das ist doch allgemein bekannt.«

»Allgemein bekannt? Das wäre mir neu. Es gibt genau vier Menschen außer mir, die das wissen. Elisabeth und Rike haben mit Sicherheit nichts erzählt, und bei Vladimir gehe ich ebenfalls davon aus. Er ist keiner, der unnötig Sachen ausplaudert. Bleibt Ihr Mann. Mein Anwalt. Besser gesagt, mein Ex-Anwalt. Aber wenn ich mich recht erinnere, gilt die Schweigepflicht auch über ein Mandat hinaus. Und egal wie ich zu Ihrem Mann stehe, ich denke, er hält sich an die Regeln seines Standes. Zumindest, was das angeht.« Korbinian machte eine kurze Pause und betrachtete die schweigende Sabine Quambusch. »Also noch mal. Woher wissen Sie, dass ich so betrunken war an diesem Abend?«

Sabine Quambusch knetete die Wollmütze zwischen ihren Fingern. »Weil ich Sie da hab liegen sehen.«

»Sie haben mich liegen sehen?«

»Rede ich so unverständlich?« Sie stopfte die Mütze wütend in eine ihrer Manteltaschen, drängte sich an Korbinian vorbei in den Flur hinein und zeigte auf eine Stelle auf dem Boden gegenüber der Bürotür. »Hier haben Sie gelegen. Stockbetrunken und vor sich hin schnarchend. Ich bin sogar noch zu ihnen hin, um zu schauen, ob ich Ihnen helfen kann. Ich habe Sie angesprochen und geschüttelt. Aber Sie haben kein Stück reagiert. Komplett weggeschossen.«

»Und Sie haben mich einfach da liegen lassen?«

»Ja. Warum denn nicht? Ich kannte Sie nicht, sie hatten ein Dach über dem Kopf, und hier drin war es warm genug, um nicht Gefahr zu laufen, zu erfrieren. Wenn ich Sie mühsam geweckt und Sie dann an der Backe gehabt hätte, wären meine Schwierigkeiten nur noch größer geworden, als sie ohnehin schon waren.«

»Korbinian hatte also recht. Du warst wirklich hier bei Sören, Sabine?«

Sabine Quambusch nickte.

»Was wollten Sie von ihm?«

»Das, was ich immer wollte, wenn ich mich mit ihm getroffen habe.«

»Hatten Sie beide noch eine Affäre?«

»Was?« Sabine Quambusch lachte laut auf. »Eine Affäre? Nein. Ganz sicher nicht. Das war lange vorbei. Genau genommen mit dem Tag, als Niklas auf die Welt kam.« Sie überlegte einen Moment. »Nein, das stimmt nicht. Es war schon vorher vorbei. Noch während der Schwangerschaft.«

»Wieso?«

»Weil er das Kind nicht wollte. Weil er nicht dazu stehen wollte, dass er der Vater war.«

»Sie waren zu dem Zeitpunkt verheiratet?«

»Ja.«

»Aber dann gab es doch einen Vater für das Kind.«

»Auf dem Papier ja.«

»Aber du wolltest etwas anderes?«, fragte Rike.

»Ich wollte hier weg. Mir fiel die Decke auf den Kopf.« Sie ballte ihre Fäuste in der gleichen Weise, wie ihr Sohn es vor wenigen Minuten getan hatte. »Ich hätte Rainer sofort verlassen und wäre mit Sören und unserem Baby fortgegangen.«

»Aber er wollte das nicht?«

Sabine Quambusch schüttelte den Kopf. Sie hob beide Hände und ließ sie wieder fallen. »Da war dann eben Rainer der Vater.«

»Aber Sie haben nie mit ihm darüber gesprochen.«

»Er wusste es auch so.« Sie lächelte müde. »Irgendwann muss man gar nicht mehr darüber sprechen. Es war irgendwie klar.«

»Ihr Mann hat mir gesagt, er würde sich als Niklas' Vater betrachten, weil er ihn großgezogen hat und ihn liebt.«

»In seiner Interpretation stimmt das sicher auch.«

»Sehen Sie das anders?«

»Allerdings. Rainer liebt nicht den Jungen. Er liebt das kleine Mini-Me, das er glaubt, erschaffen zu haben. Vielleicht hat er versucht, als Ausgleich für den Mangel an biologischer Verwandtschaft die größtmögliche Ähnlichkeit auf anderen Gebieten herzustellen. In den Interessen, im Verhalten, in den Werten. In den Vorstellungen von der Zukunft.« Sie schaute aus dem Fenster. »Ich weiß nicht, ob es einen Unterschied gemacht hätte, wenn wir noch ein eigenes Kind bekommen hätten. Manchmal denke ich das. Aber vielleicht ist Rainer einfach so. Er kann nicht bedingungslos lieben. Weder den Jungen noch mich.« Sie lächelte traurig. »Ich wollte ihn verlassen, sobald Niklas aus dem Haus ist. Um dem Jungen den Vater nicht zu nehmen.« Sie schaute zur Haustür, durch die ihr Sohn vor wenigen Augenblicken verschwunden war. »Das hat sich ja jetzt erledigt. Dank Ihnen. Sollte ich Ihnen danken?«

»Ihr Mann hat mir gesagt, wie sehr er den Jungen liebt und sich um seine Zukunft sorgt.«

»Ja. Um die Zukunft, die er für ihn vorgesehen hat. Aber Niklas macht da nicht mit. Er findet die Juristerei fürchterlich langweilig. Was für ihn zählt, ist die Musik. Nichts anderes. Das ist schon so, seit er ein kleiner Junge war.«

»Er hat großes Talent«, murmelte Korbinian.

»Musik ist nichts, was in der Lebenswelt eines Rainer Quambusch vorkommt. Er hat keinen Sinn dafür. Dabei will Niklas auf das Musikinternat. Unbedingt.«

»Aber Ihr Mann will nicht dafür aufkommen«, stellte Korbinian fest. Das passte jedenfalls in das Bild, das er sich von dem Rechtsanwalt hatte machen können. Zuneigung zu festen Bedingungen.

»Wo denken Sie hin? Natürlich nicht. Der Sohn des Bürgermeisters so ein Musikheini? Derartige Flausen, wie er es nennt, würde er niemals unterstützen.« Sie sah zu Boden. »Zumal wir finanziell nicht so gut dastehen, wie es vielleicht nach außen hin wirkt.«

»Und da sind Sie auf die Idee gekommen, Sören Schulz um Geld für Niklas' Ausbildung anzugehen. Immerhin war er sein Sohn. Und vermutlich hat er Ihnen all die Jahre vorher nichts bezahlt.«

»Nein, das hat er nicht. Wie hätte ich das Geld denn auch erklären sollen?«

»Wussten Sie, dass Sören Schulz eine Lebensversicherung zugunsten des Jungen abgeschlossen hatte?«

»Ja. Aber er hat mir erst später davon erzählt.«

»Wann, später?«

»Das weiß ich nicht mehr.«

»Aber als das mit dem Musikinternat aufkam, sind Sie zu ihm gegangen und haben ihn gebeten, für die Kosten aufzukommen.«

»Ja.«

»Haben Sie ihn erpresst?«

»Was? Nein. Natürlich nicht.« Sie strich ihren Mantel glatt. »Womit hätte ich ihn denn auch erpressen sollen? Dass ich es Rainer sage? Das wäre nur zu meinem Nachteil gewesen. Oder Niklas? Sie haben doch eben gesehen, wie er reagiert hat. Das ist ein Schock für ihn gewesen. Meinen Sie, ich tue so etwas meinem Kind freiwillig an? Nein. Wenn es nach mir gegangen wäre, hätte Niklas nie erfahren, wer sein Erzeuger ist.«

»Schulz hat Ihnen aber geholfen.«

»Ja, das hat er.«

»Er hat Ihnen Geld gegeben.«

»Ja.«

»Woher kam das Geld?«, wollte Rike wissen. Korbinian ahnte, was sie dachte, er hegte den gleichen Verdacht, den Susanne Quambusch mit dem nächsten Satz bestätigte.

»Wir haben beim Jugendtreff hin und wieder kleinere Summen abgezweigt und sie zur Seite gepackt, um einen Grundstock zu legen.«

»Wir?«

»Ich habe ihm geholfen. Er hat die Belege besorgt, und ich habe sie durchgehen lassen, wenn ich für meinen Mann die Buchhaltungsablage gemacht habe. Er kümmert sich ja offiziell um die Buchhaltung des Vereins, aber die wirkliche Arbeit erledige ich.«

»Wie lange machen Sie das schon?«

»Eineinhalb, vielleicht zwei Jahre. Wir haben damit angefangen, als Niklas die ersten ernsthaften Wünsche in dieser Richtung äußerte und uns klar wurde, dass wir das anders nicht stemmen können.«

»Wie viel?«, fragte Rike tonlos.

»Um die viertausend Euro sind bisher zusammengekommen. Das sollte für den Anfang reichen.«

»Warum haben Sie dann miteinander gestritten?«

»Weil Sören meinte, wir müssten damit aufhören. Du würdest Ärger machen.« Sie schaute Rike an.

»Das stimmt so nicht. Ich habe keinen Ärger gemacht, sondern mich geärgert, weil wir immer zu wenig Geld für unsere Projekte mit den Kids hatten.«

»Vielleicht hatte Schulz Angst, dass du ihm früher oder später auf die Schliche kommen würdest?«, mutmaßte Korbinian.

»Dann hätte ich ihm in der Tat Ärger gemacht.« Rike verschränkte die Arme vor der Brust. »Das wird ihm klar gewesen sein.«

»Sören Schulz eröffnete Ihnen also, dass er nicht mehr in der Lage und willens sei, weiter Geld zu unterschlagen. Das konnte Ihnen natürlich nicht gefallen, Sie beide gerieten in einen heftigen Streit, und am Ende erschlugen Sie ihn.«

»Nein. So war es nicht.«

»Sondern?«

»Wir haben gestritten. Ich habe ihm nicht geglaubt, dass er wegen dir nicht mehr weitermachen wollte, Rike. Da hat er mir deinen Anruf auf dem Anrufbeantworter vorgespielt, um mich zu überzeugen.«

»Das habe ich von draußen gehört. Ich muss wach geworden sein.« Korbinian konnte sich erinnern, die Tür geöffnet und eine Weile hineingeschaut zu haben, ohne bemerkt worden zu sein. Danach verschwamm wieder alles. Hatte Sabine Quambusch recht, wenn sie behauptete, als sie den Raum verlassen habe, hätte er schlafend in einer Ecke gelegen? Aber was war dazwischen geschehen? Und woher stammte das Blut an seiner Kleidung?

»Ich wollte, dass er an seinen eigenen Sohn denkt und nicht an die Kinder anderer Leute.«

»Aber das ist Diebstahl, Sabine. Das ist nicht richtig.« Rike wirkte für einen Moment fassungslos. »Es ist nicht dein oder Sörens oder Niklas' Geld. Es ist Geld für die Arbeit mit allen Jugendlichen aus Dünenbeck, die den Weg hierher finden. Das sind, wenn ich es richtig sehe, alle, ohne Ausnahme.«

»Für die blieb noch genug übrig. Wichtig war, dass wir das Geld für Niklas' Musikausbildung zusammenbekamen.«

»Ich will dieses dreckige Geld nicht, Mama.« Niklas kam durch den Flur auf die kleine Gruppe zu. Er war unbemerkt wieder zurückgekommen. Seine Wangen glühten. Ob vor Aufregung oder von der Kälte draußen, konnte Korbinian nicht sagen. »Selbst wenn das bedeutet, dass ich nicht auf die Schule gehen kann.«

Die Augen verquollen, aber klar, baute er sich vor seiner Mutter auf. Korbinian erschien es, als sei Niklas in den wenigen Minuten, seit er erfahren hatte, dass er Sören Schulz' Sohn war, gereift. »Dass du mir helfen wolltest, verstehe ich. Ich möchte aber keine Hilfe, die auf Lügen aufgebaut ist und für die du eine Betrügerin geworden bist. Jura, wie Rainer das gern hätte, werde ich aber auch nicht studieren. Was auch immer passiert. Das auf keinen Fall.«

»Können wir nicht über alles reden?«, wollte Sabine Quambusch von ihrem Sohn wissen. »Es tut mir leid, wenn ich dich verletzt habe. Ich will doch nur, dass du glücklich bist.«

»Indem du zur Lügnerin und Betrügerin wirst? Ja klar. Das ist genau das, was ein Fünfzehnjähriger sich von seiner Mutter wünscht. ›Hey, was macht deine Ma denn so?‹« Er betonte den letzten Satz mit übertrieben affektierter Stimme und gab sich die Antwort direkt selbst: »›Du, die ist im Knast. Sehr cool.‹ Nicht!« Er starrte ihr wütend ins Gesicht. Dann ging er zur Tür des Probenraums, hinter der Stimmengemurmel und leises Gelächter zu hören waren. »Aber auch wenn sie eine Lügnerin und Betrügerin ist, Korbinian, eines ist sie definitiv nicht. Eine Mörderin. Sie hat Sören nicht umgebracht.« Er lachte bitter auf.

»Du kannst mir glauben, dass ich das nicht sage, weil sie meine Mutter ist. Dazu bin ich viel zu wütend auf sie. Ich würde sie nicht decken.«

»Wieso denkst du, dass sie Sören Schulz nicht getötet hat?«

»Weil ich sie gesehen habe, als sie nach Hause kam. Ich stand in der Küche, weil ich mir noch etwas zu trinken geholt hatte. Ich hatte gerade das Licht gelöscht, als sie reinkam. Sie hat mich nicht gesehen, hat nur ihren Mantel aufgehängt und ist direkt nach oben.«

»Was macht dich so sicher, dass sie nichts damit zu tun gehabt hat?«

»Sie hatte ein weißes T-Shirt an. Kein Blut. Nirgendwo.«

Kapitel 22

Die Lehne des Plastikstuhls drückte unangenehm an der Stelle unter seinen Schulterblättern, aber Korbinian fühlte sich nicht in der Lage, etwas daran zu ändern. Stattdessen verkrampfte er mit jeder Minute, die er auf dem Stuhl saß, mehr. Sabine Quambusch hatte Sören Schulz nicht getötet, wenn stimmte, was ihr Sohn gesagt hatte. Korbinian sah keinen Grund, an Niklas' Aussage zu zweifeln.

Nach dem zu urteilen, was er den Gesprächen mit der Polizei entnommen und was er durch das Oberlicht in Sören Schulz' Büro gesehen hatte, wäre es für den Mörder von Sören Schulz nahezu unmöglich gewesen, aus dieser Sache ohne Blutspuren herauszukommen. Sabine Quambuschs Weste war buchstäblich blütenweiß gewesen. Im Gegensatz zu seiner Kleidung. Auf seinem Hemd und seinem T-Shirt hatten unübersehbare Flecken geronnenen Blutes geprangt.

Die anderen Spuren hatten sich ebenfalls als Sackgassen erwiesen. Rainer Quambusch konnte ein Alibi für die Tatzeit vorweisen, und Rike zu verdächtigen war nicht mehr als der sprichwörtliche Strohhalm und darüber hinaus ein echter Vertrauensbruch gewesen. Er hatte sich bei ihr entschuldigt, aber das war noch nicht genug. Leere Worthülsen bedeuteten ihr nichts. Für Rike zählten Taten.

Sie stand mit ausgebreiteten Armen vor der Bühne, gab den Jugendlichen letzte Anweisungen. Ihre Haltung, ihre Körperspannung, ihre Lebendigkeit – alles an ihr zeigte, wie sehr sie mit dieser Arbeit verbunden war. Die längere Pause, die durch das Gespräch mit Sabine Quambusch entstanden war, und auch der Inhalt schienen sie bei der Arbeit mit den Kindern nicht in ihrer Konzentration stören zu können. Sie machte da weiter, wo sie aufgehört hatte. Komplett fokussiert. Die Jugendlichen waren nicht nur die Kinder anderer Leute, die sie eine Zeit lang bespaßen musste. Jeden Einzelnen dieser jungen Leute sah Rike als Persönlichkeit, als Menschen an, der es wert war, dass man sich mit ihm beschäftigte. Mit allen Stärken und Schwächen, mit seinen Träumen und Ängsten. Sie wollte sie nicht erziehen und formen, sondern sie begleiten und ihnen ein Beispiel dafür geben, wie man als Erwachsener sein konnte, ohne sich von Geld, Statussymbolen und vermeintlichem Erfolg abhängig zu machen. Rike war eine Frau, die für ihre Werte einstand. Die ihr Mäntelchen nicht in den Wind hängte. Rike war selbstbewusst, integer und liebenswert. Und er, Korbinian, liebte sie.

Diese Erkenntnis hatte er gleichzeitig mit der, dass, wenn alle potenziellen Täter aus dem Kreis der Verdächtigen ausschieden, nur noch einer übrig blieb: er selbst. Seines Zeichens ein bis vor Kurzem sehr erfolgreicher Immobilienmakler. Er würde sich seiner Verantwortung stellen und damit klarkommen müssen, jemanden getötet zu haben.

Es fühlte sich unwirklich an. Als passierte das jemand anderem.

Würde Rike ihn fallen lassen? Vermutlich nicht direkt, aber ein inhaftierter Mörder als Freund stand sicher nicht sehr weit oben auf ihrer Wunschliste. Mit der Zeit würde er zu einer Art Sozialprojekt für sie werden. Jemand, dem gegenüber man eine Verantwortung hat, dem man das Gefühl vermitteln muss, ein Teil der Gesellschaft zu sein, auch wenn derjenige gegen die Regeln dieser Gesellschaft verstoßen hatte.

Oder sie würde sich mit Abscheu von ihm abwenden. Voller Entsetzen darüber, was zu tun er in der Lage war. Vielleicht sogar mit Angst und einer gehörigen Portion Ekel. Er wusste nicht, wie ihre Reaktion ausfallen würde, wenn sich am Ende herausstellte, dass er es gewesen war, der Sören Schulz getötet hatte. Dass er und niemand anders die Schuld daran trug.

Angst und Einsamkeit krochen in jede Zelle seines Körpers. Oder besser: Angst vor der Einsamkeit. Vor dem Verlassensein. Er verspürte Entsetzen und Ekel vor sich selbst. Wie sollte sie ihn da noch mögen? Oder lieben? Er würde alles verlieren, ohne es jemals wirklich gehabt zu haben.

Rike hatte ihre Anweisungen beendet. Sie wiederholten die letzten drei Szenen, um nach der Pause wieder in den Fluss zu kommen. Merle und Niklas bereiteten sich auf ihr Duett vor, Ben trommelte einige Takte auf dem Schlagzeug, und Justin fügte sein Gitarrenspiel in den vorgegebenen Rhythmus ein.

»Es wird gut werden.« Rike setzte sich neben ihn auf einen freien Stuhl. »Sie werden Fehler machen, nicht alle Noten treffen, und mindestens einer wird seinen Einsatz verpassen oder den Text vergessen.« Sie lächelte ihn an. »Aber das ist nicht wichtig. Wir machen alle Fehler. Trotzdem wird das Ergebnis gut sein.« Sie hob ihre Hand, ließ sie ein paar Sekunden über seinem Handrücken schweben und legte sie dann darauf. Er spürte die Wärme ihrer Haut, drehte seine Hand unter ihrer und verschränkte seine Finger mit ihren. Rike drückte leicht zu. Korbinian schloss die Augen. Diesen Moment wollte er festhalten, um sich immer daran erinnern zu können. Wenn es ginge, würde er alles tun, damit es so bliebe. Aber das würde es nicht. Es war eine Frage von Stunden, bis die Straßen wieder frei wurden. Sicher fraßen sich von der anderen Seite der Schneeschichten bereits mit kräftigen Metallzähnen bestückte Schneefräsen in ihre Richtung durch. Dicht gefolgt von René Toner und Mike Bacher, die darauf brannten, ihn endlich dingfest zu machen. Seine Anspannung wuchs.

Korbinian hielt es auf dem Stuhl und unter Rikes sanfter Berührung nicht mehr aus. Er lächelte ihr zu, löste sich von ihr und stand auf. Wenn er schon nichts machen konnte, musste er sich wenigstens bewegen, um das Adrenalin abzubauen. Wie ein Kaninchen vor der Schlange auf sein Ende zu warten, widerstrebte ihm zutiefst. Wenn es denn schon so kam, wie es kommen musste, konnte er wenigstens seinen Teil zum geplanten Verkauf der Villa und damit zur Zukunft des Jugendtreffs beitragen. Er würde das Gutachten anfertigen. Aber es würde ein anderes Gutachten sein, als seine Noch-Chefs von ihm erwarteten. Er würde es so darstellen, dass für den Eigentümer die weitere Vermietung die verlockendere Variante war. Den erwartbaren Verkaufserlös so niedrig wie möglich ansetzen und gleichzeitig auf die Perspektiven einer sich auf lange, sehr lange Sicht positiv entwickelnden Umgebung hinweisen mit der Empfehlung, das Objekt noch einige Jahre zu halten, um es dann später seinem tatsächlichen Wert entsprechend mit Rendite veräußern zu können.

Korbinian straffte sich. Ein guter Plan, der Rike Zeit verschaffte, um sich nach Alternativen umzusehen.

Mit wenigen Schritten war er an der Tür. Die Jugendlichen waren in ihre Proben vertieft und bemerkten ihn nicht. Rike hatte sich bereits wieder vollkommen auf ihre Arbeit konzentriert. Korbinian durchquerte den Hausflur, ging zur Treppe, die in die oberen Stockwerke führte. Er würde auf dem Speicher beginnen. Fotos machen, die Räume ausmessen und all jene Fakten sammeln, die ihm für sein Vorhaben nützlich erschienen.

Die Falltür zum Dachboden quietschte, als er sie öffnete und die letzten Stufen hinaufstieg. Die Luft hier oben war eisig. Korbinian schlug sich mit flachen Händen auf die Oberarme und rieb, bis ihm etwas wärmer wurde. Er musste sich bewegen. Er zog sein Handy aus der Tasche, öffnete die Kamera. Ein Panoramabild für einen ersten Eindruck. Danach Nahaufnahmen der Dachkonstruktion, einmal über die Länge und einmal über die Breite fotografiert. Er arbeitete zügig und konzentriert. Die Maße des Speichers ermittelte er mit einer App, die beinahe so genau wie ein Lasermessgerät arbeitete.

»Was machen Sie denn da?« Die Stimme kam aus Richtung der Bodenluke. Korbinian drehte sich um und erkannte Thorsten Baumgartner. Er stand direkt neben der Luke.

»Fotos für das Gutachten. Und die Maße. Ich habe einen Plan, wie wir alles hinbekommen können.« Korbinian hob das Handy. »Hier oben bin ich fertig. Jetzt kommt der erste Stock dran.« Er ging an Thorsten Baumgartner vorbei und stieg die ersten Stufen hinunter. »Kommen Sie mit, ich erkläre Ihnen, was ich vorhabe.«

»Sie wollen die Villa verkaufen.«

»Es ist kompliziert, aber alles wird …« Korbinian, der sich

auf halber Treppe umgedreht hatte, blickte zu Thorsten Baumgartner hoch und erkannte nicht nur seinen Fehler, sondern im selben Augenblick auch Baumgartners Fuß, der in beeindruckender Geschwindigkeit auf ihn zuschnellte und ihn mit Wucht an der Schulter traf. Er verlor das Gleichgewicht, stolperte und fiel die Treppe hinunter. Am Ende schlug er hart mit dem Kopf auf.

»Korbinian.«

»Mmmmm.«

»Korbinian!«

»Mmmmmh.«

»Wach auf, Korbinian!«

»Was?«

»Öffne die Augen.«

»Lass mich in Ruhe.«

»Nein.«

»Du bist tot, Elisabeth.«

»Das tut jetzt nichts zur Sache. Wach auf.«

»Bin ich auch tot?«

»Wie fühlst du dich?«

»Scheiße. Mein Kopf dröhnt, und meine Augen schmerzen, ohne dass ich sie geöffnet habe. Meine Knochen müssen vermutlich komplett neu sortiert werden.«

»Dann bist du auch nicht tot. Freu dich. Und hör auf zu jammern. Das bringt dich jetzt nicht weiter. Genau genommen bringt dich Jammern niemals weiter, weil es deine positiven Energien auffrisst und du keine Ressourcen mehr für die wirklich wichtigen Dinge übrig hast. Außerdem beflügeln positive Gedanken deine Handlungskraft und …«

»Ich bin wach.«

»… verursachen durch ein höheres Maß an …«

»Ich habe die Augen auf, Elisabeth!« Korbinian stöhnte. Er blinzelte. Das Licht blendete ihn und stach kleine Nadeln in seine Augen.

»… ausgeschütteten Glückshormonen …«

»Danke, Elisabeth.« Korbinian spürte, wie eine Welle der Übelkeit in ihm hochschwappte und sich wieder zurückzog.

»... einen Energieschub, den du ...«

»Es reicht, Elisabeth!« Korbinian regte sich versuchsweise, musste aber feststellen, dass er seine Hände nicht bewegen konnte.«

»... jetzt gut gebrauchen kannst. Deine Hände sind gefesselt. Deine Füße ebenfalls. Er hat dich verschnürt wie ein Postpaket. Mit Kabelbinder.«

»Danke für den Hinweis.«

»Gern geschehen.« In Korbinians Kopf knackte es wie in einer alten Telefonleitung, und Elisabeths Stimme verstummte.

Er versuchte, sich zu orientieren. Er befand sich noch immer in der Villa. In einem der Räume im ersten Stock. Baumgartner hatte ihn die Treppe hinuntergestoßen. Wieder stöhnte er. Wären seine Hände jetzt frei und sein Kopf nicht bereits geschädigt genug, hätte er sich mit der flachen Hand gegen die Stirn geschlagen. Wie dumm konnte man sein? Der Mörder war immer der Gärtner. Oder in dem Fall der Hausmeister?

Er war wieder so auf sich und seine drohende Zukunft fixiert gewesen, dass er den letzten potenziellen Täter übersehen hatte: Thorsten Baumgartner. Allgegenwärtig und mit dem Haus verbunden wie kein anderer. Aber wie und vor allem warum sollte der Hausmeister das getan haben? Reichte eine drohende Arbeitslosigkeit als Motiv für einen Mord? Oder war doch alles ganz anders?

»Wieder wach?« Thorsten Baumgartners tiefe Stimme dröhnte in Korbinians Kopf. Er überlegte kurz, ob er sich bewusstlos stellen sollte, entschied sich aber dagegen. Seine Zunge fühlte sich an wie ein alter Hirtenteppich. Mit langen Flusen und speckig.

»Einigermaßen«, murmelte er und versuchte herauszufinden, wo Thorsten Baumgartner sich befand. Es dauerte eine Weile, dann sah er ihn. Der Hausmeister stand in einiger Entfernung an einen Türrahmen gelehnt und betrachtete ihn, wie man etwas betrachtete, vor dem man sich gleichzeitig fürchtete und ekelte.

»Ich dachte, das wäre erledigt«, sagte Baumgartner und verschränkte die Arme vor der Brust.

»Was?«, fragte Korbinian, aber sein Gegenüber sprach weiter, ohne auf seinen Einwurf zu achten.

»Sie machten den Eindruck, als ob Sie auf unserer Seite stehen würden. Nachdem Sie mit den Kindern geprobt und sich so viel Mühe gegeben hatten, dachte ich, es wäre alles gut.«

»Sie missverstehen da etwas, Herr Baumgartner.« Korbinian versuchte einen weiteren Vorstoß.

»Was gibt es denn da misszuverstehen? Ich finde Sie auf dem Speicher, wo Sie ausmessen und begutachten und mir was von einem Plan erzählen. Das ist ziemlich eindeutig. Jedenfalls für mich. Sie ziehen Ihre Sache durch und verkaufen die Villa. Das kann ich nicht zulassen. Nicht nachdem …« Er verstummte.

»Nachdem was?« Korbinian rieb seine Handgelenke aneinander. Wenn es ihm gelang, seine Fesseln zu lockern, konnte er sich vielleicht befreien und Baumgartner überwältigen. Wobei das vermutlich deutlich zu optimistisch gedacht war.

Thorsten Baumgartner stieß sich vom Türrahmen ab, machte einige Schritte auf ihn zu, blieb dann aber in der Mitte des Raumes stehen, ehe er sich unvermittelt umdrehte und das Zimmer verließ. Korbinian hörte eine Tür ins Schloss fallen, dann einen Schlüssel, der sich drehte.

Wunderbar. Jetzt war er nicht nur gefesselt, sondern auch noch eingesperrt. Und er hatte keine Ahnung, was Baumgartner mit ihm vorhatte. So wie der sich verhalten hatte, wusste er das selbst nicht.

Wenn Baumgartner ihn hätte töten wollen, säße er jetzt kaum mit dickem Kopf hier am Boden. Baumgartner wollte kein Mörder sein. Galt das auch im Fall von Sören Schulz? War auch sein Tod nicht geplant gewesen, sondern eine spontane Tat? Kein Mord, sondern Totschlag? Ein Unfall? Aber warum stellte sich Thorsten Baumgartner dann nicht? Er war ein Mann mit Verantwortung. Ein Grantler zwar und keiner, mit dem Korbinian einen Abend an der Bar verbringen wollte, aber zuverlässig und gewissenhaft. Was, wenn diese Eigenschaften ihn dazu brachten, eine Entscheidung zu treffen, die für ihn, Korbinian, nicht so günstig wäre? Im Klartext: wenn es für Baumgartner wichtiger war, die Sache zu vertuschen, als kein Mörder zu sein? Was, wenn er auf die Idee käme, ihn umzubringen und es wie einen Selbstmord aussehen zu lassen? Passte doch alles. Er war der Mörder von Sören Schulz, der sich aus Schuldgefühlen umgebracht hatte. Wobei die Fesseln an seinen Handgelenken sicher Spuren hinterlassen würden, die Baumgartner zwar in Erklärungsnot bringen konnten, ihm, Korbinian, dann aber nichts mehr nutzten, denn er wäre dann tot.

So oder so keine verlockenden Aussichten.

Ein eisiger Luftzug umwehte Korbinian. Er schüttelte sich. Ein Blick auf die Fenster neben und über ihm bestätigte seinen Verdacht. Sie standen offen, ließen die kalte Luft herein. Hervorragend. Gefesselt, eingesperrt und tiefgekühlt. Ohne Mantel und zur Reglosigkeit verdammt, fing er sich hier auf kurze Sicht eine Lungenentzündung ein. Was auf lange Sicht womöglich keinen Unterschied mehr machte. Allerdings hatten die geöffneten Fenster nicht nur den Nachteil, die Winterluft hereinzulassen, sondern auch den Vorteil, seine Hilfeschreie hinauszulassen. Er startete einen Versuch, rief, so laut er konnte, lauschte und hörte nichts als die gedämpften Töne der Proben von unten.

Wenn er sich an den Grundriss richtig erinnerte, lag der Raum, in dem er gefangen war, im rückwärtigen Teil des Hauses, die Probenräume befanden sich schräg unter ihm. Hinter dem Haus war nichts als tief verschneiter Garten, Bäume und dahinter freies Feld. Seine Chancen, von der Gruppe gehört zu werden, tendierten gegen null.

Korbinian legte den Kopf in den Nacken, starrte nach oben. Einer der Fensterflügel bewegte sich im Wind, schwang in die Raummitte und wieder zurück an den Rahmen. Etwas blinkte dunkelsilbrig auf. Korbinian blinzelte. Ein Metallstift oder der Teil eines Nagels oder einer Schraube? Egal was es war, es versprach einen Widerstand zu bieten. Im Idealfall noch mit einer scharfen Kante, an der er den Kabelbinder auftrennen konnte.

Nachdem er beim Versuch, aufzustehen, dreimal umgekippt und dabei einmal sehr schmerzhaft mit der Schulter auf dem Boden aufgeprallt war, gelang es Korbinian, sich trotz der gebundenen Füße aufzurichten und den Fensterrahmen zu erreichen. Er rieb die Kunststofffessel an dem Metallpin, riss und zerrte. Holzsplitter zogen sich in die Haut über seinen Handgelenken, aber irgendwann gab der Kabelbinder mit einem Ruck nach und fiel zu Boden. Seine Hände waren frei. Korbinian stöhnte auf und stützte sich am Fensterbrett ab, um nicht umgehend wieder zu Boden zu gehen.

Thorsten Baumgartner arbeitete gründlich. Um seine Fußgelenke waren gleich zwei stabile Kabelbinder gewickelt. Korbinian lehnte sich mit dem Rücken an die Wand, rutschte wieder in eine sitzende Position und zog an den Plastikfesseln, die ihren Job aber zu seinem großen Bedauern sehr gut erledigten und sich keinen Millimeter lockerten. Er sah sich im Raum nach Werkzeug um. Nichts. Er rollte nach vorn, stützte sich mit den Armen ab und robbte über den Fußboden zur Tür. Mit einer Hand drückte er die Klinke nach unten. Es klackte, und das Schloss sprang auf. Man musste eben auch mal Glück haben. Korbinian schob sich weiter ins Treppenhaus hinein und wuchtete sich langsam, die Beine voraus, die Stufen hinunter. Auf halbem Weg hörte er Schritte und ein leises Pfeifen.

»Merle?«, rief er, in der Hoffnung, sich nicht getäuscht zu haben. Die Person verhielt ihren Schritt und wandte sich dann in Richtung Treppe. Merles Gesicht erschien unten am Geländer. Sie schaute verwundert nach oben.

»Du weißt aber schon, dass so ein Fetisch auch mal gefährlich werden kann, oder? Erst der Aufzug und jetzt das da.« Sie deutete auf den Kabelbinder.

»Das ist kein …« Korbinian verkniff sich den Rest des Satzes. Für Diskussionen und Erklärungen war keine Zeit. »Kannst du mir helfen?«

»Klar.« Sie lächelte ihn freundlich an, rührte sich aber nicht vom Fleck. Korbinian deutete stumm auf die Kabelbinder. »Willst du sie fester haben? Kein Problem.« Sie kam auf ihn zu und packte eines der losen Enden. »Auch wenn ich da nicht so drauf stehe.«

»Stopp!« Korbinian beugte sich vor und umklammerte ihre Hand. »Nicht fester. Ab. So schnell wie möglich.«

Kapitel 23

Eine rasch organisierte Schere und zwei kräftige Schnitte später war Korbinian befreit. Seine Beine kribbelten, und er hatte Mühe, nicht in den Knien einzuknicken. Leicht schwankend ging er zur Tür des Probenraums, schob sie ein Stück auf und schaute durch den Spalt hinein.

»Rike macht gerade die letzte Stellprobe für die Hirten und die Tiere«, raunte Merle ihm ins Ohr. »Niklas und ich haben frei. Wir wissen, wo wir sein müssen. Die Zuschauer sind schon alle gegangen.« Sie drückte sich an ihm vorbei in den Raum hinein. »Außerdem muss Thorsten noch die Scheinwerfer ausrichten.«

»Wo ist er? Weißt du das?«

»Klar.« Sie nickte stumm und deutete mit einer Hand vage in Richtung Bühne. Eine hohe Leiter stand dort in der Mitte. Hinter einer der Kulissen erkannte Korbinian zwei Beine vom Knie abwärts und über dem oberen Rand der Dekoration zwei Hände. Thorsten Baumgartner montierte den größten der Scheinwerfer direkt über den Köpfen der Jugendlichen.

»Hol mir Rike her.«

»Sie ist aber doch –«

»Egal. Sag, es ist wichtig.« Korbinian zog sich wieder in den Flur zurück und zog die Tür bis auf einen kleinen Spalt zu. Merle schaute ihn noch eine Sekunde lang verdutzt an und schlenderte dann in aller Seelenruhe zu Rike an den Bühnenrand. Er sah, wie sie mit ihr sprach, wie Rike den Kopf schüttelte und Merle vergeblich eindringlicher wurde.

Das Mädchen drehte sich um und kam zu ihm zurück.

»Sie will nicht.«

»Das sehe ich.«

»Sie fragt, warum du nicht zu ihr kommst?«

Korbinian schaute über ihren Kopf hinweg zu Thorsten Baumgartner. Der stand immer noch auf der Leiter. Anscheinend hatte er nicht mitbekommen, worüber Merle mit Rike gesprochen hatte. Gut so.

»Sag ihr, es ist wirklich wichtig. Sie soll sofort kommen.«

»Okay.« Merle zuckte mit den Schultern und wandte sich langsam wieder um.

»Wenn es geht, ein bisschen schneller, bitte.«

»Auch das.« Sie hob beide Hände und ließ sie wieder sinken. An ihrem Schritttempo änderte sich nichts. Korbinian hätte sie am liebsten angeschoben. Doch dann hätte er ebenso gut selbst zu Rike gehen können. Und Thorsten Baumgartner wäre klar, dass er sich befreit hatte. Niemand konnte ahnen, wie er reagieren würde, wenn man ihn in die Enge trieb.

Merle zerrte jetzt heftig an Rikes Ärmel. Die wehrte sich, aber Merle ließ nicht locker, bis Rike ihr folgte.

»Jetzt will ich aber eine verdammt gute Erklärung hören«, fuhr sie Korbinian zornig an, sobald der die Tür ein Stück aufgeschoben und sie in den Flur gezerrt hatte. »Mich mitten aus der Arbeit zu reißen. Ich dachte, wir hätten den Umgang miteinander geklärt?«

»Ich weiß jetzt, wer Sören Schulz umgebracht hat.«

»Ist deine Erinnerung zurück?«

»Nein. Ist sie nicht.«

»Gibt es ein Geständnis?«

»Nein, auch nicht. Jedenfalls nicht direkt.«

»Was heißt das?«

»Er hat mich niedergeschlagen und gefesselt. Reicht das als Eingeständnis?«

»Wer?«

»Wann?«

Merle und Rike sprachen gleichzeitig.

»Baumgartner. Eben.« Korbinian zeigte auf die Treppe. »Vorhin, als ich oben auf dem Dachboden war.«

»Was wolltest du dort?«

»Den Dachboden ausmessen und …«

»Machst du jetzt trotzdem das Gutachten?« Eine steile Falte erschien auf Rikes Stirn. Sie verschränkte die Arme vor der Brust.

»Ja, aber –«

»Echt? Du hilfst jetzt doch dabei, die Villa zu verkaufen?«, mischte sich Merle ins Gespräch. »Wenn ich das gewusst hätte, hätte ich dich nicht losgeschnitten.«

Rike sah sie fragend an.

»Was?« Merle zog den Vokal in die Länge. »Er hatte Kabelbinder um die Füße, und ich dachte, das wäre irgend so ein Fetisch, den ihr beide –«

»Das war kein Fetisch, sondern eine Fessel, mit der Thorsten Baumgartner mich festsetzen wollte, und«, Rike setzte zu einer Bemerkung an, aber Korbinian schnitt ihr mit einer knappen Geste das Wort ab, »ich erstelle zwar das Gutachten, aber nicht, um die Villa so schnell wie möglich zu verkaufen, sondern um genau das zu verhindern.«

»Das geht?«, fragte Merle.

»Ja. Ich hoffe es. Aber das ist jetzt nicht der Punkt.«

»Hat Thorsten dich dabei ertappt?«

»Er kam dazu. Ich wollte es ihm erklären, aber er hat mir keine Chance gelassen, sondern mich erst die Treppe hinuntergetreten und mich anschließend gefesselt.«

»Krass.«

»Vielleicht war es nur eine Kurzschlusshandlung von ihm«, wandte Rike ein.

»Er meinte, er könne es nicht zulassen. Er sagte: ›Nicht nachdem …‹«

»Nicht nachdem was?«

»Ich weiß es nicht. Er ist gegangen, ohne den Satz zu beenden.«

»Am besten fragen wir ihn.« Rike legte eine Hand auf die Klinke. »Bevor hier die Theorien wild eskalieren.«

»Hältst du das wirklich für schlau?« Korbinian hielt sie fest. »Was, wenn ich recht habe und er wirklich der Täter ist? Da drinnen sind eine Menge Menschen, die wir nicht in Gefahr bringen dürfen.«

»Was schlägst du stattdessen vor?«

Korbinian schaute an Rike vorbei in den Raum hinein.

»Warten.«

»Worauf?«

»Dass er von dieser Leiter heruntersteigt. Auf dem Boden können wir ihn sicher überwältigen.«

»Du schaust definitiv zu viele Krimis, Korbinian Löffelholz.« Rike grinste, machte aber keinen weiteren Anstalten, den Raum zu betreten. »Wenn du dich damit besser fühlst, kann ich gern …«

In diesem Moment wurde die Tür zum Probenraum von innen aufgerissen. Ben stand in voller Breite im Türrahmen.

»Wir brauchen dich, Rike.« Er stutzte, als er Korbinian sah. »Du kannst sicher auch helfen.« Er winkte sie mit großer Geste herein.

Von der Bühne her erklang ein Geräusch. Etwas war von oben heruntergefallen. Fynn sprang zur Seite.

»Hey, pass auf, Thorsten. Du hättest mich beinahe erwischt mit dem Teil.« Er bückte sich und hob das Etwas auf. Korbinian erkannte einen Schraubendreher. Er schaute hinauf zur Bühnendeko. Thorsten Baumgartner hatte die Pappwolke, hinter der er gestanden hatte, zur Seite geschoben. Er ließ Korbinian nicht aus den Augen, kletterte die Stufen der Leiter hinunter und schlenderte wie beiläufig zu Fynn hinüber.

Korbinian hielt den Atem an, überlegte, was er tun sollte. Da hatte Baumgartner dem Jungen auch schon den Schraubendreher aus der Hand genommen, ihn am Arm gepackt und nah zu sich herangezogen. Fynn begriff nicht sofort, er wollte den festen Griff lachend abschütteln, aber Baumgartner ließ nicht locker. Korbinian hörte, wie Rike neben ihm scharf die Luft einsog. Die Erkenntnis, sich so in einem Menschen getäuscht zu haben, musste ein Schock für sie sein. Bereits zum zweiten Mal nach Sören Schulz.

»Lassen Sie den Jungen los, Baumgartner. Das bringt doch nichts.« Korbinian ging langsam in Richtung Bühne, die Hände nach vorn ausgestreckt, um zu zeigen, dass er nichts dabeihatte, was er als Waffe gebrauchen könnte. Thorsten Baumgartner hatte ihn niedergeschlagen. Er war der Auslöser gewesen für das, was sich nun hier abspielte. Korbinian spürte seinen Herzschlag wie nach einem zu schnellen Jogginglauf. Fynn hatte nichts mit alldem zu tun. Er hatte nur zufällig dort gestanden. Die Gefahr nicht erkannt, weil er Baumgartner bisher immer mit Vertrauen begegnen konnte. Er durfte jetzt keinen Schaden erleiden.

Der Hausmeister zog Fynn mit der einen Hand noch ein Stück näher an sich heran, während er in der anderen den Schraubendreher umklammert hielt. Die übrigen Jugendlichen beobachteten schweigend die Szene. In ihren Gesichtern standen Unglauben und Fassungslosigkeit. Sie konnten nicht begreifen, was sich da vor ihren Augen abspielte. Das sollte derselbe Thorsten sein, der immer für alles sorgte? Der zwar grantelte und schimpfte, aber trotzdem stets zur Stelle war? Korbinian bemerkte die Verunsicherung und den Zweifel in ihren Mienen. Sein Entschluss stand fest. Er machte einen weiteren Schritt auf Baumgartner zu. Dann noch einen. Und noch einen.

»Bitte. Lassen Sie den Jungen los. Er kann nichts dafür«, wiederholte er mit einer Ruhe in der Stimme, die ihn selbst überraschte.

»Und dann?«

»Dann komme ich zu Ihnen.« Wieder zeigte er seine Hände. »Ich habe keine Waffe dabei, nichts, womit ich Sie verletzen kann.«

»Was hast du vor, Korbinian?« Rike zischte die Worte mehr, als dass sie sie flüsterte. Er schaute nach hinten und lächelte.

»Ich habe etwas von dir gelernt, Rike. Und von Elisabeth. Manchmal muss man Dinge tun, die gut für andere sind. Auch wenn sie einem viel Mühe machen.« Er wandte sich wieder Thorsten Baumgartner zu. »Lassen Sie Fynn in Ruhe. Sie möchten ihm doch gar nichts tun. Ich komme zu Ihnen, und dann können Sie mich festhalten.«

Baumgartner nickte zögernd. Er wirkte jetzt ebenso verstört wie der Junge.

»Es war ein Unfall«, murmelte er. »Sören ist mit dem Kopf auf die Heizung gefallen.« Er seufzte schwer. »Er war sofort tot. Ich konnte nichts mehr für ihn tun.«

»Sie waren da?«

»Ja.«

»Haben Sie den Streit zwischen Susanne Quambusch und Sören Schulz belauscht?«

»Na ja.« Er machte ein abschätziges Geräusch. »Belauschen musste man da niemanden. So laut, wie die beiden waren.«

»Und mich haben Sie auch gesehen?«

Baumgartner nickte.

Korbinian schwieg. Machte behutsam einen weiteren Schritt in seine Richtung. Baumgartner bemerkte die Bewegung nicht, er fixierte einen Punkt auf dem Bühnenboden, die Augen weit aufgerissen. Ohne sich zu rühren, redete er weiter.

»Sie waren jenseits von Gut und Böse.« Er lachte leise. »Mann, Mann, Mann. Da musste man ja schon fast Respekt haben. So betrunken, und trotzdem hatten Sie es allein bis hierher geschafft.«

Korbinian gefror innerlich. Würde Baumgartner jetzt verkünden, er, Korbinian, sei an allem schuld? Betrunken, ja. Aber auch handlungsfähig. Nein, das war Unsinn. Wieso hätte Baumgartner ihn dann die Treppe hinunterstoßen sollen? Auch den Jungen würde er jetzt nicht festhalten, wenn er nicht befürchtete, als Mörder identifiziert zu werden. Für einen Moment war es totenstill im Raum. Korbinian hörte seinen schnellen Atem und das Geräusch einer zufallenden Tür. Er wagte nicht, sich umzudrehen. Hatte Rike dafür gesorgt, dass die Kinder hier wegkamen?

»Wie ist es passiert, Thorsten?« Die vertrauliche Anrede würde sein Gegenüber vielleicht beruhigen.

Schritt. Pause. Schritt. Er sah, wie Baumgartner den Schraubendreher fester umfasste. Die Fingerknöchel traten weiß hervor.

»Es war wirklich keine Absicht. Sören hatte das Geld unterschlagen, und es war immer öfter keines mehr da für wichtige Reparaturen. Seinetwegen kamen Sie her, um das Haus zu verkaufen. Er war an allem schuld. Aber er sollte nicht sterben. Es war ein Unfall. Keine Absicht.« Baumgartner redete schnell und hektisch.

»Was ist passiert?«, wiederholte Korbinian leise und machte einen weiteren Schritt. Baumgartner zu erklären, dass Schulz' Unterschlagungen nicht der Auslöser für von Kammerns Entscheidung gewesen waren, das Haus zu verkaufen, hätte keinen Sinn. Er würde niemals begreifen, dass die Villa für ihren fernen Besitzer nur ein Renditeobjekt war. Eine Geldanlage, die man bei Bedarf liquidieren konnte. Nein. Es würde ihn nur noch wütender und damit unberechenbarer machen.

Wenn er jetzt die Hand ausstreckte, könnte er Fynn erreichen. Der zitterte, starrte ihn an. Korbinian erwiderte seinen Blick. Ruhig. Bleib ruhig, hieß das. Hoffentlich verstand der Junge den stummen Hinweis.

»Das, was passiert, wenn man einen Menschen mit großer Wut und beiden Händen schubst. Sören verlor das Gleichgewicht. Er torkelte, stolperte, ruderte mit den Armen, drehte sich. Fiel. Da war so ein sehr seltsames Geräusch. Wie ein gefrorener Ast, der unter der Schneelast bricht. Stumpf. Dann lag er still am Boden.«

»Wieso war ich voller Blut?« Die Frage war draußen, bevor Korbinian darüber nachgedacht hatte, sie zu stellen.

»Du standest auf einmal in der Tür, hast nichts kapiert.« Baumgartner hätte ihn unter normalen Umständen sicher nicht geduzt. Aber vielleicht konnten einige Wahrheiten nur auf der vertraulichen Ebene gesagt werden. »Ich glaube, außer Sören hast du nichts und niemanden gesehen. Du bist zu ihm hin, hast dich neben ihm auf die Knie fallen gelassen. Hast ihn gerüttelt. Ihn am Oberkörper hochgenommen. Wolltest ihm helfen. Da war überall Blut.«

»Nicht ich habe Sören getötet, du warst es«, flüsterte Korbinian heiser. Die Mischung aus Erleichterung und Mitleid legte sich auf seine Stimme. Baumgartner drehte den Kopf zum Fenster. Er öffnete den Mund, schloss ihn wieder. Holte tief Luft.

»Ich trage die Schuld. Ich übernehme die Verantwortung.« Seine Worte kamen noch leiser als Korbinians. Es schien, als wäre er mit seinen Gedanken an einem anderen Ort.

Fynn versteifte sich in Baumgartners Griff. Noch ein halber Schritt. Zaghaft. Schiebend.

Ein Schritt zu viel.

Baumgartner schrak zusammen. Die Hand mit dem Schraubendreher schnellte hoch, direkt unter Fynns Kinn. Der Junge schrie auf. Korbinian schlug nach dem Schraubendreher, hörte einen Knall, der ihm die Ohren betäubte. Baumgartner stöhnte laut, sackte in die Knie. In dem Moment riss Korbinian Fynn von ihm los, zog und stolperte mit dem Jungen zum Bühnenrand. Jemand schrie. Schritte. Lautes Rufen. Dann waren da die beiden Polizisten, sie standen breitbeinig über Baumgartner. Réne Toner hatte seine Waffe auf ihn gerichtet, Mike Bacher ging neben dem Hausmeister in die Hocke. Der griff mit schmerzverzerrtem Gesicht an seinen Oberschenkel.

In Korbinians Ohren pfiff und surrte es. »Alles okay mit dir?«, fragte er Fynn, konnte aber seine eigenen Worte nicht verstehen. Der Junge blinzelte.

Korbinian sah sich um. Der Probenraum war leer. Er hoffte inständig, dass es Rike gelungen war, die Jugendlichen rechtzeitig nach draußen zu lotsen. Sie hatten in der letzten Woche genügend schreckliche Dinge miterleben müssen.

»Komm.« Er stand auf, streckte Fynn eine Hand entgegen. Der Junge ergriff sie. Korbinian spürte den kalten Angstschweiß in seinen Handflächen. »Es ist vorbei.« Er versuchte sich an einem aufmunternden Lächeln. »Wir suchen Rike.«

»Herr Löffelholz?« Einer der Polizisten rief nach ihm. Korbinian konnte nicht erkennen, welcher von beiden es war, bis Réne Toner auf ihn zukam. »Bitte halten Sie sich zu unserer Verfügung«, sagte er in förmlichem Ton, der sehr leise zu Korbinian durchdrang. Der Schuss hatte ihn also nicht taub werden lassen. »Verlassen Sie Dünenbeck nicht, bevor wir mit Ihnen gesprochen haben. Da gibt es noch einiges zu klären.«

Korbinian nickte. Was auch immer die beiden noch von ihm wollten, nach Baumgartners Geständnis war er als Verdächtiger aus dem Schneider. Es konnte nicht mehr so wild werden. Er legte die Hand auf Fynns Schulter und schob ihn weiter in

Richtung Tür. Der Junge brauchte nun dringend Hilfe. Rike würde wissen, was zu tun war.

»Ach, und Herr Löffelholz …«

»Ja?«

»Die Nummer, die Sie da eben auf der Bühne abgezogen haben …«

»Ja?« Korbinian lag eine passende Antwort auf der Zunge. Das war keine Nummer gewesen. Es ging um die Unversehrtheit eines Jungen. Es war vielleicht leichtsinnig und laienhaft gewesen. Jedoch die einzige Möglichkeit, die er gesehen hatte, etwas zu tun.

»Gut gemacht.« René Toner nickte ihm knapp zu, bevor er sich wieder seinem Kollegen und dem verletzten Thorsten Baumgartner zuwandte.

Eine Dreiviertelstunde später kreiste Blaulicht über dem Vorplatz der Villa. Mehr Polizei und ein Krankenwagen parkten mit geöffneten Türen. Obwohl die Straßen wieder befahrbar waren und für Dünenbeck wieder Kontakt zur Außenwelt bestand, hatte es lange gedauert, bis die Hilfe eingetroffen war. Dörte Hagenbeck war zur Erstversorgung gerufen worden. Die Polizisten hatten Thorsten Baumgartner mit dem gezielten Schuss ins Bein davon abhalten wollen, Fynn etwas anzutun. Es war ein glatter Durchschuss gewesen. Eine reine Fleischwunde. Thorsten Baumgartner würde bald wieder auf dem Damm sein.

Rike hatte die Jugendlichen nach Hause geschickt, nicht ohne mehrfach zu versichern, so schnell wie möglich mit ihnen über das Erlebte zu sprechen. Nur Fynn war noch vor Ort, seine Eltern standen mit besorgten Gesichtern neben dem Krankenwagen. Irgendjemand hatte ihnen Bescheid gegeben. Aber Fynn war unverletzt. Äußerlich zumindest. Korbinian sah, wie Baumgartner auf einer Trage aus der Villa gefahren und zum Krankenwagen gebracht wurde. Sie hatten ihm ein Schmerzmittel gegeben, er wirkte ruhig. Ihre Blicke trafen sich.

Korbinian wusste nicht, was er erwartet hatte. Wut? Zorn? Verzweiflung? Reue? All das, was man fühlte, wenn man für den Tod eines Menschen verantwortlich war. Ob es nun Mord war oder eine fahrlössige Tötung, auf die es in dem Fall sicher hinauslaufen würde, wenn sich die Version eines Unfalls bestätigen ließe. Aber er konnte nichts von alldem in Baumgartners Miene entdecken. Im Gegenteil. Da waren Gewissheit, Ergebenheit und die Art von Trotz, die an den Tag kam, wenn man für eine Sache eintrat, wohl wissend, dass man sich selbst damit schadete.

Die Trage rollte in den Krankenwagen, die Sanitäter stiegen ein. Die Türen wurden geschlossen, der Motor angelassen, und sie fuhren mit Blaulicht vom Hof. Einer der Polizeiwagen folgte ihnen.

Nachdenklich schaute Korbinian der kleinen Kolonne nach. Bilder tauchten vor seinem inneren Auge auf. Langsam und undeutlich. Wie etwas, das die Strömung vom Grund eines Sees nach oben trieb, ohne es bis an die Oberfläche gelangen zu lassen. Ein Mann und eine Frau. Schemenhaft. Und er verstand. Rike hatte sich nicht in Baumgartner getäuscht. Er handelte genau so, wie sie es von ihm erwartet hätte. Zuverlässig. Verantwortungsvoll. Beschützend. Korbinian stöhnte auf.

Er hatte falschgelegen. Zum wiederholten Mal. Weil er es sich nicht hatte vorstellen können. Weil es in seiner Denke keinen Platz gehabt hatte, sich für jemand anderen einzusetzen. Ihn zu schützen, ihn zu behüten. Oder sie. Sich für jemand anderen aufzuopfern. Er hatte gedacht, es wäre die Villa, die Baumgartner vor seinem Zugriff und dem Verkauf habe schützen wollen. Aber das war nur die halbe Wahrheit.

Kapitel 24

»Du weißt, wo Baumgartner wohnt.«

Rike sah ihn irritiert an und nickte.

»Wir müssen sofort dorthin.«

»Warum?«

»Zu Karin.«

»Vielleicht sollten wir erst überlegen, wie wir ihr beibringen, was ihr Bruder getan hat? Sie ist leicht aus der Bahn zu werfen.«

Korbinian zögerte. Wenn er Rike jetzt die Richtung, in die seine Gedanken gingen, offenbarte, würde sie ihm wahrscheinlich nicht glauben. Vielleicht sogar zu Recht. Womöglich war es nur ein Hirngespinst. Vielleicht hatte er in Baumgartners Blick etwas hineingedeutet, was da gar nicht gewesen war.

»Die Polizei wird sich sicher bald bei ihr melden. Da ist es doch besser, wenn sie jemanden bei sich hat, den sie kennt und dem sie vertraut.« Korbinian lächelte Rike an und schämte sich gleichzeitig für seine Halbwahrheiten. Denn auch wenn es stimmte, auch wenn es gut für Karin war, dass Rike ihr bei der Begegnung mit der Polizei beistand, ging es ihm doch in erster Linie darum, mit ihr zu sprechen. Um die Wahrheit zu hören.

»Okay. Es ist nicht weit.«

Drei Minuten später standen sie vor dem Haus, in dem Thorsten Baumgartner mit seiner Schwester lebte. Klein und gemütlich wirkte es, der Garten genauso penibel gepflegt wie die Außenanlagen der Villa. Hinter einem der Fenster brannte Licht.

»Wir sollten sie nicht mit der Nachricht überfallen.« Rike drückte auf die Türklingel. Im Haus blieb es still. Rike drückte erneut, beugte sich zum Briefschlitz hinunter und klappte ihn hoch. »Karin?«, rief sie ins Innere des Hauses. »Ich bin es, Rike. Mach uns bitte die Tür auf.« Sie lauschten. Unvermittelt fiel ein Lichtstrahl durch den geöffneten Briefschlitz.

»Hallo?«

»Hallo, Karin. Hier ist Rike. Machst du uns die Tür auf?«

Kratzende Geräusche drangen nach draußen. Ein Rasseln. Schlüsselklappern. Allem Anschein nach hatte Karin Baumgartner die Sicherheitskette zur Seite geschoben und schloss nun die Tür auf.

»Hallo, Rike.« Karin Baumgartner zog die Tür weit auf. »Thorsten ist aber nicht da. Er kann dir nicht helfen.«

»Wir wollten auch zu dir.« Rike betrat das Haus. »Ich habe noch jemanden mitgebracht. Du kennst Korbinian.«

»Er kann sehr schön singen.«

»Ja, das kann er.«

»Und er hat dir geholfen mit dem Musical.«

»Ja. Er hat mir geholfen.«

»Das war sehr nett von ihm. Es ist schön, wenn ihr singt.«

»Darf er mit uns ins Wohnzimmer gehen?«

Karin Baumgartner musterte Korbinian von oben bis unten und nickte. Sie folgten ihr in das Zimmer. Alle Lampen waren angeschaltet, und der Fernseher lief. Karin Baumgartner setzte sich auf das Sofa, zog die Beine an und griff nach einem Glas Wasser. Sie trank langsam, mit bedächtigen Schlucken. Dann schaute sie auf den Bildschirm. Rike setzte sich neben sie und bedeutete Korbinian, auf dem gegenüberstehenden Sessel Platz zu nehmen.

»Karin?«

»Ja?« Sie antwortete, ohne den Blick vom Filmgeschehen abzuwenden. Korbinian verfolgte stumm das Gespräch. Er hätte gern etwas gesagt, wollte Karin Baumgartner aber nicht erschrecken. Ihn kannte sie nur vom Sehen. Er war fremd für sie. Rike war ihr vertraut.

»Ich würde dir gern etwas erzählen. Über Thorsten.«

»Thorsten ist nicht da.«

»Ich weiß.« Rike nahm die Fernbedienung vom Wohnzimmertisch und schaltete den Fernseher aus. Karin schaute noch einen Moment lang auf den dunklen Bildschirm, bevor sie sich Rike zuwandte.

»Wo ist er denn?«

»Karin, du weißt doch, dass Sören gestorben ist.«

»Ja.« Karin nickte heftig, sah auf ihre Beine. Sie knetete ihre Hände.

»Und du weißt auch, dass die Polizei da war, um zu gucken, ob jemand Sören getötet hat.«

Wieder ein Nicken. Sie presste die Hände ineinander.

»Jetzt ist die Polizei wiedergekommen und hat Thorsten mitgenommen.«

»Aber es war ein Unfall!« Karin Baumgartners Kopf schnellte hoch, und sie umklammerte Rikes Arme wie eine Ertrinkende.

»Das wird die Polizei jetzt untersuchen. Und wenn es stimmt, wird Thorsten auch nicht so hart bestraft.«

»Warum soll Thorsten bestraft werden?«

»Weil er Sören geschubst hat und der mit dem Kopf auf die Heizung gefallen ist.«

»Nein.« Karin Baumgartner verzog das Gesicht, legte beide Hände auf die Ohren und schüttelte heftig den Kopf. »Nein, nein, nein.«

Rike streichelte ihre Schultern. »Das ist keine schöne Nachricht, Karin. Ich weiß. Deswegen sind wir ja hier. Korbinian und ich.«

»Warum hat die Polizei Korbinian nicht mitgenommen?« Sie ließ ihre Hände sinken, beruhigte sich etwas. »Thorsten hat gesagt, die Polizei nimmt Korbinian mit. Er hat ihn doch extra ins Zimmer geholt deswegen. Er hat gesagt, er passt auf, dass mir nichts passiert.«

»Warum sollte dir denn etwas passieren?« Rike streichelte weiter über Karins Schultern. »Du hast doch gar nichts damit zu tun.«

»Er hat gesagt, wenn sie ihn mitnehmen, dann kann ich bei ihm bleiben. Dann holen sie mich nicht weg.« Karin Baumgartner zitterte. »Ich darf nur keinem was davon erzählen.«

»Was darfst du keinem erzählen, Karin?« Rike beugte sich zu ihr und sah ihr direkt in die Augen. Karin Baumgartner erwiderte ihren Blick. Sie rückte noch näher an Rike heran, formte die Hände zu einem Trichter und flüsterte ihr etwas ins

Ohr. Rike erstarrte, dann nahm sie die Frau in ihre Arme und wiegte sie wie ein Kind.

Korbinian stand auf, ging zu den beiden und setzte sich neben Rike auf das Sofa. Er spürte ihre Wärme neben sich. Diesmal hatte er recht gehabt. Es gab nun keine Eile mehr.

Es hatte wieder angefangen zu schneien. Vor dem Fenster tanzten dicke Flocken. Vielleicht waren die Zufahrtsstraßen bald wieder unpassierbar. Es störte ihn nicht. Im Gegenteil. Die erneute Abgeschiedenheit würde ihm Gelegenheit geben, über alles nachzudenken. Korbinian zog die Bettdecke über seine Schulter und drehte sich auf den Rücken.

Morgen war der 24. Dezember. Heiligabend. Doch bevor die Geschenke unter die Tannenbäume gelegt, die Festtagsbraten aufgetischt und die altvertrauten Weihnachtslieder gesungen wurden, erwartete Dünenbeck noch das Ereignis, auf das sie so lange hingearbeitet hatten: die Aufführung des Weihnachtsmusicals. Sie hatten entschieden, alles genau so zu machen, wie sie es von Anfang an geplant hatten. Ein Stück des Weges für die Jugendlichen, das Erlebte zu verarbeiten. Merle und Niklas hatten ihr Duett wieder und wieder geprobt, bis sie zufrieden waren. Auch der Kuss kam jetzt, wie Korbinian im Vorbeigehen bemerkt hatte, sehr authentisch beim Zuschauer an. Bens Schlagzeug hatte den Kampf gegen seinen Spieler gewonnen, dem es tatsächlich gelungen war, seinen und den Rhythmus der Musik zu finden. Alle gaben ihr Bestes, und Korbinian war sicher, heute Abend nur zufriedene Gesichter auf beiden Seiten der Bühne zu sehen.

Rike gab ein kleines Knurren von sich und rückte näher an ihn heran. Sie schlief noch fest. Er legte seinen Arm um sie, atmete ihren Duft ein, genoss ihre Nähe. Sie hatte die letzten Nächte bei ihm in Elisabeths Haus übernachtet. Es hatte sich gut angefühlt, jeden Morgen neben ihr zu erwachen.

Sie würden Zeit brauchen, um über das nachzudenken, was geschehen war. Thorsten Baumgartner hatte mit seinem Geständnis seine Schwester schützen wollen. Sie war es gewesen, die Sören Schulz so gestoßen hatte, dass er unglücklich fiel. Die beiden hatten Sören und Susanne Quambusch belauscht. Thorsten Baumgartner war über das Verhalten seines Chefs entsetzt gewesen, hatte ihn mit Vorwürfen überschüttet. Es war zum Streit zwischen den beiden Männern gekommen, dessen Zeugin Karin war. Sie begriff nur, dass ihr Bruder auf Sören böse war, und wollte ihn unterstützen. Mit tödlichem Ausgang.

Unter dem Eindruck des Schocks war der volltrunkene Korbinian Löffelholz Thorsten Baumgartner gerade recht gekommen. Dank ihm gedachte der Hausmeister zwei Fliegen mit einer Klappe zu schlagen: den Verdacht von seiner Schwester weg auf jemand anderen zu lenken und sich gleichzeitig des unliebsamen Immobilienmaklers zu entledigen. Doch eine Lüge zog die nächste nach sich. Indem er am Ende die Schuld auf sich nahm, hatte Thorsten Baumgartner seine Schwester vor den Folgen ihrer Handlung behüten und Korbinian von allen falschen Anschuldigungen befreien wollen. Was aus den beiden werden würde, mussten nun die Richter entscheiden. Sören Schulz' Tod war kein Mord gewesen, sondern ein Unfall. Und ob Karin Baumgartner aufgrund ihrer Verfassung überhaupt schuldfähig war – Korbinian bezweifelte es. Ihr Bruder musste sich wegen falscher Anschuldigungen verantworten. Ihm drohten im schlimmsten Fall mehr als fünf Jahre Haft. Korbinian könnte außerdem eine zivile Anklage gegen ihn erheben, würde aber darauf verzichten. Auch wenn sein Ruf in der Immobilienfirma durch die polizeilichen Ermittlungen geschädigt worden war und nach so einem Freispruch zweiter Klasse immer etwas hängen bliebe. Es war ihm egal. Seinen letzten Auftrag würde er noch erfüllen, so wie er es geplant hatte: die Villa als unverkäuflich darstellen. Zeit schinden, um andere Lösungen zu suchen. Danach würde er die Firma verlassen, seine Wohnung kündigen und hier in Dünenbeck bleiben. Vielleicht sogar in Elisabeths Haus, wer weiß. Mit Rike.

»Sehr guter Plan. Wusstest du, dass verheiratete Männer länger leben?«, hörte er Elisabeths Stimme klar und deutlich in seinem Kopf sagen.

Korbinian erschrak. Irgendwie hatte er nicht damit gerechnet, dass sie sich noch einmal melden würde. Ihr Leichnam war von einem Bestatter abgeholt worden, der sich um alles kümmerte. Rainer Quambusch hatte von einem Testament gewusst, dass sie nach gründlichem Suchen auch gefunden hatten. Elisabeth hatte es handschriftlich ergänzt und Korbinian das Haus mit allem, was darin war, vererbt. Außerdem hatte sie verfügt, verbrannt zu werden. Über die weiteren Details zu entscheiden, oblag ihm, doch auch ohne die Erbschaft wäre es Korbinian eine Herzensangelegenheit gewesen, ihr zu Ehren eine Feier auszurichten.

»Hallo? Hörst du mir noch zu? Durch die hormonelle Bindung verhalten sie sich umsichtiger und gehen besser mit ihrem Körper um. Vor allem, wenn Kinder da sind.«

»Ich habe keine Kinder.«

»Das ist gut«, murmelte Rike und drehte sich schlaftrunken auf die andere Seite. Bei ihren nächsten Worten musste er ganz genau hinhören, so leise und undeutlich kamen sie. »Wir können ja welche machen.«

Hatte sie das jetzt wirklich gesagt?

»Ja, hat sie. Und auch das ist ein sehr guter Plan. Wobei ihr vielleicht darüber nachdenken solltet, ob ihr nicht doch zu alt dafür seid.« Elisabeth kicherte. »Es zu versuchen, macht allerdings eine Menge Spaß. Kann man immer wieder machen. Wenn Mann kann.«

»Elisabeth!« Korbinian bemühte sich, nicht zu laut zu sprechen, um Rike nicht vollständig aufzuwecken. Er würde Schwierigkeiten haben, ihr zu erklären, warum er mit einer Toten sprach.

»Ja, ja. Schon gut. Die junge Generation ist so prüde. Wir waren damals ganz anders. Wir hatten viel mehr Sinn für Kuài lè. Das ist chinesisch und heißt so viel wie ›Befriedigung‹ und ›sinnliche Freude‹. Wir sind damals –«

»Danke, Elisabeth. Danke«, unterbrach er sie in ihrem Redeschwall. »Ich kann es mir lebhaft vorstellen.« Obwohl es genau das war, was er gerade krampfhaft zu verhindern versuchte. »Vielleicht können wir über etwas anderes sprechen?«

»Wie du meinst.«

Irrte er sich, oder klang sie ein wenig beleidigt? Das war doch so gar nicht ihre Art. Aber man musste ihr wohl zugutehalten, dass sie tot war. Das veränderte einen Menschen vermutlich sehr. Er lauschte in sich hinein.

Stille. Dann ein Seufzen, gefolgt von einem: »Ach, was soll's.« Sie redete also doch noch mit ihm. »Was ich eigentlich von dir wollte, ist, dich zu erinnern.«

»Woran?«

»Denk mal nach.«

Er dachte nach, aber es fiel ihm nichts ein, was sie meinen könnte.

»Streng dich an!«

»Ach, ich habe jetzt keine Lust auf Spielchen.«

»Nicht?« Rikes Stimme. Heiser und verschlafen. Ihre Hand kroch über seinen Bauch.

»Siehst du. Sie will auch üben.«

»Elisabeth!«

»Was ist mit Elisabeth?« Rike war jetzt völlig wach.

Korbinian räusperte sich. »Ich musste an sie denken.«

»Es ist schade, dass sie nicht mehr hier ist.« Rike setzte sich auf. »Sie hätte sicher einiges zu alldem zu sagen gehabt.«

»Unbedingt«, sagten Elisabeth und Korbinian gleichzeitig, und Korbinian musste husten, um sich nicht zu verraten. Er setzte sich ebenfalls auf. »Manchmal habe ich das Gefühl, sie ist noch hier.«

»Ich habe dir von Anfang an gesagt, du musst dich mehr auf dein Gefühl verlassen«, warf Elisabeth ein. »Aber darum geht es jetzt nicht. Konzentrier dich doch mal. Ich hatte dir etwas anvertraut. Du hast den …«

»… Koffer vergessen!« Korbinian warf die Decke zurück und sprang aus dem Bett. »Ich habe den Koffer vergessen, den Elisabeth mir gegeben hat. Sie kam zu mir und bat mich, mich darum zu kümmern. Ihre Ersparnisse. Ich habe nicht nachgesehen, weil sie zusammengebrochen ist.«

»Wo ist der Koffer?«, wollte Rike wissen.

Korbinian ging in die Knie, presste sein Gesicht auf den Boden und spähte in die staubige Dunkelheit unter dem Bett. Dort lag Elisabeths Koffer. Bei dem Versuch, ihr Leben zu retten, musste er dorthin gerutscht sein. Er streckte den Arm aus und bekam den Griff zu fassen. Mit einem schleifenden Geräusch zog er ihn hervor und wuchtete ihn auf das Bett.

»Und jetzt?« Rike strich über die brüchige Oberfläche.

»Macht ihn auf! Macht ihn auf!« Elisabeth klang, als hüpfte sie vor Aufregung wie ein kleines Mädchen auf und ab.

»Wir machen ihn auf.« Korbinian legte die Finger auf die beiden Schnappverschlüsse, drückte sie zur Seite, und die Schlösser sprangen mit einem metallischen Klacken auf. Er hob den Deckel hoch. Fassungslos starrten Rike und er auf den Inhalt. Sie fand als Erste die Sprache wieder.

»Das ist eine Menge Geld.«

»Ja.«

»Alles Fünfziger und Hunderterscheine, wenn du es genau wissen willst«, ergänzte Elisabeth, und Korbinian hatte das Gefühl, die alte Dame schaute ihm über die Schulter.

»Weißt du, wie viel?«

»Nein.«

»Es sollte meine Altersvorsorge sein«, mischte sich Elisabeth wieder ein. »Aber die brauche ich ja nun nicht mehr. Nehmt es und kauft etwas Schönes davon. Die Villa zum Beispiel. Vermutlich bleibt sogar noch etwas übrig.«

Korbinian klappte den Koffer zu, stellte ihn auf den Boden und stieg wieder ins Bett. »Wir sollten es in Elisabeths Sinn verwenden, murmelte er, zog Rike zu sich heran und gab ihr einen Kuss. »Und ich glaube, ich weiß genau, was ihr gefallen würde.« Er lächelte.

Das klang alles wirklich sehr gut.

Glücksworte

Alle Glücksworte entstammen der Sammlung von Tim Lomas: »The positive lexicography«, zu finden unter der Website https://www.drtimlomas.com/lexicography. Die Übersetzungen der Bedeutungen aus dem Englischen wurden von mir ergänzt.

Eleutheriótēs (ἐλευθεριότης). Greek/n./ɛˈlju:θəˌriˈo.teɪs/ell-ee-yoo-theh-ri-*oh*-tace. Großzügigkeit, in freigiebiger Stimmung sein, die Haltung eines freien Menschen

Hachnasat orchim (הכנסת אורחים). Hebrew/n./ɦax.na.ʃat ɔ:xɪm/hakh-nash-at orh-khim. Fremde willkommen heißen und ihnen Gastfreundschaft und Respekt entgegenbringen

Manaakitanga. Māori/n./ma.na: kɪ.tʌŋɘ/ma-*nah*-ki-tung-uh. Gastfreundschaft, Freundlichkeit, Großzügigkeit, Unterstützung, Respekt und Sorge für und um andere

Xìn (信). Chinese/n./ɕɪn/shin. Wahrheit/Wahrheitsliebe, Aufrichtigkeit, Vertrauen/Vertrauenswürdigkeit, Herz

Inuuqatigiittiarniq. Inuktitut/n./ɪnu:kæt.ɪg.i:t ɪɑ:nɪk/ih-noo-kat-ig-eet-ee-ah-nik. Respektvoll mit den Menschen umgehen, gesunde Gemeinschaften, Nachbarschaft, in Frieden und Harmonie mit anderen leben

Andreia (ἀνδρεῖα). Greek/n./ˌʌnˈdreɪ.a/uhn-*dray*-yah. Mut, Tapferkeit, Heldentum, Galanterie, Männlichkeit

Sisu. Finnish/n./ˈsi.su/si-su. Außergewöhnliche Entschlossenheit, vor allem im Angesicht eines großen Unglücks harikoa. Māori/n./hæɾiˈkɔa/hah-ree-*ko*a. Freudig, euphorisch, erfreut, üppig, erfreut, begeistert, ekstatisch, jubelnd

Morkkis. Finnish/n./mɔːks/morks. Verlegenheit und Scham über betrunkenes Verhalten oder Befürchtung und Verwirrung, was jemand in betrunkenem Zustand getan hat

Kuài lè (快乐). Chinese/n./kwaɪˈlɜː/kwy-*ler*. Vergnügen/Befriedigung, sinnliche Freude

Danksagung

»Lasst uns tot und munter sein« ist mein zehnter Roman. Hätte mir das jemand im Spätsommer 2009 gesagt, hätte ich es nicht für möglich gehalten, denn ich hatte damals gerade erst begonnen, mein erstes Buch »Gemünder Blut« zu schreiben.

Vieles hat sich seit dieser Zeit getan. Ich habe eine Menge Leute und die Buchbranche kennengelernt, habe viele gute und einige schlechte Erfahrungen machen müssen. Aber erstaunlicherweise ist auch vieles gleich geblieben.

Einige von denen, die mich damals bestärkt haben, tun das noch heute. Dafür sage ich danke!

An erster Stelle meiner Familie, die mich unterstützt und mir zur Seite steht, jede und jeder auf seine Art und Weise.

Meiner Freundin und Kollegin Christiane Dieckerhoff, Ratgeberin, unbestechliche Testleserin und selbst wunderbare Autorin.

Heike König, ohne die ich vielleicht nie den ersten Krimi geschrieben hätte und die mir bis heute wertvolle Hinweise zu meinen Rohmanuskripten gibt.

Angela Eßer, die … Ach was, lass uns telefonieren …

Dr. Jens Neuhaus, wie immer der Leib- und Seelenarzt meiner Figuren mit großem Wissen über Symptome, Leben und Tod.

Guido Müller und Jens Arndt, die mit »PVC – Pestilentia virorum communis« mal wieder einen feinen lateinischen Ausdruck nach meinen Wünschen kreiert haben.

Marit Obsen, mit der ich zwar noch nicht das zehnte, aber immerhin bereits das siebte sehr erquickliche Lektorat gemeinsam machen konnte.

Dem Team des Emons Verlags und meinem Agenten Peter Molden einen herzlichen Dank für die professionelle Unterstützung.

Last, but not least Elisabeth Wukitsevits, Sängerin und tolle

Gesangslehrerin, die mir während der Arbeit an diesem Buch viele hilfreiche musikalische Tipps gegeben und mich die Tonleitern rauf- und runtergejagt hat. Alle falschen Töne in Bezug auf das Singen sind allerdings mir zuzurechnen.

Und ganz zum Schluss natürlich Dank an euch, liebe Leserinnen und Leser. Ihr seid es, für die ich meine Geschichten schreibe.

In diesem Sinne – frohe Weihnachten!

Elke Pistor
MAKRÖNCHEN, MORD & MANDELDUFT
Broschur, 272 Seiten
ISBN 978-3-7408-0203-5

Annemie Engel liebt drei Dinge in ihrem Leben: Schlager, ihren Kater Belmondo und ihren Beruf als Konditorin. Andere Menschen hingegen mag sie gar nicht. Am liebsten bleibt sie in ihre Backstube und backt Kuchen, Torten und vor allem Plätzchen, die ihr Bruder Harald auf dem Weihnachtsmarkt verkauft. Doch als dieser kurz vor Weihnachten bei einer Explosion schwer verletzt und obendrein des Mordes verdächtigt wird, gerät ihre heile Welt aus den Fugen. Um ein altes Versprechen einzulösen, begibt sie sich auf die Suche nach dem wahren Mörder. Dabei ahnt sie nicht, welche Gefahren hinter den friedlichen Kulissen des Niedelsinger Weihnachtsmarktes auf sie lauern.

»Ein richtiger Weihnachtskrimi. Eine Geschichte, die ans Herz geht, Dialoge und Orte, die überzeugen, und mit Annemie Engel eine ungewöhnliche Ermittlerin.« SR 3 Saarlandwelle

Helga Bürster
DER LETZTE WEIHNACHTSMANN
Broschur, 240 Seiten
ISBN 978-3-95451-738-1

Polizist Elmar Windig darf endlich der Gilde der Weihnachtsmänner beitreten und tauscht überglücklich die Polizeiuniform gegen einen roten Mantel. Doch schon am ersten Abend stirbt ein Gilden-Mitglied gewaltsam, und jeden Tag folgt ein weiterer Mord. Steckt der Verein der Christkinder dahinter, mit dem die Gilde seit Langem verfeindet ist? Elmar Windig muss es herausfinden, bevor die Weihnachtsmänner komplett ausgerottet sind.

»Eine tiefschwarze Weihnachtskomödie.« Wetzlarer Neue Zeitung

»Mit Spannung und viel Humor gespickt. Ein äußerst humorvoller, schräger und skurriler Krimi.« Nordwest Zeitung

www.emons-verlag.de

Erich Weidinger,
Jeff Maxian (Hg.)
MORDS-BESCHERUNG 2
Broschur, 192 Seiten
ISBN 978-3-95451-399-4

Von Weihnachtskitsch bis zu Traditionellem, von der Weihnachtsfeier bis zur Weihnachtsmette, von Weihnachtskeksen bis zum Weihnachtsbraten, vom Weihnachts-Einkaufstress bis zu den Christkindlmärkten samt Punsch, Glühwein, Alkohol- und anderen Leichen. Vom Adventskranz bis zu den Christbäumen und was noch daran hängen kann: Überall kann das Besinnliche vom Verbrechen überrascht werden.

»Ein herrlich fieses Lesevergnügen für die Feiertage.«
Neue Westfälische

Erich Weidinger,
Jeff Maxian (Hg.)
MORDS-BESCHERUNG 3
Broschur, 240 Seiten
ISBN 978-3-7408-0420-6

Weihnachten in den Bergen ist nicht nur die Zeit für glitzernd weißen Winterzauber, sondern vor allem für eiskalte Verbrechen und wohlig-schreckliche Schauer: Skurrile und spannende Kurzgeschichten von Autoren aus Deutschland, Österreich, Südtirol und der Schweiz sowie Klassiker (von Goethe bis zur Moderne) laden zum Lesen und Vorlesen ein.

www.emons-verlag.de